# スタイルズ荘の怪事件

アガサ・クリスティ



その毒殺事件は、療養休暇中のヘイスティングズが、旧友に誘われ滞在していた《スタイルズ荘》で起きた。被害者は旧友の継母。二十歳ほど年下の男と再婚した《スタイルズ荘》の主人で、死因はストリキニーネ中毒だった。粉々に砕けたコーヒー・カップ、事件の前に被害者が発した意味深な言葉、そして燃やされていた遺言状——不可解な事件に挑むのはエルキュール・ポワロ。灰色の脳細胞で難事件を解決する、名探偵の代名詞たるポワロの初登場作にして、ミステリの女王の記念すべきデビュー作が新訳で登場。

# 登場人物

ヘイスティングズ……………………療養休暇中の軍人
ジョン・キャヴェンディッシュ……ヘイスティングズの旧友
メアリ・キャヴェンディッシュ……ジョンの妻
ローレンス・キャヴェンディッシュ……ジョンの弟
エミリー・イングルソープ…………ジョンの継母。スタイルズ荘の主人
アルフレッド・イングルソープ……エミリーの再婚相手
シンシア・マードック………………エミリーの友人の娘
イヴリン（イーヴィ）・ハワード……エミリーの世話係
ドーカス…………………………………スタイルズ荘の小間使
マニング・アール……………………庭師
バウアースタイン博士………………医学博士。毒物の権威
ウィルキンズ…………………………エミリーの主治医
アルバート・メイス…………………薬局の店員
レイクス夫人…………………………農場主の妻

ジェイムズ（ジミー）・ジャップ……ロンドン警視庁の警部
サマーヘイ……………………………ロンドン警視庁の警視
エルキュール・ポワロ……………ベルギー人の探偵

# スタイルズ荘の怪事件

アガサ・クリスティ
山　田　蘭　訳

創元推理文庫

# THE MYSTERIOUS AFFAIR AT STYLES

by

Agatha Christie

1920

目次

1 スタイルズ荘へ 一一
2 七月十六日、そして十七日 二四
3 悲劇の夜 四九
4 ポワロ、捜査にかかる 六三
5 「ストリキニーネじゃないでしょうね?」 一〇〇
6 検死審問 一四九
7 ポワロ、恩義に報いる 一七三
8 新たな疑惑 一九四
9 バウアースタイン博士 二二四
10 逮捕 二五〇
11 訴追側の主張 二七九
12 最後の環《わ》 三一一
13 ポワロ、すべてを明らかにする 三三〇
解説 大矢博子 三五五

# スタイルズ荘の怪事件

母に

# 1　スタイルズ荘へ

一時はあれだけ噂となった《スタイルズ荘事件》ではあるが、最近になって世間の関心もようやく薄らいできたらしい。とはいえ、これだけ醜聞が広まってしまったからには、ぜひ事件の全貌を世に明らかにしてほしいと、友人のポワロから、そして渦中のご遺族からも、わたしに依頼があったのだ。これを読んでもらえれば、いまだくすぶりつづける世間の心ない噂も、きっと収まるにちがいない。

わたしがなぜこの事件にかかわることとなったのか、まずはその経緯《いきさつ》を手短に説明しよう。

傷病兵として前線から帰国させられたわたしは、軍の回復期療養所といういささか気の滅入る場所で数ヵ月をすごした後、一ヵ月の療養休暇を与えられた。頼れる近い親戚も、友人も思いあたらず、身の振りかたを決めかねていたとき、たまたまジョン・キャヴェンディッシュと再会したのだ。実のところ、近年ジョンとはほとんど顔を合わせていなかった。そもそも、これまでもけっしてそれほど親しかったわけではない。なにしろ、わたしより十五歳も年長なのだ――とはいえ、いまもとうてい四十五歳には見えない若々しさではあるが。ただ、わたしがまだ少年だったころ、ジョンの母親の住むエセックスのスタイルズ荘には、何度も滞在したことがあった。

思い出話にしばし花を咲かせた後、そういうことならぜひスタイルズ荘で休暇をすごさないかと、ジョンはわたしを誘ってくれた。

「母もきっと、きみに会えたら喜ぶよ――あのころ以来だからね」

「では、いまもお元気なんですね？」わたしは尋ねた。

「ああ、もちろん。母が再婚したことは、きみも知っているだろう？」

わたしはうっかり、あからさまに驚いた顔をしてしまったようだ。ジョンの父親は先妻を亡くし、ふたりの息子を抱えて再婚した。そのころの、美しい中年女性だったエミリー・キャヴェンディッシュの姿は、いまでもよく憶えている。いまはもう、とうに七十を超えているだろう。精力的で疲れを知らず、何でも自分の思うとおりにしたがる性格で、何かにつけてバザーを開いては裕福な慈善家を気どりたがるところがあり、気前はいいものの周囲の人々には煙たがられてもいたことを、わたしは思い出していた。あんなに気前がいいのも不思議はない、夫人自身もかなりの財産を持っていたのだ。

夫妻が住んでいた田舎屋敷、スタイルズ荘は、夫人と結婚してまもなくキャヴェンディッシュ氏が購入したものだった。氏はすっかり夫人の言いなりで、ついに臨終を迎えたときにも、夫人が生きているかぎり、この屋敷と氏の収入の大部分を使わせるように遺言したのだという。ふたりの息子たちにとっては、どう見ても不公平な分けかたではあった。とはいえ、夫人は継母ながらふたりをよく慈《いつく》しんだし、父親が再婚したときにはまだごく幼かった息子たちも、夫人を実の母親のように思いながら育ったのだ。

弟のローレンスは、かつては繊細な気質の青年だった。いったんは医師の資格をとったものの、その道は早々に放り出し、それからは屋敷にこもって文学で名を上げようと目論んでいたが、いまだその詩が成功を収めたことはない。

ジョンのほうは、しばらく弁護士をしていたが、田舎の名士としての生活のほうが性分に合っていたらしく、いまはスタイルズ荘に腰をおちつけている。二年前に結婚し、妻とともに屋敷に身を寄せているのだが、本当は継母から受けとる手当を増やしてもらい、一家の主《あるじ》として独立したいのだろうと、わたしはひそかに見てとっていた。もっとも、継母のほうは、何もかも自分の思うままに進めたい性格で、ほかの人間は当然おとなしくしたがうものと決めこんでいる。もっとも、主導権——財布の紐——を握っているのは継母のほうなのだから、これはまあ、仕方あるまい。

継母の再婚の知らせに驚いたわたしを見て、ジョンはどこか苦い笑みを浮かべた。

「相手がまた、なんとも下品な成りあがりでね！」吐き捨てるような口調だ。「実のところ、ヘイスティングズ、おかげでわれわれもずいぶんいやな思いをさせられる毎日さ。なにしろイーヴィが――きみはイーヴィを憶えているかい？」

「いいえ」

「そうか、きみがよく滞在していたころには、まだ来ていなかったか。母の世話係、話し相手、何でもこなしてくれるんだよ！　なかなか気のいい女性でね――イーヴィさまさまさ！　さして若くもないし、美人でもないが、とにかくせっせとよく働いてくれる」

「それで、何の話でしたっけ――」

「そうそう、母の再婚相手のことだったな！　どこからともなく現れた男で、イーヴィのまたいとこだとかいう触れこみだったんだ。だが、イーヴィのほうじゃ、どうもあまり親戚顔をされるのが迷惑らしい様子でね。まあ、誰が見ても、われわれとはちょっと肌合いのちがう人間だよ。ご大層な黒いあごひげを生やし、どんな天候だろうとエナメル革のブーツをはいているんだからな！　だが、母はそいつをすぐに気に入ってしまってね、秘書として雇い入れたんだ――母が以前からいろいろな会合を切りまわしていることは、きみも知っているだろう？」

わたしはうなずいた。

「戦争のおかげで、当然ながらその会合の数も爆発的に増えてしまってね。母にとっては、願ってもない便利な人材だったわけだよ。だが、その三ヵ月後、われわれはみな、倒れそうなほどの衝撃を受けることとなった。なにしろ、そのアルフレッドという男と婚約したと、母がいきなり宣言したんだからな！　母より、少なくとも二十歳は若い相手だよ！　母の財産がねらいだってことは、どう見たって明らかなんだが、もう手の打ちようもなく――母はああいう気性だからね、思いどおりさっさと結婚してしまったんだ」

「ご家族はみな、さぞかし心を痛めているのでしょうね」

「心を痛めるなんてもんじゃない！　ずたずたにされたようなものさ！」

そんなわけで三日後、わたしはスタイルズ・セント・メアリ駅で列車を降りた。緑の野原と田舎の小径のただなかにぽつんと建っていて、いったいなぜこんなところにと、思わず笑ってしまうほど小さな駅だ。ジョン・キャヴェンディッシュはプラットフォームでわたしを迎え、外に駐めた車まで案内してくれた。

「まだいくらかはガソリンが手に入るんだ。まあ、ほぼ母のやっている活動のおかげだがね」

スタイルズ・セント・メアリは、この小さな駅から三キロあまり離れたところにある村だ。スタイルズ荘は、さらに一キロ半ばかり先となる。その日は七月初旬の穏やかで暖かい日だった。エセックスの緑なす平野が、午後の陽光を浴びて一面に広がっている光景を見わたすと、ここからさほど離れていない場所で、とてつもなく大きな戦争が避けられない宿命に向かって突き進んでいるとはとうてい思えない。まるで、ふいに別世界に迷いこんでしまったかのようだ。かたわらに番小屋のある門を通り抜けながら、ジョンはこんなふうに声をかけてきた。

「このあたりの生活は、きみには静かすぎるかもしれないな、ヘイスティングズ」

「とんでもない、まさにこんなところですごしたかったんですよ」

「まあ、のんびりしたいということなら、たしかにここはおあつらえ向きの場所だな。わたしは週に二度ばかり志願兵の教練に顔を出すほか、ここらの農場に手を貸したりしている。家内のほうは、もっと本格的に農業に励んでいるよ。毎朝五時に起きて牛の乳しぼりに向かい、昼どきまでずっと働いているんだからな。総じてなかなか楽しい生活だよ——あのアルフレッド・イングルソープの件さえなければね！」ジョンはふいに車を停め、腕時計に目をやった。「シンシアを迎えにいく時間があるといいんだが。いや、もう病院を出てしまっただろうな」

「シンシアというと——奥さんではないんですよね？」

「ああ、シンシアというのは母が面倒を見ている娘なんだ。母の学校時代の友人のひとりが、ろくでもない事務弁護士と結婚したんだが、その男が事業に失敗してね。結局のところ、娘のシンシアは無一文のまま天涯孤独の身となってしまったんだよ。そこに母が救いの手を差しのべて、もう二年近く、シンシアはうちに身を寄せているんだ。いまはここから十一キロほどのところにある、タドミンスターの赤十字病院で働いている」

そう話しながら、歴史のある美しい屋敷の前に、ジョンは車を寄せた。丈夫そうなツイードのスカートをはいて、花壇に腰をかがめていた女性が、わたしたちに気づいて身体を起こす。

「やあ、イーヴィ、われらが傷ついた英雄を紹介するよ！　こちらがヘイスティングズ氏だ――そちらはミス・ハワード」

ミス・ハワードの握手はしっかりと力強く、いっそ痛いほどだった。陽に焼けた顔に、印象的な青い瞳。およそ四十歳くらいだろうか、愛想のいい顔に、まるで男のようなよく響く声の持ち主だ。がっしりとした体格を支えるにふさわしい足は、いかにも頑丈なブーツに包まれている。まるで電文のような短い文章で話す女性だと、わたしはすぐに気がついた。

「この雑草、燃えひろがる火事も同じよ。いくら抜いても追いつかないんです。当然、あなたも戦力よね。覚悟して！」

「どんなことでも、お役に立てるなら嬉しいかぎりですよ」と、わたし。

「そんなこと、言ってはだめ。とうてい無理ですもの。後悔、先に立たずよ」

「きみは皮肉屋だな、イーヴィ」ジョンが笑った。「きょうのお茶はどこで飲もうか――屋敷の中か、それとも外？」

「外で。せっかくのお天気なのに、部屋に閉じこもっているなんて」

「じゃ、さっそくお茶にしようじゃないか。きみだって、きょうの草とりはもう充分だろう。〝働くものには、それにふさわしい報酬を〟というしね。さあ、休憩だ」

「そうしましょう」ミス・ハワードは庭仕事用の手袋を脱いだ。「わたしとしても、願ったりかなったり」

そう言うと、わたしたちの先に立って屋敷の裏に回る。大きなカエデの木陰に、お茶の準備がしてあった。

いくつか並んだ籐椅子のひとつから立ちあがった人物が、わたしたちを迎えに進み出る。

「家内だよ、ヘイスティングズ」ジョンが紹介した。

初めてメアリ・キャヴェンディッシュを目にした瞬間を、わたしはけっして忘れることはあるまい。すらりとした長身の立ち姿が、まばゆい陽光を背にくっきりと浮かびあがる。胸の内にくすぶる炎の鮮やかな揺らめきを垣間見せてくれるのは、これまで見てきたどんな女性ともちがう、はっとするような鳶色《とびいろ》の瞳だけ。もの静かな雰囲気ながら圧倒的な存在感を放っているのは、その洗練された優美な外見のうちに、荒々しいまでに自由な魂が宿っているからだろう――こんな印象の何もかもが、わたしの脳裏にまざまざと焼きついている。いつまでも、けっして色あせることのない記憶として。

キャヴェンディッシュ夫人は低いながら明瞭な声で、耳に快い歓迎の言葉をかけてくれた。わたしは籐椅子に深々と身体を預けながら、ジョンの誘いを受けてよかったという思いを嚙みしめた。夫人に淹れてもらったお茶を飲み、もの静かなその語り口を聞いていると、なんと魅力的な女性だろうという第一印象が、いやがうえにも高まってくる。こちらの話にじっくりと耳を傾けてくれている様子に、すっかり気分をよくしたわたしは、適度にユーモアを交えて回復期療養所での体験を語った。自惚《うぬぼ》れかもしれないが、夫人もずいぶん楽しんでくれたようだ。なにしろ、ジョンは善良な人間ではあるが、さほど気の利いた会話ができる相手ではないのだから。

そのとき、すぐ近くの半開きのフランス窓から、昔よく聞いた憶えのある声が漏れてきた。

「それじゃ、妃殿下へのお手紙は、お茶の後であなたが書いてちょうだいね、アルフレッド。二日めについては、わたしからレディ・タドミンスターにお手紙でお願いするから。それとも、妃殿下からのお返事を待ってからのほうがいいかしらね？　もしも妃殿下にお断りされてしまったら、初日の開会はレディ・タドミンスターにお願いして、二日めはクロスビー夫人にしましょう。そうそう、公爵夫人にもご連絡しないと——学校祭の件でね」

それに応え、何やらつぶやくような男の声。そして、またイングルソープ夫人の返事が聞こえてきた。

「そうね、そうしましょう。お茶の後でいいわ。あなたって本当に目配りの利く人ね、アルフレッド」

フランス窓がさらに大きく開き、いかにも威厳のある顔立ちをした、白髪の美しい老婦人が屋敷から芝生に下りてきた。続いて、どこかうやうやしい態度の男性が姿を現す。

イングルソープ夫人はわたしを熱烈に歓迎してくれた。

「まあ、あなたにまたお会いできるなんてねえ、ミスター・ヘイスティングズ、あれからどれくらい経つのかしら。愛しいアルフレッド、こちらはヘイスティングズ氏よ――夫です」

わたしはいささか好奇心のこもった目を〝愛しいアルフレッド〟に向けた。たしかに、どこか異質な匂いのする男だ。このあごひげをジョンが嫌うのも無理はない。こんなにも黒々として長く伸ばしたあごひげを、わたしはこれまで見たことがなかった。金縁の鼻眼鏡に、奇妙なほど無表情な顔。ひょっとして、舞台の上なら自然に見えるのかもしれないが、現実の世界ではどうにも場ちがいに見える。声はよく響き、なめらかだ。気のない握手を交わしながら、イングルソープ氏は口を開いた。

「ようこそ、ミスター・ヘイスティングズ」それから、妻のほうをふりかえる。「エミリー、このクッションは少し湿っているようだね」

いかにも気の利くところを見せつけるかのように、かいがいしくクッションを取り替える夫を、イングルソープ夫人は輝くような笑みを浮かべて見まもっていた。元来すばらしく分別のある女性なのに、どうしてまた、こんなにものぼせあがってしまったのだろう！

イングルソープ氏が加わったとたん、その場にはどうにも気詰まりな雰囲気が流れ、目に見えない敵意までが漂いはじめた。とりわけミス・ハワードは、そんな胸の内を隠そうとさえしていない。いっぽう、イングルソープ夫人のほうは、不穏な空気にまったく気づいていないようだ。これだけの年月を経ても、昔の記憶そのままの饒舌《じょうぜつ》さで、とめどなくしゃべりつづけている。主な話題は、夫人が主催の、間近に迫ったバザーについて。時おり夫をふりかえっては、日数や日付を確認する。夫のほうはけっして気を抜くことなく、一貫して妻の補佐に回っていた。どうにもいけ好かない男だというのが、わたしの第一印象だった。こう言ってては自慢になってしまうが、わたしのこうした直感は、えてして的を射ていることが多い。

イングルソープ夫人がイヴリン・ハワードに、何やら手紙について指示を与えていたとき、夫はふとわたしに目を向け、変わらぬ如才《じょさい》なさで話しかけてきた。

「もともと職業軍人でいらっしゃるんですか、ミスター・ヘイスティングズ？」

「いや、戦争前は《ロイド保険協会》に勤めていたんですよ」

「戦争が終われば、また戻られると？」

「かもしれませんね。あるいは、新たな道を探すことになるか」

これを聞いて、メアリ・キャヴェンディッシュが身を乗り出した。

「ほかの条件をいっさい考えず、自分の好みだけで選ぶとしたら、あなたはどんなお仕事におつきになる?」

「うーん、場合によりますね」

「何か、ひそかに楽しんでいる趣味はありません? ねえ、聞かせてちょうだい——あなたにも、きっと心惹かれるものごとがあるはずよ。誰だってそうですもの——たいていは、ひどく突拍子もないことだったりするけれど」

「笑われてしまいそうだな」

メアリはにっこりした。

「そうかもね」

「いや、実を言うと、わたしは犯罪捜査に携わってみたいと、ひそかにずっと願っていたんですよ!」

「というと、本格的に——ロンドン警視庁にでもお入りになるの? それとも、シャーロック・ホームズをめざすということ?」

「そりゃ、もちろんシャーロック・ホームズのほうですよ。とにかく、わたしはどうしようもなくあの分野に心惹かれていましてね。以前、ベルギーですばらしく高名な刑事と知りあったんですが、その男にすっかり興味をかきたてられてしまったんです。小柄ながら、すばらしい才能の持ち主でね。犯罪捜査のコツは、徹底してきっちり理論を組み立てていくことだと、口癖のように言っていましたよ。わたしの捜査理論も、そのやりかたを踏襲したもので——もちろん、自分でもかなり改良を加えましたが。まったくおかしな小男でしたよ、たいへんなめかし屋ながら、とてつもなく頭が切れるんです」

「よくできた探偵小説なら、わたしも好きですよ」ミス・ハワードが口をはさんだ。「まあ、中身はくだらないけれど。最後の章で犯人が明かされる。全員、度肝を抜かれるのよね。現実の犯罪だったら——誰が犯人か、一目瞭然でしょうに」

「迷宮入りの事件だって、いくらもあるでしょう」わたしは言いかえした。

「警察にはわからなくても、当事者にはわかります。家族にはね。内輪の人間はごまかせないものよ。絶対に勘づかれるはず」

「だとしたら」わたしはつい議論に引きこまれていた。「もしも犯罪に、たとえば殺人事件に巻きこまれたとしたら、あなたはすぐに誰が犯人かわかるんですか?」

「もちろん、わかりますとも。法律家連中を相手に、証明はできないかもしれない。でも、わたしにはわかるはずよ。その男が近づいてきたら、きっと指先がむずむずするから」

「犯人は女かもしれませんよ」と、わたし。

「たしかにね。でも、殺人なんて暴力的な犯罪ですもの。普通に考えたら男でしょ」

「毒殺なら、また話は別じゃないかしら」メアリ・キャヴェンディッシュの明晰な声に、わたしははっとした。「バウアースタイン先生から昨日うかがったのだけれど、医療従事者にもあまりなじみのない薬物なら、一般には存在も知られていないから、おそらくは誰にも気づかれないまま毒殺されてしまった人間も、かなりいるのではないかって」

「ちょっと、メアリ、気味の悪い話はやめてちょうだい！」イングルソープ夫人が悲鳴をあげた。「なんだか背筋がぞくぞくするじゃないの。あら、シンシアが来たわ！」

救急看護奉仕隊の制服をまとった若い娘が、小走りに芝生を横切ってくる。

「もう、シンシアったら、きょうは遅かったのね。こちらはヘイスティングズ氏――この娘はミス・マードックよ」

シンシア・マードックはいかにも溌剌《はつらつ》として、生気に満ちあふれた娘だった。奉仕隊の小さな帽子を脱ぎすてると、赤褐色の波打つ髪がはっとするほど豊かに広がる。お茶を受けとろうと差し出した手の、なんと小さくて白いこと。これで瞳とまつげが黒かったら、さぞかし美しかっただろうに。

シンシアはジョンのかたわらの芝生に元気よく腰をおろし、サンドウィッチを差し出したわたしを見あげてにっこりした。

「こっちに坐りません？　ずっと気持ちがいいはずよ」

言われたとおり、わたしも芝生に腰をおろした。

「タドミンスターの病院で働いているそうですね、ミス・マードック」

シンシアはうなずいた。

「何かの罰が当たったのね」

「というと、職場でいじめられているのかな?」そう尋ねながら、つい口もとがほころぶ。

「できるものなら、やってみるといいわ!」シンシアはきっぱりと言いはなった。

「わたしにも、看護婦をしているいとこがいてね。婦長たちが怖いと言っていたな」

「わかるわ。婦長ってどこでもそうなのね、ミスター・ヘイスティングズ。本当に、みんなああなんだから! あなたには想像もつかないでしょうね! でも、ありがたいことに、わたしは看護婦じゃないの。調剤室で働いているんです」

「これまで、毒殺したのは何人くらい?」わたしはにやりとしてみせた。

シンシアも笑みを返す。

「さあ、何百人だったかしら!」

「シンシア」イングルソープ夫人が声をかけた。「ちょっと、何通か手紙を代筆してもらえる?」

「もちろん、エミリーおばさま」

そう言われてすぐさま立ちあがるシンシアの様子を見ていると、この娘はあくまで世話になっている身だということを、あらためて意識せずにはいられない。イングルソープ夫人は、もちろん親切心から世話をしているのだろうが、そんな立場をシンシアにけっして忘れさせまいとしているのもたしかだ。

屋敷の女主人は、今度はわたしに向きなおった。

「お部屋にはジョンが案内しますからね。夕食は七時半。正式な晩餐《ばんさん》は、もうしばらく用意していないのよ。レディ・タドミンスターはね、この地区選出の議員の奥さまで――亡くなられたアボッツベリー卿のご令嬢なのだけれど――やはり、同じようになさっているんですって。こんなときには、やはりわたしたちが倹約の模範を示さなくてはならないと、意見が一致したんですよ。なにしろ戦時中でしょ、何ひとつ無駄にはできないの――たとえ書き損じの紙だって、全部まとめておいて供出するんですからね」

わたしは夫人に感謝を述べると、ジョンに連れられて屋敷に入り、堂々たる階段を上っていった。階段は途中で左右に分かれ、両側の翼棟に続く。わたしは左の棟、庭園を見晴らせる部屋に案内された。

ジョンは部屋を出ていった。数分後、窓から外を眺めていると、シンシア・マードックとジョンが腕を組み、芝生をゆったりと横切っていくのが見える。そこへ「シンシア」と呼ぶイングルソープ夫人の苛立《いらだ》った声が聞こえ、娘はあわててきびすを返し、屋敷に駆けこんだ。まさにその瞬間、ひとりの男が木の陰から姿を現し、同じ方向へゆっくりと歩いていく。年齢は四十くらいだろうか、きれいにひげを剃った顔にもの思わしげな表情を浮かべた、ひどく陰鬱《いんうつ》な雰囲気の男だ。何やら抑えきれない感情に胸を揺さぶられているらしい。通りすがりにこちらの窓を見あげたその顔を目にして、ようやく記憶がよみがえる。

最後に顔を合わせてから十五年が経ち、すっかり面変《おもが》わりしてしまってはいるが、あれはジョンの弟、ローレンス・キャヴェンディッシュだ。なぜあんな暗い顔をしていたのか、つい想像をめぐらさずにはいられない。ローレンスを頭の中から追いはらうと、自分の来しかた行く末について、わたしはふたたびもの思いに沈んだ。

その夜は和やかな空気のうちに更け、やがて眠りについたわたしの夢に現れたのは、あの謎めいた女性、メアリ・キャヴェンディッシュだった。

翌朝はよく晴れて陽光がさんさんと降りそそぎ、これはきっと楽しい滞在になるにちがいないと、胸に希望がふくらむ。

午前中にはキャヴェンディッシュ夫人の姿を見かけることはなかったが、昼食で顔を合わせたときに散歩に誘われ、ゆったりと木立の間をそぞろ歩いて気持ちのいい午後をすごす。屋敷に戻ったのは、およそ五時ごろだった。

広々とした玄関に足を踏み入れると、ジョンがわたしたちを手招きし、喫煙室に誘った。その顔を見た瞬間、何か困ったことが起きたのを悟る。わたしたちを喫煙室に案内すると、ジョンはきっちりと扉を閉めた。

「聞いてくれ、メアリ、厄介なことになってしまってね。イーヴィがアルフレッド・イングルソープと喧嘩して、ここを辞めると言い出したんだ」

「イーヴィが？　辞める？」

ジョンは沈鬱な顔でうなずいた。

「ああ。そう言って、母のところへ乗りこんでいったが——ああ、イーヴィ本人のお出ましだ」

喫煙室に、ミス・ハワードが姿を現した。唇をむっつりと引き結び、小さなスーツケースを提げている。いまだ怒りが収まらぬまま、きっぱりと心を決めた様子で、説得など受けつけまいと、どこか身がまえてもいるようだ。

「とにかく、わたしの気持ちはお話ししてきました！」

「そんな、イヴリン」キャヴェンディッシュ夫人は声をあげた。「まさか、本気じゃないでしょう？」

ミス・ハワードはきっぱりとかぶりを振った。

「本気ですとも！　本心をぶちまけてしまった以上、当分はエミリーだって、忘れも許しもできないでしょうよ。少しは骨身に沁みてくれたらいいのに。しょせん、カエルの面《つら》になんとか、ってやつかしら。遠慮会釈なく言ってしまったんです——『あなたはもうおばあさんなんですよ、エミリー。馬鹿なおばあさんほど始末に負えないものはないわね。二十歳も下の男が自分と結婚した理由が何なのか、あなただってわかってるはず。お金に決まってるでしょ！　せめて、必要以上にお金を渡しすぎないようにね。《レイクス農場》

には、すばらしく美人の若い奥さんがいるでしょ。あそこにどれくらい入りびたってるのか、あなたのアルフレッドに訊いてみたら？』って。エミリーはひどく怒ってました。当然よね！　さらに、こんなことも言ってしまった――『聞きたくないかもしれないけれど、きょうは言わせてもらいます。近い将来、あの男はきっと、隣に眠るあなたを殺す。あれは悪党だから。腹が立つならわたしに何を言ってもいいけれど、これだけは忘れないで。あの男は悪党よ！』とね」

「それで、母は何と？」

ミス・ハワードはいかにも説得力のあるしかめっ面をしてみせた。

「『愛しいアルフレッド』とか――『愛するアルフレッド』とか――『悪質な誹謗《ひぼう》中傷よ』とか――『意地悪な嘘ばかり』とか――『わたしの大切な夫』を責める『心のねじ曲がった女』とかね！　こうなったら、一刻も早くお暇《いとま》すべきでしょ。だから、心を決めたんです」

「でも、何もそんなに急がなくたって」

「いますぐお暇をいただきます！」

しばしの間、わたしたちはその場に腰をおろしたまま、ただミス・ハワードを見つめるばかりだった。やがて、どうしても引き止められないことを悟ると、ジョン・キャヴェンディッシュは列車の時刻を調べるために出ていった。メアリもまた、イングルソープ夫人に考えなおしてもらわなくてはとつぶやきながら、夫の後を追う。

メアリが出ていくと、ミス・ハワードの表情が変化した。何やら必死の面持《おもも》ちで、わたしのほうに身を乗り出す。

「ミスター・ヘイスティングズ、あなたは誠実なかたね。信頼してもいい？」

わたしはいささか驚いた。ミス・ハワードはわたしの腕に手を置くと、声をひそめて先を続けた。

「あのかたを見まもってあげて、ミスター・ヘイスティングズ。わたしの可哀相なエミリーを。誰も彼も、飢えたサメのような連中ばかり――ひとり残らずね。ええ、自分が何を言ってるか、わたしにはちゃんとわかってます。ここの人たちは例外なくお金に困り、隙あらばエミリーからむしりとろうとしてるんだから。わたしはこれまで、できるかぎりあのかたを守ろうとしてきた。でも、わたしが出ていったら、みんながどっとエミリーのお金に群がるでしょう」

「もちろん、わたしにできることなら何だってしますよ。だが、あなたもいまは頭に血が上ったあまり、いらぬ心配をしているのでは」

ミス・ハワードは人さし指をゆっくりと振ってみせ、わたしの言葉をさえぎった。

「お若いかた、わたしを信じて。この世界にあなたより長いこと生きてきた、このわたしの言葉をね。お願いしたいのはただ、しっかりと目を開いておくことだけ。言いたいことはわかるはず」

開いた窓からエンジン音が聞こえてきて、ミス・ハワードは立ちあがると、玄関へ向かった。ジョンが、外から声をかけてくる。ミス・ハワードは扉のハンドルに手を置くと、こちらをふりかえり、わたしにうなずいてみせた。

「何よりも重要なのは、ミスター・ヘイスティングズ、あの悪魔を見はること――エミリーの夫をね！」

それ以上の言葉を交わす余裕はなかった。玄関を出ると、みなが口々に引き止めようとする声、そして別れの挨拶が、ミス・ハワードを包みこむ。イングルソープ夫妻の姿はなかった。

車のエンジン音が遠ざかっていくなか、キャヴェンディッシュ夫人はふいに見送りの一行からひとり離れ、私道を横切って芝生のほうへ歩いていった。屋敷に向かって歩いてくる、あごひげを生やした長身の男を迎えに出たのだろう。夫人は頬を赤らめながら、男に手を差しのべた。

「あれは誰です？」わたしは鋭い口調で尋ねた。どうも信用のならない男だと直感したのだ。

「バウアースタイン博士だ」ジョンがそっけなく答える。

「いったい、どういう人物なんですか？」

「ひどい神経衰弱にかかって、この村で静養しているんだよ。ロンドンで専門医をしていた、すばらしく頭の切れる人物でね——たしか、毒物の世界的権威だとか」

「それに、メアリともすごく仲がいいの」言わずもがなのひとことを、シンシアが口走る。

ジョン・キャヴェンディッシュは顔をしかめると、話題を変えた。

「少しそのへんを歩こうじゃないか、ヘイスティングズ。まったく、こんなに困った話もないよ。イヴリン・ハワードはたしかに毒舌家ではあるんだが、イングランドじゅうを探したって、母にとってあれほど頼りになる友人もいなかったのに」

植えた木立の間を歩く道をジョンは選び、そこから敷地の端に茂る森を抜けて、わたしたちは村に向かった。

やがて、また屋敷に戻ろうと門のひとつをくぐったとき、前方から若く浅黒い肌の美人が歩いてくると、こちらに向かって微笑みながら膝をかがめて挨拶した。

「きれいな娘だな」わたしは思わず感嘆の声を漏らした。

ジョンの顔がこわばった。

「レイクス夫人だ」

「というと、さっきミス・ハワードが言っていた——」

「そう、それだよ」どこか不自然なそっけなさで、ジョンが答える。

あの大きな屋敷に暮らす白髪の老婦人と、いましがたわたしたちにいたずらっぽく微笑みかけた、溌剌とした若い娘の顔を思いうかべるうち、背筋に何か薄ら寒いものが這いあがってくるような気がする。そんな思いを、わたしはあわてて振りはらった。

「スタイルズ荘は、昔と変わらず本当に立派なお屋敷ですね」ジョンにそう語りかける。

「ああ、美しい場所だよ。いつかはわたしのものになるしな――父がまっとうな遺言を遺しておいてくれてさえいたら、とっくにそうなっていたんだが。おかげで、いまのわたしはかつかつの暮らしだ」

「そんな、まさか」

「いや、ヘイスティングズ、きみにだけはうちあけるがね、わたしはもう首が回らない状態でね」

「弟さんに助けてはもらえないんですか？」

「ローレンスに？　あいつは自分のくだらない詩を豪華な装幀で出版してね、持ち金をすっかり使いはたしてしまったよ。兄と弟、そろって一文なしというわけだ。わたしたち兄弟に、母はいつもよくしてくれた。まあ、これまではね。だが、言うまでもなく、あの男と結婚してからは――」言葉を切り、眉をひそめる。

イヴリン・ハワードが出ていってしまったおかげで、この屋敷の雰囲気にいわく言いがたい変化が起きてしまったことを、わたしはこのとき初めて悟った。あの女性の存在が、屋敷に安心感をもたらしてくれていたのだ。それが失われてしまったいま――誰もが疑心暗鬼におちいってしまっているかに思える。ふと、バウアースタイン博士の不吉な顔が、不愉快にも脳裏に浮かびあがった。誰もが、何もかもが、どこかあやしく感じられてならない。何か忌《い》まわしいものが忍びよりつつあることを、ほんの一瞬、わたしはたしかに予感していた。

## 2　七月十六日、そして十七日

わたしがスタイルズ荘に到着したのは、七月五日のことだった。ここからは、いよいよ十六日から十七日にかけて起きた一連のできごとについて綴《つづ》ることになる。読者によく理解してもらえるよう、この二日間については、起きたことをできるだけ正確に描写していこう。これらは、だらだらと続く反対尋問を通じ、裁判の過程で明らかにされた事実ばかりだ。

イヴリン・ハワードは屋敷を出ていって二日後、わたしに手紙をよこした。ここから二十五キロほど離れたミドリンガムという工業都市で、いまは大病院の看護婦として働いているのだという。もしもイングルソープ夫人が自分と仲なおりしたいらしいそぶりを見せたら、ぜひ知らせてほしいと、手紙には書いてあった。

日々は穏やかにすぎていったが、気に入らない点をただひとつ挙げるとするなら、それはどういうわけかキャヴェンディッシュ夫人が、わたしにはとうてい理解できないほど熱心に、バウアースタイン博士とのつきあいを深めていることだった。正直に言わせてもらえば、あの博士のどこにそんな魅力があるのか、わたしにはさっぱりわからなかったのだ。

七月十六日は月曜だった。なんとまあ、忙しい一日だったことか。件《くだん》のバザーは土曜に行われ、それに付随する催しとして、この日の夜に演芸会が開かれることとなっていたのだ。イングルソープ夫人は、そこで戦争詩を朗読する予定となっている。わたしたちは会場となる村の集会場に朝から出向き、準備や飾りつけに追われていた。遅めの昼食をとった後、午後は庭園でゆったりと休む。ジョンの様子がどこかおかしいことに、わたしは気づいていた。ひどく興奮し、そわそわとおちつかないようだ。

お茶の時間が終わると、イングルソープ夫人は今夜の出番に備え、自室でしばらく横になって身体を休めるという。わたしはメアリ・キャヴェンディッシュに、テニスを一戦いかがですかと誘いをかけた。

あと十五分で七時というころ、今夜の夕食は早めにすます予定なのに、このままだと遅れてしまうわよと、わたしたちはイングルソープ夫人に声をかけられた。なんとか出発に間に合わせようと、それからあたふたと身支度をする。その慌ただしさといったら、まだ夕食が終わってもいないのに、玄関に待たせている車のエンジン音が聞こえてくるほどだった。

演芸会は大成功のうちに終わり、イングルソープ夫人の朗読には、すばらしい喝采が湧いた。シンシアは活人画に出演し、衣装を身につけて舞台でポーズをとってみせた。その後は軽食パーティに誘われたからと、わたしたちといっしょに帰宅はせず、活人画を演じた友人たちと遅くまで残っていたらしい。

翌朝、イングルソープ夫人は疲れが出たからと、朝食はベッドでとることにした。とはいえ、十二時三十分にはすっかり元気になった姿を見せ、わたしとローレンスを引き連れて午餐会《ごさんかい》に出かけた。

「ロールストン夫人から、こんな素敵なお誘いをいただいたんですもの。ほら、レディ・タドミンスターの妹さんよ。ロールストンの一族は、かのウィリアム征服王といっしょにフランスから渡ってきたんですからね――わが国で、もっとも伝統ある家系のひとつなの」

メアリ・キャヴェンディッシュは、バウアースタイン博士と約束があるからと、夫人の誘いを断った。

午餐会は、ごく楽しい集まりとなった。帰りの車中、ここから一キロ半ほどのところにあるタドミンスターの病院に寄って、調剤室で働くシンシアの顔を見ていこうとローレンスが提案する。それはすばらしい思いつきだけれど、何通か書かなくてはならない手紙が残っているから、とイングルソープ夫人は断った。あなたたちふたりだけを病院で降ろすから、帰りはシンシアといっしょに軽馬車で戻ってくればいい、と。

わたしとローレンスは病院の用務員に不審な侵入者かと疑われてしまったが、往生していたところにようやくシンシアが姿を現し、身元を保証してくれた。長い白衣に身を包んだシンシアは、すばらしく理知的で魅力にあふれている。わたしたちふたりを自分の聖域たる調剤室へ案内し、同僚にも紹介してくれた。いささか近づきがたい雰囲気の女性だったが、シンシアはいたずらっぽく《女史》と呼んでいた。

「これはまた、とんでもない数の薬壜だね！」こぢんまりした部屋を見まわしながら、わたしは歓声をあげた。「どれが何の薬なのか、すべて憶えているのかい？」

「せめて、少しは耳新しい台詞《せりふ》を言ってちょうだい」シンシアはうめいてみせた。「ここに来た人はみな、判で捺したように同じことを言うの。『とんでもない数の薬壜だ！』と言わない人が現れたら、何かご褒美を出そうかって真剣に考えているくらい。次はきっと、こう言うつもりでしょ――『これまでに毒殺したのは何人くらい？』って」

わたしは笑い、図星だと認めた。

「うっかり誰かに毒を飲ませてしまうのがどれほど簡単に起きることか、その怖ろしさを知っていたら、あなたたちもそんな冗談は口にしないでしょうに。いらっしゃい、お茶でも飲みましょう。この戸棚に、おいしいものをいろいろこっそりと溜めこんであるの。だめよ、ローレンス――その戸棚は毒物専用。こっちの大きな戸棚のことよ――そう、これ」

わたしたちはにぎやかにお茶を楽しみ、それからシンシアの皿洗いを手伝った。最後のティースプーンを元の場所にしまったとき、誰かが扉をノックした。そのとたん、シンシアと《女史》の顔から笑みが消え、いかめしく厳格な表情に変わる。

「どうぞ、入って」いかにもきびきびと有能そうな口調で、シンシアが声をかけた。

まだ年若い、どこかおどおどした看護婦が現れ、手にした小壜を《女史》に差し出す。《女史》はそれをシンシアに渡すよう手で示しながら、どこか謎めいた言葉を口にした。

「わたし、きょうは本来ここにいないはずだから」

シンシアはその小壜を受けとると、裁判官のような厳しい目でじっくりと吟味した。

「これ、今朝までには持ってきてもらわないと」

「お詫びを伝えてほしいと、婦長さんが言ってました。忘れてたんですって」

「婦長さんには、この扉の外の規則をちゃんと読んでおくよう言っておいて」

若い看護婦の表情を見れば、そんな手厳しい言葉を怖ろしい《婦長さん》に伝えるなど、とうていできはすまいと思われた。

「この時間からだと、明日になってしまうわね」シンシアが締めくくる。

「どうにかして、今夜じゅうには無理でしょうか？」

「そうね」シンシアは恩着せがましい口調になった。「わたしたちも本当に忙しいのだけれど、もしもどうにか時間がとれたらね」

若い看護婦が出ていくと、シンシアはすぐさま戸棚から薬壜を取り出し、小壜の中身を補充すると、それを扉の外の台に置いた。

わたしは声をあげて笑った。

「規則はきっちり守らせないと、ということだね？」

「そのとおり。こちらのバルコニーにいらっしゃい。外の病棟がみんな見えるから」

言われたとおりバルコニーに出ると、シンシアと《女史》がそれぞれいろいろな建物を指さし、あれこれと教えてくれる。ローレンスは調剤室に残っていたが、しばらくしてシンシアがそちらをふりむき、出ていらっしゃいよと声をかけた。そして、ふと腕時計に目をやる。

「ねえ、《女史》さん、仕事ってまだ残っていた？」

「もう終わりよ」

「そうよね。だったら、もう鍵を閉めて帰りましょう」

この午後のおかげで、わたしがローレンスに抱いていた印象はがらりと変わった。それまでは、ジョンと比べてどうにも近づきにくい人物に思えていたのだ。ありとあらゆる点で兄と正反対の性格をしており、ひどく内気でよそよそしい男なのだと。とはいえ、その物腰にはどこか人を惹きつけるところがあって、もしもこの人物を深く理解することができさえすれば、きっと心から好きになれるのではないかとも思っていたのだが。シンシアに対する態度も、これまではどうもぎこちなく、その結果、お互いによそよそしくふるまっているかのように見えたのだ。だが、この午後はどちらも陽気にはしゃぎ、子どものように屈託なくおしゃべりをしていた。

村を通り抜けようとしていたとき、ふと切手が必要だったことを思い出し、郵便局の前に馬車を寄せてもらう。

用事がすんで郵便局を出ようとしたとき、ちょうど入ってきた小柄な男とぶつかってしまい、わたしは脇に身を引いて謝った。すると、ふいにその小男は大げさな歓声をあげ、わたしに両腕を回して温かいキスを浴びせた。

「わが友《モ・ナミ》へイスティングズ！」男は叫んだ。「まちがいない、わが友《モ・ナミ》へイスティングズだ！」

「ポワロ！」わたしも歓声をあげた。

そして、馬車のほうをふりむく。

「わたしにとって、こんなに嬉しい再会はないんだ、シンシア。こちらは旧友のムッシュー・ポワロ。いったい何年ぶりだろう」

「あら、ムッシュー・ポワロなら、わたしたちもお知り合いよ」シンシアは明るく答えた。「でも、まさか、あなたのお友だちだったなんて」

「ええ、おっしゃるとおり」ポワロは真剣な顔でうなずいた。「マドモワゼル・シンシアのことは存じています。わたしがこの地に滞在しているのも、イングルソープ夫人の寛大なお心のおかげなのですよ」わたしの不思議そうな顔に気づき、つけくわえる。「ええ、わが友よ、夫人はご親切にもわが故国から、七人の亡命者を受け入れてくださったのです。わたしたちベルギー人は、夫人の恩顧をけっして忘れますまい」

ポワロはいかにも変わった風采の小男だった。せいぜい一メートル六十センチあまりの背丈ながら、すばらしく威厳のある身のこなし。卵そっくりの形をした頭は、決まって片側に傾げられている。かっちりと整えられた口ひげは、まるで軍人のようだ。いつだって、とうてい信じられないほど身綺麗にしていて、服に埃《ほこり》ひとつでもへばりつこうものなら、きっと銃で撃たれるより苦しみもだえるにちがいない。いまはひどく足を引きずっている様子になんとも胸が痛むが、このめかしこんだ風変わりな小男こそは、かつてベルギーの警察官としてもっとも名を馳せた人物なのだ。刑事として飛び抜けた才能を持ち、数々の難事件をみごと解決に導いたことはよく知られている。

ポワロは小さな家を指さし、いっしょに亡命したベルギー人たちと、いまはそこで暮らしているのだと教えてくれた。きっと近いうちに訪ねていくよと約束すると、ポワロはシンシアに向かって芝居がかったしぐさで帽子を掲げてみせ、わたしたちの馬車を見送った。

「本当に、好きにならずにはいられないかたよね」と、シンシア。「まさか、あなたのお友だちとは思わなかったけれど」

「あなたがたは、知らずに有名人をもてなしていたわけだ」わたしは答えた。

そして、屋敷に戻る馬車の中、エルキュール・ポワロの輝かしい功績の数々を、ふたりにえんえんと語ってきかせる。

浮き浮きした気分で帰りつき、玄関に足を踏み入れると、イングルソープ夫人が書斎から姿を現した。頬を紅潮させ、何やら動揺している様子だ。

「ああ、あなたがただったのね」

「何かあったんですか、エミリーおばさま?」シンシアが気づかった。

「あるもんですか」イングルソープ夫人はぴしゃりと答えた。「いったい、何があるというの?」そして、小間使のドーカスが食堂に入ろうとするのを呼びとめ、書斎に切手を持ってくるようにと言いつける。

「かしこまりました、奥さま」年輩の小間使はしばし言いよどみ、それから遠慮がちにつけくわえた。「あの、奥さま、しばらく横になられたらいかがでしょうか? ひどくお疲れのご様子ですけど」

「そうね、ドーカス、たしかに——そうしようかしら——いえ——いまはだめ。集配に間に合わせなくてはいけない手紙が何通かあってね。言っておいたとおり、寝室の暖炉に火は入れてある?」

「ええ、奥さま」

「それなら、今夜は夕食がすんだらすぐに休むわ」

また書斎に引っこんだイングルソープ夫人を、シンシアは目で追った。

「おかしなおばさま！　いったい、何があったのかしらね」ローレンスに声をかける。だが、ローレンスはまったく聞いていないようだった。無言のままきびすを返し、また屋敷を出ていってしまう。

夕食の前に軽く一戦交えないかと、わたしはシンシアをテニスに誘った。同意を得て、ラケットをとってこようと階段を駆けあがる。

ちょうど、メアリ・キャヴェンディッシュが一階に下りてこようとするところだった。ひょっとしたらわたしの思いすごしかもしれないが、こちらもまた、どこか思い悩んでいるように見える。

「バウアースタイン博士との散歩はいかがでした？」いかにも何気ない口調で、わたしは尋ねてみた。

「行かなかったの」メアリはそっけなく答えた。「イングルソープ夫人はどこ？」

「書斎に」

メアリは手すりに置いた手を、固く握りしめていた。やがて覚悟を決めたかのように、わたしの脇を小走りに駆けおり、玄関ホールを横切って書斎に足を踏み入れると、きっちりと扉を閉める。

その後に続いて、わたしもテニス・コートに向かおうと階段を下り、玄関を出た。ちょうど書斎の開いた窓の前を通りかかったとき、そんなつもりではなかったのに、中で交わされていた会話をつい小耳にはさんでしまう。メアリ・キャヴェンディッシュの声からは、懸命に感情を抑えている様子が伝わってきた。「じゃ、わたしに見せてはくださらないのね？」

イングルソープ夫人が答える。

「だってね、メアリ、その件とは何の関係もないことなのよ」

「それなら、見せてくださってもいいでしょう」

「いい、これはね、あなたの考えているようなことじゃないの。あなたとは何の関係もないんだから」

メアリの声に、突き放すような響きが混じる。「そうね、どうせあの人をかばうのだろうとは思ってましたから」

シンシアはわたしを待ちかまえていたらしく、コートに着くやいなや熱っぽくまくしたててきた。

「ねえ、聞いて！　ついに、ひどい口論になったんですって。何もかも、ドーカスから聞き出しちゃった」

「口論？」

「エミリーおばさまと、あの男よ。おばさまもやっと、あの男の本性を見抜いたのならいいんだけれど！」

「ドーカスの目の前でやりあったということかな？」

「もちろん、ちがうわよ。ドーカスはね、〝たまたま扉の近くに居あわせた〟だけ。いわゆる決定的な衝突ってやつかしら。いったい何があったのか、詳しい事情を知りたいものよね」

レイクス夫人の浅黒く美しい顔、そしてイヴリン・ハワードの警告がふと脳裏をよぎったが、わたしは賢明にも沈黙を守ることにした。シンシアのほうは、ありとあらゆる仮説を並べたてたあげく、楽観的な希望で締めくくる。「エミリーおばさまも、これであの男を放り出して、二度と連絡をとらないんじゃないかしら」

わたしはとにかくジョンをつかまえたかったが、どこにも姿が見えない。どうやらこの午後に、何か決定的なできごとが起きてしまったようだ。さっき漏れ聞いてしまった会話など、さっさと忘れてしまおうとしているのに、どうしても頭から離れない。いったい、メアリ・キャヴェンディッシュは何をそんなにも見たがっていたのだろう？

夕食に下りていくと、イングルソープ氏が居間にいた。あいかわらず無表情なその顔を見ると、この男の奇妙にしっくりこない感じを、あらためて意識せずにはいられない。

最後に下りてきたのは、イングルソープ夫人だった。いまだぴりぴりしている様子で、そのせいか、夕食の席は張りつめた沈黙に包まれていた。イングルソープ氏のほうも、いつになく黙りこくっている。それでも、いつものように妻の背中にクッションをあてがうなど、こまごまと気を遣い、献身的な夫らしく務めてはいたが。食事を終えるとすぐ、夫人はまた書斎にこもってしまった。

「コーヒーは書斎に運ばせてちょうだい、メアリ」去りぎわに、そう言いつける。「郵便の集配まで、あと五分しかないのでね」

シンシアとわたしは、居間の開いた窓のそばに陣どった。メアリ・キャヴェンディッシュが、わたしたちにもコーヒーを運んできてくれる。こちらも、どこか張りつめた様子に見えた。

「若いかたたちにはもっと明るいほうがいいかしら、それともこのまま夕闇を眺めていたい？」メアリが尋ねる。「シンシア、イングルソープ夫人にコーヒーを運んでもらえる？これからカップに注ぐから」

「いやいや、それにはおよばないよ、メアリ」イングルソープ氏が声をかけてきた。「エミリーのコーヒーはわたしが運ぼう」氏は自分でカップにコーヒーを注ぐと、それを手に注意ぶかく居間を出ていった。

続いてローレンスも出ていき、メアリはわたしたちのそばに腰をおろした。

三人とも、しばらく無言のまま時がすぎていく。暖かく穏やかな、気持ちのいい夜だった。メアリは棕櫚《しゅろ》の葉の扇で、ゆったりと自分を煽《あお》いでいた。

「なんだか、ちょっと暑すぎるわね」口の中でつぶやく。「雷雨になりそう」

やれやれ、こうした夢のような時間は、どうしてこんなにもすぐ終わってしまうのだろう！　心の底から嫌いな声が玄関から響いてきて、わたしの至福のひとときは無惨にも砕けちった。

「バウアースタイン先生だわ！」シンシアが叫ぶ。「もうこんな時間なのに、どうしたのかしら」

わたしは胸がざわついて、ちらりとメアリの様子をうかがった。だが、その表情にとりたてて変化は見られず、蒼白く上品な頬に赤みが差す気配もない。

ほどなくして、アルフレッド・イングルソープがバウアースタイン博士を案内してきた。博士は笑いながらも、こんな恰好で居間に通してもらうのは申しわけないと、しきりに遠慮している。実のところ、たしかにひどい状態ではあった。文字どおり、全身が泥まみれだったのだ。

「いったい、どうなさったの？」メアリ・キャヴェンディッシュが叫び声をあげる。

「いや、まことに申しわけない」博士は詫びた。「お宅に上がるつもりはなかったんですが、イングルソープ氏にどうしてもと勧められましてね」

「おやおや、バウアースタイン、ずいぶんな目に遭ったようじゃないか」玄関ホールから、ジョンがゆったりとした歩調で入ってきた。「コーヒーでも飲んでいくといい。そして、いったい何があったのか、わたしたちにも話してくれ」

「ありがとう、それじゃ、お言葉に甘えて」博士は困ったように笑った。なんでも、手の届かない場所に希少種のシダが生えているのを見つけ、どうにか採取しようとがんばっていたときに足もとが崩れ、不覚にもすぐそばの池に滑り落ちてしまったのだという。

「濡れた服は日射しですぐ乾いたんですが、それでも惨憺《さんたん》たるありさまでね」

ちょうどそのとき、ホールからイングルソープ夫人に呼ばれ、シンシアはあわてて居間を出ていった。

「すまないけれど、わたしの手文庫を二階に運んでもらえる？　わたしはもう寝ますからね」

居間からホールへの戸口は幅が広い。シンシアがホールに出たとき、わたしは立ちあがっていたし、ジョンもすぐそばに立っていたから、そのときのイングルソープ夫人が、まだ口をつけていないコーヒー・カップを手にしていたことを、三人が目撃したことになる。わたしにとってのこの夜は、バウアースタイン博士の登場によって、すっかりだいなしになってしまった。どっかりと腰をおちつけたきり、永遠に居すわるつもりかとさえ思えたものだ。ようやく博士が立ちあがったときには、思わず安堵《あんど》の吐息が漏れた。

「村までごいっしょしますよ」イングルソープ氏が申し出た。「このあたりの地所の地代について、ちょっと差配人に話があるんでね」そして、ジョンをふりかえる。「帰りは待たずに、先に寝ていてくれ。玄関の鍵は持っていくから」

## 3　悲劇の夜

ここからの話をまざまざと思いえがいていただくためにも、ここでスタイルズ荘の二階の見取り図を掲載しよう。B扉の先は、使用人の部屋が並ぶ区画となっている。イングルソープ夫妻のそれぞれの部屋のある右棟に、使用人の区画から直接には行き来できない。

およそ真夜中かと思われるころ、わたしはローレンス・キャヴェンディッシュに起こされた。ローレンスは手に蠟燭《ろうそく》を持っている。そのせっぱ詰まった表情を見て、わたしは深刻なことが起きたのを悟った。

「何かあったんですか？」ベッドに身を起こし、どうにか頭をしゃんとさせようと努めながら尋ねる。

「母の具合がひどく悪いようなんだ。おそらく、何かの発作を起こしたのかもしれない。だが、扉には内側から鍵がかかっているんだよ」

「わたしも行きますよ」

ベッドから飛び出してガウンをはおり、ローレンスに続いて廊下を、そして階段の後ろの歩廊を通り抜けて、屋敷の右棟へ向かう。

ジョン・キャヴェンディッシュも姿を現した。召使もひとりふたり、途方に暮れてあたふたしている。ローレンスは兄に向きなおった。

「どうしたらいいんだろう？」

この男がいかに優柔不断か、こんなにもまざまざと思い知らされたことはなかった。

ジョンは母親の部屋の扉をどうにか開けようと、ハンドルを乱暴にがちゃがちゃ回してみたが、何の役にも立たなかった。明らかに、この扉は内側から施錠されている。いまや、屋敷じゅうの人間が目を覚ましてしまったのではなかろうか。なにしろ、部屋の中からは怖ろしいうめき声が聞こえてくるのだ。一刻も早く、何か手を打たなくてはならない。

「旦那さまのお部屋から入ってみてはいかがでしょう」ドーカスが叫んだ。「ああ、お可哀相な奥さま！」

旦那さま、つまりアルフレッド・イングルソープがこの場にいないことに、そのときわたしは初めて気づいた――ほかの人間は、全員が顔をそろえているというのに。ジョンはイングルソープ氏の部屋の扉を開けた。中は真っ暗だったが、ローレンスが蠟燭を掲げて後に続くと、そのかぼそい光に照らされて、ベッドには寝た形跡がないこと、しばらく以前からこの部屋は無人だったことが見てとれた。

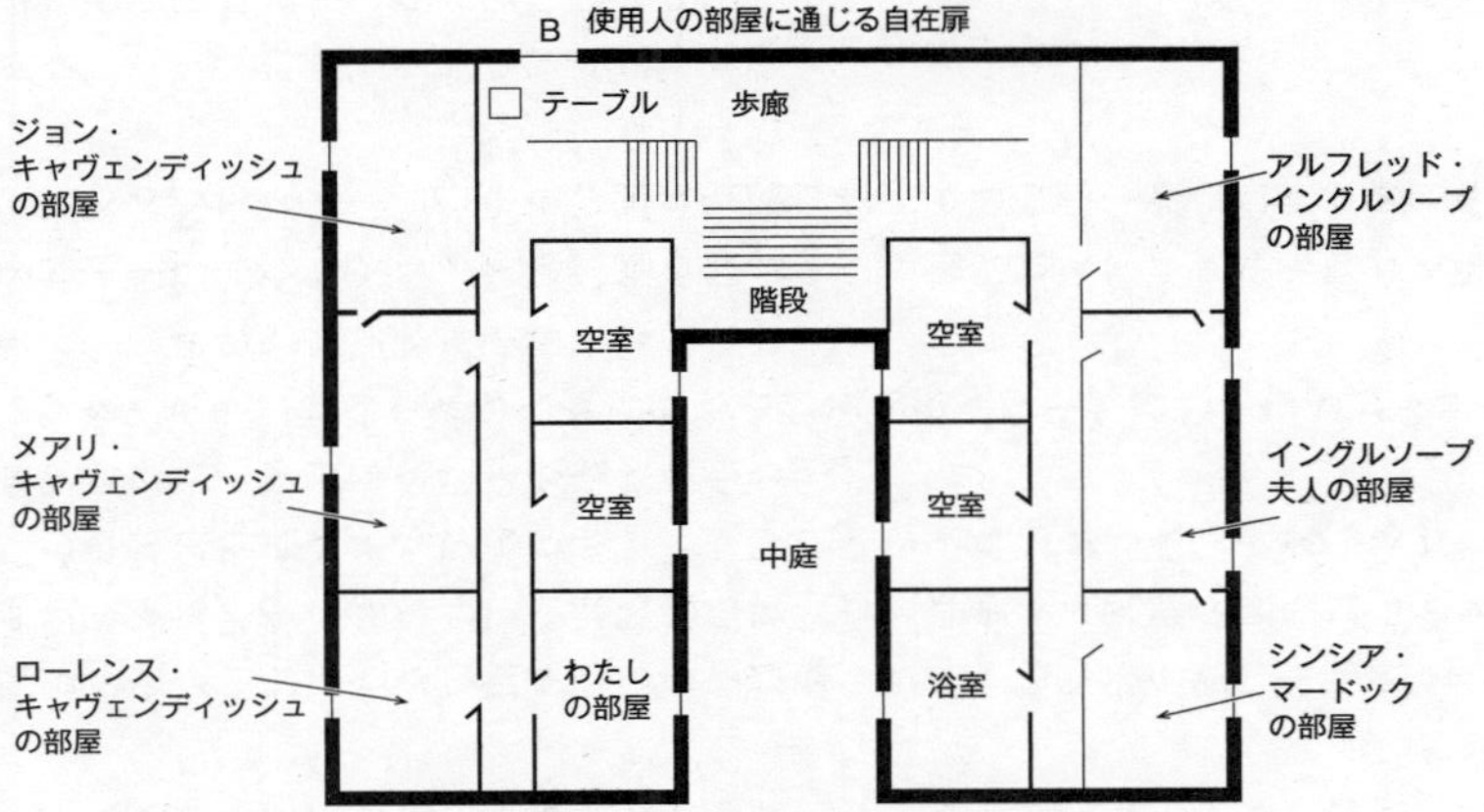

B
使用人の部屋に通じる自在扉
テーブル
歩廊
ジョン・
キャヴェンディッシュ
の部屋
階段
空室
空室
空室
空室
アルフレッド・
イングルソープ
の部屋
メアリ・
キャヴェンディッシュ
の部屋
中庭
イングルソープ
夫人の部屋
ローレンス・
キャヴェンディッシュ
の部屋
わたし
の部屋
浴室
シンシア・
マードック
の部屋

まずは、隣室とつながる扉へ急ぐ。こちらもまた、向こう側から鍵が、あるいはかんぬき錠がかけられているようだ。さて、どうしたものか？

「ああ、そんな」ドーカスが両手を揉みしぼり、泣き声をあげた。「いったい、どうしたら？」

「扉を破るしかないだろうな。簡単なことではないだろうが。そうだ、小間使をひとり一階にやって、ベイリーを起こしてくれ。急いで、ウィルキンズ医師を迎えにいかせるんだ。さてと、この扉に体当たりしてみるか。いや、待ってくれ。たしか、ミス・シンシアの部屋とも扉でつながっているんじゃなかったかな？」

「ええ、でも、あそこはいつもかんぬき錠がかけてあるんです。外したことはありません」

「それでも、いちおう見てみようじゃないか」

ジョンは廊下を走り、シンシアの部屋へ向かった。中にはメアリ・キャヴェンディッシュがいて、シンシアを――どうやら、眠りが深いたちらしい――懸命に揺り起こそうとしている。

ほどなく、ジョンは廊下を戻ってきた。

「だめだ。あっちにもかんぬき錠がかかっている。もう、この扉を破るしかないな。廊下側の頑丈な扉に比べたら、こっちのほうがましかもしれない」

わたしたちは力を合わせ、扉に身体をぶつけた。こちらもなかなかしっかりした造りで、こちらの努力を頑として寄せつけない。それでも、何度もくりかえすうち、やがてわたしたちの重みに耐えきれなくなり、めりめりと音をたてて大きく開いた。

部屋の中に、みなでどっとなだれこむ。ローレンスはいまだ、手に蠟燭を掲げていた。イングルソープ夫人はベッドに横たわっていたが、その身体はひどく痙攣《けいれん》している。苦しみもがくうちに倒してしまったのだろう、かたわらのテーブルがひっくり返っていた。だが、わたしたちが入っていったとたん、痙攣していた四肢から力が抜け、夫人はぐったりと枕に沈みこんだ。

ジョンは大股に部屋を横切り、ガス灯を点《つ》けた。それからメイドのアニーをふりむき、階下の食堂からブランデーを持ってくるよう言いつけると、母親のもとに歩みよる。わたしは扉のかんぬき錠を外し、廊下から部屋に入れるようにした。

わたしはローレンスに向きなおり、これ以上はできることもなさそうだから、そろそろ失礼すると声をかけようとしたが、その顔を見た瞬間、言葉が唇から出てこなくなる。あれほど怖ろしい表情を浮かべた人間を、わたしはこれまで見たことがない。すっかり血の気の失せた顔で、手にした蠟燭から絨毯《じゅうたん》にしずくがぽたぽた落ちるのにもかまわず、わたしの頭ごしに壁の一点をじっと見つめている。その目は、恐怖、あるいはそれに似た感情を浮かべたまま凍りついていた。まるで、自分を石に変えようとする化けものを見てしまったとでもいうように。本能的に、わたしもその視線の先を目で追ったが、何ひとつおかしなものは見あたらなかった。暖炉に燃え残った熾《おき》がちらちらとかすかに光り、炉棚にさまざまな置物が整然と並べてあるが、これといって怖ろしげなものはない。

イングルソープ夫人を襲った激しい発作は、いまや治まりつつあるようだ。あえぎながらも、その喉からとぎれとぎれに言葉が漏れてくる。

「いくらか楽になったわ――急なことだったから――馬鹿みたいね――自分で鍵をかけてしまうなんて」

ベッドに、ふと影が差した。目をあげると、戸口にメアリ・キャヴェンディッシュが立っている。かたわらのシンシアに腕を回し、身体を支えてやっているようだ。シンシアはぼうっとした顔で、いつもとは様子がちがう。頬はひどく赤らみ、何度となくあくびを漏らしていた。

「可哀相なシンシア、すっかり怯えてしまって」低くはっきりとした声で、メアリがつぶやいた。ふと見ると、メアリは白い野良着を身につけている。どうやら、わたしが思っていたよりもかなり遅い時刻だったということか。気がつけば、カーテンの隙間からはかすかな曙光《しょこう》が射しこみ、炉棚の時計はもうすぐ五時を指そうとしていた。

そのとき、ふいにベッドからくぐもった叫び声があがり、わたしははっとした。気の毒な老婦人は、いまや新たな痛みの発作に襲われてしまったようだ。その痙攣のすさまじいことといったら、とうてい正視していられない。誰もが度を失い、あわてふためいていた。

みなでベッドを取り囲みながらも、ただ手をつかねているばかりだ。ついには痛みのあまり、夫人の全身が弓なりにのけぞり、頭とかかと以外はベッドから浮きあがるほどの発作が来てしまう。どうにかブランデーを飲ませようというメアリとジョンの努力も、実を結ぶ様子はなかった。何もできないまま、時がすぎていく。やがて、夫人はまたしても怖ろしいほどに身体をのけぞらせた。

そのとき、バウアースタイン博士がつかつかと部屋に入ってきた。ベッドに横たわる夫人の姿を目《ま》のあたりにし、その場に立ちすくんだ瞬間、イングルソープ夫人は博士をまっすぐに見すえ、喉を詰まらせた声で叫んだ。

「アルフレッド――アルフレッド――」そして、ぐったりと枕に身を沈め、動かなくなる。

ベッドへ大股に歩みよった博士は、夫人の両腕をつかみ、何度も大きく動かした。これは、人工呼吸を施《ほどこ》しているのだろう。博士はさらに鋭い語調で召使たちに短く指示を飛ばすと、威厳たっぷりに片手をひと振りして、その場の全員を戸口まで下がらせた。その位置から、わたしたちは固唾《かたず》を呑んで博士の処置を見まもったが、もう遅すぎて手の施しようがないのだということは、心のどこかで悟ってもいた。博士自身、もはやあまり望みを抱いてはいないのだと、その表情から見てとれる。

やがて、博士は処置の手を止め、沈痛な面持《おもも》ちでかぶりを振った。その瞬間、廊下を近づいてくる足音がして、今度はイングルソープ夫人の主治医、背が低くでっぷりとして騒がしいウィルキンズ医師が部屋に飛びこんでくる。

バウアースタイン博士は、たまたま屋敷の門を通り抜けようとしたとき、ちょうどウィルキンズ医師を迎えにいく車が通りかかったのだと、言葉少なに説明した。事情を聞いて屋敷に駆けこみ、ウィルキンズ医師が到着するのを待つ間、できるだけのことをしていたのだ、と。そして、かすかに手を動かし、ベッドに横たわったまま動かない夫人の身体を示す。

「いやはや、なんとも、なんともおいたわしいことですな」ウィルキンズ医師はつぶやいた。「奥さまもお気の毒に。あまりに――あまりに根を詰めすぎたんでしょう――だから、言わないことじゃない。何度も申しあげたんですよ。奥さまの心臓は、かなり弱っていらっしゃるのだから、と。『無理はなさらないように』――『無理を――なさっては――いけませんよ』とね。だが、どうやら、世のために尽くしたいという奥さまの意志は、あまりに固すぎたようだ。お身体がついていかなかったんでしょう――奥さまの意志に」

ふと気がつくと、バウアースタイン博士は村の医師に、じっと視線を注いでいた。その目をそらすことなく、医師に向かって口を開く。

「痙攣はきわめて激しいものでした。ウィルキンズ先生にも、実際に見ていただければよかったのだが。まちがいなく――強直性に分類される痙攣でしょう」

「なるほど！」ウィルキンズ医師は、いかにもわかったふうにうなずいた。

「よかったら、ふたりだけでお話ししたいのですが」バウアースタイン博士は続け、それからジョンを見やった。「かまいませんね？」

「もちろん」

わたしたちはふたりの専門家を部屋に残し、ぞろぞろと廊下に出た。扉の内側から、かちりと鍵のかかる音が聞こえる。

みな、重い足どりで階段を下りていく。わたしはひどい胸騒ぎをおぼえていた。それなりの推理の才に恵まれていればこそ、バウアースタイン博士の様子が何を意味するのか、怖ろしい仮説が頭の中に組み立てられつつあったのだ。メアリ・キャヴェンディッシュはわたしの腕に手を置いた。

「どういうことかしら？　バウアースタイン先生は、どこか——おかしな様子じゃなかった？」

メアリを見やり、口を開く。

「わたしの意見を話してもいいものかな」

「ええ、お願い！」

「いいですか」わたしは周囲に目を配り、誰にも聞こえないことを確かめた。それから、声を落としてささやきかける。「たぶん、イングルソープ夫人は毒殺されたんですよ！バウアースタイン博士も、それを疑っているんでしょうね」

「何ですって?」メアリは後ずさり、壁に寄りかかった。瞳孔が、奇妙なほど開いている。やがて、その唇から漏れた叫び声に、わたしは息を呑んだ。「いや、いやよ――そんな――そんなはずはないわ!」そして、わたしを振り切るようにして、メアリは階段を駆けあがっていってしまった。ひょっとして失神するのではないかと心配になり、わたしもその後を追う。怖ろしいほど血の気の失せた顔で、メアリは手すりにもたれかかっていた。わたしを見て、苛立《いらだ》ったように手を振り、来ないでくれと合図する。

「お願い――放っておいて。ひとりでいたいの。ほんのしばらくでいいから、そっとしておいてちょうだい。下のみんなのところへ戻って」

仕方なく、わたしは言われたとおりにした。ジョンとローレンスが食堂にいたので、そこに加わることにする。しばらくは、三人とも無言で坐っていたが、ついに耐えきれなくなり、わたしはみながひそかに考えていたであろう疑問を口にした。

「イングルソープ氏はどこにいるんですか?」

ジョンはかぶりを振った。

「屋敷にはいない」

わたしたちは目を見あわせた。いったい、アルフレッド・イングルソープはどこに行ってしまったのだろう? こんな時間に屋敷を留守にするなど、どうにも奇妙だし、説明のつけようがない。イングルソープ夫人の末期《まつご》の言葉が耳によみがえる。あれはどういう意味だったのだろうか？　残された時間にもう少し余裕があったなら、夫人はわたしたちに、いったい何を伝えたかったのだろう？

やがて、ついに医師たちが階段を下りてくる足音が聞こえてきた。ウィルキンズ医師は何やらもったいぶった顔で意気込んでいるが、本来ならはしゃぎたいほどのところを、礼儀正しくこらえているようだ。バウアースタイン博士は後ろに控えたままで、あごひげに覆われた沈痛な顔には変化がない。話しあった内容を家族に告げるのは、ウィルキンズ医師の役目となったようだ。医師はジョンのほうを向き、口を開いた。

「ミスター・キャヴェンディッシュ、恐れ入りますが、検死解剖に同意していただけますか」

「しなければならないんですか？」ジョンは言葉をしぼり出した。苦痛に、顔がひくひくとゆがむ。

「ええ、どうしても」バウアースタイン博士が言葉を添えた。

「つまり、それは――？」

「ウィルキンズ先生もわたしも、この状況では死亡診断書を出せないということです」

ジョンはうつむいた。

「だとしたら、同意するしかないんでしょうね」

「ご協力に感謝しますよ」ウィルキンズ医師はてきぱきと話を進めた。「それでは、明日の夜に行いましょう――いや、もう今晩でしたな」窓から射しこむ朝日にちらりと目をやる。「こういう状況ですと、恐縮ですが検死審問も避けられますまい――必要な手順を踏むだけのことですからな、どうかあまりお気に病まれませんよう」

しばしの沈黙の後、バウアースタイン博士はポケットから鍵をふたつ取り出し、ジョンに差し出した。

「あのふたつの部屋の鍵です。どちらも施錠しておきました。わたしが考えるに、いまは誰も入れないようにしておいたほうがいいでしょうから」

そして、ふたりの医師は帰っていった。

ずっと考えていた計画を、いまこそジョンとローレンスに話すべきだろうか。だが、わたしはまだためらっていた。ジョンはどんなことであれ、世間の噂になるのを嫌がる。そのうえ、放っておいてもなんとかなるだろうと考えがちな楽天家なので、早手回しの策を打ちたがらないのだ。わたしの計画がどれほど有効か、説きふせるのは難しいかもしれない。いっぽうローレンスのほうは、ジョンより考えかたが柔軟だし、想像力もある。こちらは、ひょっとしたら味方になってくれるかもしれない。うまく話を進めるためには、いま切り出すしかないだろう。

「ジョン」わたしは口を開いた。「あなたにお願いがあるんです」

「何かな?」

「前に、友人のポワロのことを話しましたよね。ほら、ちょうどこの村に滞在しているベルギー人ですよ。かつて、すばらしく高名な刑事だった人物なんです」

「ああ、憶えているよ」

「あの男を、ぜひ呼んでほしいんですよ——この事件を捜査するために」

「何だって——いま、すぐにか？　検死審問の前に？」

「ええ、時間を有効に使うべきだと思うんです、もし——もし——何か怖ろしい企《たくら》みがあったのだとしたら」

「くだらないな！」ローレンスが怒りの声をあげた。「ぼくに言わせれば、こんなものはバウアースタインの妄想にすぎないね！　ウィルキンズは疑ってもいなかったじゃないか、バウアースタインにおかしな考えを吹きこまれるまでは。専門医ってのはみんな同じさ、自分の専門のことで頭がいっぱいなんだ。バウアースタインの得意分野は毒物だからね、何だって毒殺に見えてしまうんだよ」

実を言うと、ローレンスのこの剣幕には驚かされた。何があろうと、めったに激昂することなどない性格だと思っていたのに。

ジョンはためらった。

「わたしはそんなふうには思えないな、ローレンス」ややあって、ようやく口を開く。

「ヘイスティングズにまかせたいのはやまやまなんだが、できればもう少し時間を置きたい。よからぬ噂が立ってしまっては困るんだ」

「いや、それはだいじょうぶですよ」わたしは熱心に説きふせた。「そんな心配はいりません。ポワロは口の堅い人物ですから」

「なるほど、だったら、きみにまかせることにしよう。好きにやってもらってかまわない。もっとも、われわれの疑っているとおりなら、これはごく単純な事件に思えるがね。もしも濡れ衣だったとしたら、あの男には申しわけないが！」

わたしは腕時計に目をやった。六時だ。一刻も無駄にはできない。

とはいえ、ほんの五分間だけ、わたしはあえて時間を割《さ》くことにした。図書室に寄り、医学書をあさって、ストリキニーネ中毒に関する記述を探し出す。

## 4 ポワロ、捜査にかかる

亡命してきたベルギー人たちが村で暮らしている家は、屋敷の庭園の門を出てすぐのところにあった。つまり、生い茂った草の間を抜ける小径を歩いていくほうが、敷地内をぐねぐねと走る車道をたどるより早いのだ。そんなわけで、わたしもそちらの近道を選ぶことにする。めざす家にもうすぐ着こうというころ、ふと、こちらに向かって走ってくる男の姿が目にとまった。ほかでもない、イングルソープ氏だ。いったい、昨夜はどこにいたのだろう？　屋敷を留守にしていた理由を、どう説明するつもりだろうか？

イングルソープ氏は、とりみだした様子でわたしに声をかけてきた。

「ああ、なんということだ！　怖ろしいじゃないか！　家内も可哀相に！　何が起きたのか、いまさっき聞かされたんだよ」

「いったい、どこにいたんですか？」

「昨夜はデンビーに引き止められてしまってね。一時ごろ、ようやくお開きになったんだが、そのときになって、結局のところ屋敷の鍵を忘れてきてしまったことに気がついた。召使を起こすのも気の毒だったのでね、デンビーの家に泊めてもらったんだ」

「その知らせは、誰から？」

「ウィルキンズ先生がデンビーに知らせようと立ち寄ってくれてね。可哀相なエミリー！あんな犠牲的精神の持ち主はほかにいない――実に気高い女性だったよ。だからこそ、無理をしすぎてしまったんだ」

わたしは嫌悪感がこみあげてくるのを感じていた。よくもまあ、ぬけぬけと臆面もなく！

「先を急いでいるので」そう断り、イングルソープ氏が行先を尋ねてこないのを幸い、さっさと歩き出す。

二、三分後には、わたしは《リーストウェイズ・コテージ》の扉を叩いていた。
だが、何の反応もなく、いささか苛立《いらだ》ちながら扉を叩きつづける。やがて、上の窓がおそるおそる開き、ポワロ自身が顔を出した。

こちらを見て驚きの声を漏らしたポワロに、わたしは昨夜からの悲劇的な顚末《てんまつ》をかいつまんで話し、力を貸してくれないかと申し出た。

「おお、わが友よ、ちょっと待ってください。いま扉を開けますから、わたしが着替える間に、事件の話をとっくりと聞かせてくださいよ」

すぐに扉のかんぬきが外され、ポワロがわたしを自室に通してくれた。勧められた椅子にかけ、念には念を入れてじっくりと身なりを整えているポワロに、昨夜からのできごとを何もかも、どれほど些細《ささい》に思われることであっても省《はぶ》かずに、順を追って話してきかせる。

自分が未明に起こされたときのこと、イングルソープ夫人が死にぎわに口走った言葉、夫が屋敷を留守にしていたこと、前日に夫婦のいさかいがあったらしいこと。さらには、わたしがたまたま小耳にはさんだ、メアリとその義母であるイングルソープ夫人との会話、しばらく前に起きた夫人とイヴリン・ハワードとのいさかい、そのとき、イーヴィが口走った痛烈な言葉についても。

こうしたことは、なかなか思うように筋道立てて説明ができないものだ。わたしは何度も同じことをくりかえし、ときには忘れていたことをつけくわえるため、時系列を過去にさかのぼったりもした。そんなわたしに、ポワロは温かい笑みを向けた。

「頭の中がぐちゃぐちゃなのですね？　そうでしょう？　焦ることはありませんよ、わが友《モナミ》。いまは動揺し、頭に血が上っている――当然のことです。だが、やがておちついてきたら、ともに事実をきっちりと整理して、あるべき場所に並べていけばいい。ひとつひとつ精査して――不要なものは切り捨てる。大切なものだけ選《よ》りわけて、そうでないものは、ぷーっ！」――ポワロはまるまるとした顔をふくらませ、尖らせた口から冗談めかして吐き出してみせた――「吹き飛ばしてしまえばいいのです！」

「それはそうでしょう」わたしは言いかえした。「だが、何が重要で、何がそうでないか、どうやって見分ければいいんですか？　いつだって、どうしてもそこが難しいんですよ」

ポワロは激しくかぶりを振った。ちょうど、口ひげの形を丹念に整えているところだった。

「難しくはありませんよ。いいですか《ヴォワイヨン》！　ひとつの事実は、次の事実へわたしたちを導いてくれる――それをくりかえしていけばいいのです。次の事実は、この事実とつじつまが合っているだろうか？　ぴったりだ《メルヴェイユ》！　よし！　では先に進もう。次の、この些細な事実は――だめだ、しっくりこない！　これはおかしいな。こういうときは、つまり、見落としている何かがある――鎖の環《わ》のひとつが欠けているのです。そうなったら、ひたすら調べる。探す。やがて、その些細でありながら奇妙な事実、どうでもいいように見えながら、なぜかほかの事実とうまくつじつまが合わなかった事柄が、ぴったりと当てはまる場所が見つかるのですよ!」ポワロは大げさな動きで片手を振ってみせた。「なんとみごとな! すばらしいじゃありませんか!」

「ええ——まあ——」

「そうそう!」ポワロは人さし指をこちらの目の前に突きつけ、勢いよく振ってみせる。わたしはただ、たじろぐばかりだった。「気をつけてくださいよ! 〝こんな些細なこと、いちいち気にしなくてもよかろう。これはつじつまを合わせようがない。だったら、忘れるのがいちばんだ〟——こんなふうに考えてしまうのは、探偵にとってきわめて危険なことなのです。その先は、混迷に踏みこんでしまうだけですからね! 無視してもいい事柄など、ひとつも存在しないのですよ」

「それはわかっています。いつだって、あなたにそう教えられてきましたからね。だからこそ、一見して関係ないように思える些細なことまで、すべてをお話ししたんですよ」

「いや、実にすばらしかった。きみは記憶力がいいし、何もかもありのままに話してくれましたね。話の順序については、あえて何も言いません——まあ、実のところ、ひどいものでしたが! しかし、そこは大目に見ますよ——きみは動転していたのですからね。もっとも重要とさえ思える事柄にまったく触れなかったのも、おそらくそのせいなのでしょう」

「もっとも重要というと？」わたしは尋ねた。

「昨夜の夕食の席で、イングルソープ夫人の食事量がどの程度だったか、きみは話してくれませんでしたね」

わたしはまじまじとポワロを見つめた。どうやら、このすばらしく優秀だったはずの頭脳も、戦争のおかげですっかり鈍ってしまったらしい。いまや、これから着るコートの埃《ほこり》を、ブラシで丹念に払っているが。

「そんなこと、憶えていませんよ」わたしは答えた。「そもそも、見てもいなかったし――」

「見ていなかった？　何より重要な点じゃありませんか」

「そんなことがどうして重要なのか、さっぱりわかりませんね」わたしは苛立ちはじめていた。「まあ、思い出せる範囲では、さほど食は進んでいなかった気がします。夫人はひどく動揺していたから、食欲も失せてしまっていたような。何もおかしなことはないでしょう」

「そのとおり」ポワロは考えこんだ。「何もおかしなことはない」

それから、引き出しを開けて小さな書類かばんを取り出すと、わたしに向きなおった。

「さてと、準備ができましたよ。それでは、そのお屋敷《シャトー》へ出向いて、現場を検分してみましょう。おやおや、わが友《モ・ナミ》よ、ずいぶんあわてて飛び出してきたのですね。ネクタイが曲がっていますよ。ちょっと失礼」慣れた手つきで、ポワロはわたしのネクタイを直してくれた。

「これでよし《サ・イ・エ》！　さて、出発するとしましょうか」

わたしたちは足早に村を出て、番小屋の脇の門からスタイルズ荘の敷地に足を踏み入れた。ポワロはそこでしばし足を止め、いまだ朝露がきらきらと光る美しい庭園を、悲しげな目で見わたした。

「美しいですね、実に美しい。だが、こちらに住まうご家族はお気の毒に、嘆きの海に沈み、悲しみに打ちひしがれているわけですな」

そう言いながら、ポワロは鋭い視線をこちらに向けた。じっと見つめられているうち、わたしはしだいに顔が赤らんでくるのを感じていた。

はたして、この屋敷の家族は本当に、悲しみに打ちひしがれているのだろうか？　イングルソープ夫人が亡くなったからといって、みなの悲嘆はそれほど深かっただろうか。あのときの空気を思い出してみても、居あわせた人々の感情がさほど揺さぶられていたようには思えない。亡くなった夫人は、けっして家族から何のわだかまりもなく愛されていたわけではなかった。あんなふうに亡くなってしまったことは、たしかに衝撃であり、みな心を痛めもしただろう。だが、誰ひとりとして、生々しい悲嘆に心を引き裂かれてはいなかったのだ。

そんなわたしの思いを読みとったらしく、ポワロは重々しくうなずいた。

「そう、きみの考えているとおりですよ。このご家族は結局のところ、血縁という絆に結ばれていたわけではありませんからね。キャヴェンディッシュ家の人々に対して、イングルソープ夫人は思いやりもあり、気前もよかったが、本当の母親というわけではなかった。血のつながりとは強いものです――憶えておいて損はない、結局は、血のつながりがものをいうのですよ」

「ポワロ、ひとつ教えてほしいんですが、あなたはどうして、イングルソープ夫人の昨夜の食事量なんかを知りたがったんですか？　さっきからずっと考えていたんですが、それが今回の事件にどう関係してくるのか、さっぱりわからなくて」
一、二分ほど、わたしたちは無言のまま歩きつづけた。やがて、ポワロが口を開く。
「教えるのはかまいませんよ――まあ、きみも知ってのとおり、本来ならわたしは事件が解決するまで、何も説明しないことにしているのですがね。さて、ここまでの時点で焦点となっているのは、イングルソープ夫人がストリキニーネによって毒殺されたのではないか、そしておそらくその毒は、コーヒーに混入されていたのではないかという点です」

「ええ、それで？」

「そのコーヒーが夫人のもとに運ばれたのは、何時でしたか？」

「八時ごろかな」

「だとすると、夫人はそのコーヒーを、八時から八時半に飲んだことになります——まさか、それより遅いということはありますまい。さて、ストリキニーネというのは、かなり効くのが早い毒物です。症状が現れるのにさほど時間はかからない、おそらくは一時間以内といったところでしょう。だが、イングルソープ夫人の場合、異状に気がついたのは翌朝の五時ごろだったわけです——九時間もかかっている！　とはいえ、毒物の摂取と同じころにたっぷりした食事をとっていれば、効くのが遅れることもあるでしょう。たしかに、この可能性は考慮しなくてはなりません。とはいえ、きみの話によると、夫人は夕食時、あまり食が進まなかったということでしたね。それなのに、症状が現れたのは翌早朝だったと！　これは、どうにも奇妙な話じゃありませんか、わが友よ。その原因は、検死解剖によって明らかにされるかもしれませんがね。とにかく、いまはその点を心にとめておくことです」

屋敷に近づいていくと、ジョンが現れてわたしたちを迎えた。その顔は、げっそりとやつれている。

「こんな怖ろしいことはありませんよ、ムッシュー・ポワロ。よからぬ噂が立つのをわれわれがどれだけ怖れているか、ヘイスティングズからお聞きになりましたか？」

「ええ、それはもう、ご心配なく」

「なんといっても、いまはまだ疑わしい点があるというだけのことでして。何ひとつ、具体的な証拠があるわけじゃないんですよ」

「そうでしょうとも。念には念を、ということですね」

ジョンはわたしに視線を向けながらタバコ入れを取り出し、一本を抜いて火を点《つ》けた。

「イングルソープが戻ってきたのは知っているか？」

「ええ。さっき会いましたよ」

ジョンはマッチの燃えがらを、手近な花壇に投げ捨てた。ポワロはこういうことに我慢がならないたちで、すぐに拾いあげ、土の中に埋めなおした。

「こういう状況で、あの男にどんな態度をとったらいいものか、まったく頭が痛いよ」

「たいへんでしょうが、それもしばらくの辛抱ですよ」ポワロは静かに言葉をかけた。

この謎めいたひとことをどう解釈していいかわからず、ジョンは怪訝《けげん》な顔になった。それから、バウアースタイン博士に託されたふたつの鍵を、わたしに差し出す。

「ムッシュー・ポワロがご希望なら、すべてを見ていただいてかまわないよ」

「現場となった部屋には、鍵がかけられているのですね？」ポワロが尋ねた。

「バウアースタイン博士が、そのほうがいいと判断しましてね」

ポワロは考えぶかげにうなずいた。

「つまり、疑いの余地はないと考えておられるわけだ。なるほど、だとしたら話は簡単です」

わたしたちは屋敷に入って階段を上り、悲劇の部屋に足を踏み入れた。参考までに、主な家具の位置を書き入れた部屋の見取り図を添付しておこう。

ポワロは扉に内側から鍵をかけると、部屋じゅうをくまなく調べにかかった。目につくものに次から次へと、まるでバッタのように忙しく飛びまわる。わたしは現場を踏み荒らしてはいけないと、じっと戸口に立ちつくしていた。だが、ポワロのほうは、そんな気づかいにもいっこうに感謝してはくれなかった。

「何をしているのです、わが友よ？　そんなふうに、まるで――英語では何と言うのでしたかな？――そうそう、串刺しにされた豚のように棒立ちになって」

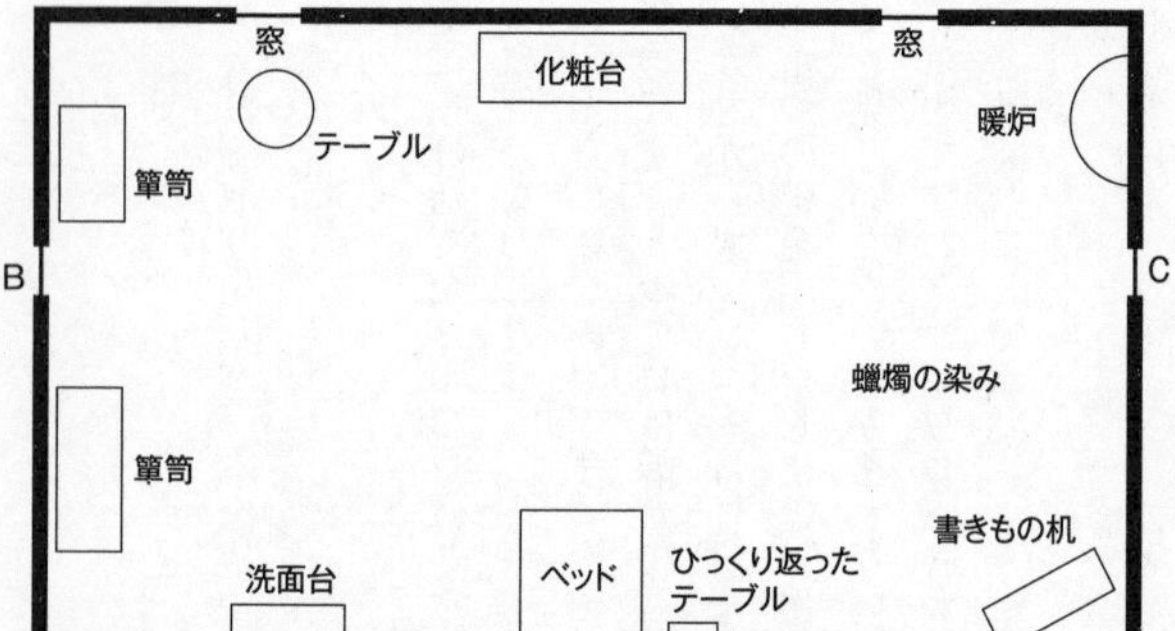


イングルソープ夫人の寝室

A　廊下への扉
B　イングルソープ氏の部屋への扉
C　シンシアの部屋への扉

手がかりとなる足跡を消してしまってはいけないと思ったのだと、わたしはポワロに説明した。

「足跡？　何を言うかと思えば！　この部屋には、すでにけっこうな人数がなだれこんできていたわけでしょう。いまさら、どんな足跡が見つかるというのです？　それより、こっちに来てわたしの捜査を手伝ってくださいよ。この書類かばんは、必要となるまでどこかに置いておきましょう」

ポワロは窓ぎわの丸テーブルにかばんを置いたが、これは軽率な判断だったというべきだろう。ゆるんでいた天板が傾ぎ、書類かばんは床に放り出されることとなった。

「このテーブルときたら《アン・ヴォワラ・ユヌ・ターブル》！」ポワロは叫んだ。「ああ、わが友よ、たとえ大きなお屋敷に住もうと、居心地がいいかどうかは別問題というわけですね」

そんな格言めいたひとことを漏らし、ふたたび捜査にかかる。

書きもの机の上に、小ぶりな紫色の手文庫が置かれていて、鍵穴には鍵が刺さったままになっていた。しばらくの間、ポワロはそれに興味を惹かれていたようだ。鍵を抜き、わたしにも見てほしいとこちらに渡してよこす。もっとも、とくに何か変わったところがあるようには見えなかった。ありふれたエール錠の鍵で、つまみの穴にねじった針金が通してある。

次に、ポワロはわたしたちが壊した扉の縁を調べ、たしかにかんぬき錠がかかっていたことを確かめた。それから、今度は向かいに位置する、シンシアの部屋へ続く扉に歩みよる。こちらもわたしが証言したとおり、やはりかんぬき錠がかかっていた。だが、ポワロはわざわざそのかんぬき錠を外し、音をたてないよう細心の注意をはらいながら、扉の開け閉めを何度かくりかえした。そして、ふとかんぬきの穴の中に何かが入っていることに気づいたらしい。自分のかばんから小さなピンセットを取り出すと、その穴から何やらごく小さなものをつまみ出し、注意ぶかく小封筒に収めて封をした。

簞笥《たんす》の上にはトレイがあり、アルコール・ランプと小さな片手鍋が載っている。片手鍋の中には黒っぽい液体がわずかに残っていて、その液体を飲んだらしい空のカップとソーサーも、すぐ近くに置いてあった。

これを見のがしていたなんて、わたしときたら、不注意にもほどがある。これこそ重要な手がかりではないか。ポワロは慎重な手つきでその液体に指を浸すと、おそるおそる舐めてみて、顔をしかめた。

「ココアですね――おそらく――ラムも入っています」

そして、今度はベッド脇でひっくり返っていたテーブルから、床に投げ出されたものに目を向ける。読書用のランプ、何冊かの本、マッチ、鍵の束、そして木っ端《こっぱ》みじんに砕けちったコーヒー・カップの破片。

「おや、これはおかしいですね」ポワロがつぶやいた。

「正直に言いますが、何がおかしいのか、わたしにはさっぱりわかりませんね」

「本当にわかりませんか？　ランプを見てごらんなさい――火屋《ほや》が二ヵ所で割れているものの、そのままの姿で下に落ちている。しかし、コーヒー・カップのほうは、なぜか完全に粉みじんになっているではありませんか」

「さあねえ」わたしはいささかうんざりした口調になった。「きっと、誰かが踏んづけてしまったんですよ」

「なるほど」ポワロは奇妙な声を出した。「誰かが踏みつけたと」

床に膝をついていた姿勢から立ちあがると、ポワロはゆっくりと暖炉に歩みよった。考えに沈みながら炉棚に並んだ置物に触れ、まっすぐに並べなおす――これは、何かひどく心にかかることがあるときの、いつもの癖だ。

「わが友《モナミ》よ」ポワロはこちらに向きなおった。「誰かがカップを踏みつけ、粉々になるまで踏みしだいたとしたら、考えられる理由はふたつです。カップにストリキニーネが入っていたことを隠そうとしたか――あるいは、さらに由々《ゆゆ》しき事態ではありますが――ストリキニーネが入っていなかったことを隠そうとした、というわけですよ！」

わたしは答えなかった。すっかり頭が混乱してしまっていたが、こんなとき説明してくれと頼んでも、無理に決まっているのだから。しばしの後、ポワロはまた平静をとりもどし、捜査の続きにかかった。床に落ちていた鍵の束を拾い、手の中でしばらくくるくると回してから、やがて明るい色にきらきらと輝く一本を選び、紫色の手文庫の鍵に差しこんでみる。鍵は合い、蓋が開いたが、ポワロは一瞬ためらった後、また蓋を閉めなおした。そして、最初から刺さっていた鍵とともに、鍵の束を自分のポケットにしまう。

「中の書類を見る権利は、わたしにはありませんからね。だが、しかるべき人間が見たほうがいいでしょう――できるだけ早く！」

続いて、洗面台の引き出しをひとつひとつ、ポワロはごく丹念に検《あらた》めていった。さらに左手の窓辺へ部屋を横切ると、焦げ茶色の絨毯《じゅうたん》のほとんど見えないような丸い染みを、ひどく興味を惹かれたらしいそぶりで調べはじめる。床に膝をつき、目を近づけてじっと眺め――はては匂いを嗅ぎさえした。

最後に、鍋に残ったココアを数滴、試験管に流しこんで丁寧に封をする。そして、ポワロは小さなメモ帳を取り出した。

「この部屋では」忙しくペンを走らせながら口を開く。「興味ぶかい点が六つ見つかりましたね。わたしが挙げていきましょうか？　きみにまかせてもいいのですが」

「ぜひ、お願いします」わたしはあわてて答えた。

「よろしい、そうしましょう。まず最初に、床で粉みじんになっていたコーヒー・カップ。ふたつめは、鍵が刺さったままの手文庫。三つめは、絨毯の染みです」

「あの染みは、もうしばらく前のものかもしれませんよ」わたしは口をはさんだ。

「いや、まだはっきりと湿っていたし、コーヒーの匂いがしましたからね。四つめは、深緑色の布の切れ端――実際には糸が一、二本というところですが、布だということはわかります」

「ああ、わかった！」わたしは声をあげた。「さっき、あなたが封筒に保管していたやつですね」

「そのとおり。イングルソープ夫人自身の服がはさまっただけで、事件とは何の関係もない可能性もありますがね。まあ、いずれわかることです。五つめは、これですよ！」芝居がかった手つきで、ポワロは書きもの机のそばの床に落ちた、溶けた蠟の大きな染みを指さした。「この染みは、昨日まではなかったはずです。ちゃんとしたメイドなら、すぐに吸取紙とアイロンで汚れをとってしまいますからね。わたしがいちばん大切にしている帽子も、以前――おっと、横道にそれるところでした」

「たしかに、この蠟が落ちたのは昨夜のことだと思います。わたしたちはみな、すっかり動転していましたからね。あるいは、イングルソープ夫人が自分の蠟燭《ろうそく》から落としたのかもしれない」

「あなたがたがこの部屋に入ったとき、蠟燭は一本しか持ちこんでいないんでしたね？」

「ええ。ローレンス・キャヴェンディッシュが持っていました。ただ、あの男もひどく動揺していましたよ。あのへんを、じっと見つめて」――わたしは炉棚のあたりを指さした

——「まるで、凍りついてしまったかのように」

「それはおもしろい」ポワロはすぐさま応じた。「なかなか示唆に富んだ反応ですな」視線をそちら側の壁全面に走らせる——「しかし、あの大きなしずくを落としたのは、その蠟燭ではありませんね。見たところ、床の染みは白い蠟によるものでしょう。ムッシュー・ローレンスが持っていた蠟燭は、ほら、まだテーブルに載っていますが、ピンク色なのですよ。いっぽう、イングルソープ夫人はこの部屋に蠟燭を持ちこんではいないようですね、もっぱら読書用ランプだけで」

「そうなると、そこから何が推理できるんですか？」

わたしのこの問いには、自分の持って生まれた頭脳を少しは働かせたらどうですかという答えが、いささか苛立った口調で返ってきただけだった。

「じゃ、六つめの興味ぶかい点は？」さらに尋ねる。「きっと、さっき試験管に採取したココアかな」

「いや」ポワロは何やら考えに沈んでいるようだ。「あれを六つめに挙げてもよかったのですがね、やめにしました。そうですね、六つめはまだ言わずにおくことにしますよ」

そう答えておいて、すばやく室内を見まわす。「これ以上は、もうここで調べることもなさそうですね。ただ」——ポワロの鋭い視線が、しばらくの間じっと暖炉の灰に注がれた。「炎は燃えさかり——すべてを焼き尽くす。しかし、ひょっとして——可能性はあるな──見てみましょう！」

床に身軽く両手両膝をつくと、ポワロは火床《ほど》の灰を炉格子の中で注意ぶかくかき分けていった。やがて、ふいに小さな叫びがあがる。

「ピンセットを、ヘイスティングズ！」

すばやくピンセットを差し出すと、ポワロはなかば焦げた小さな紙片を器用につまみ出した。

「見てごらんなさい、わが友《モナミ》よ！　これは何だと思います？」

ごく小さな紙片に、わたしは目をこらした。それがどんなものだったのか、そのまま読者にもお見せしよう。

いったい何なのか、わたしにはわけがわからなかった。普通のノートの切れ端にしては、ありえないほど厚みのある紙だ。そのときふと、あることが頭にひらめく。

「ポワロ！」わたしは叫んだ。「これは遺言状の一部分じゃありませんか！」

「まさに、そのとおり」

わたしはポワロに鋭い目を向けた。

「驚かないんですか？」

「ええ」重々しい口調だ。「予期していたのでね」

紙片を返し、何をあつかうときでも同じ細心な手つきで、ポワロがそれを書類かばんに納めるのを見まもる。わたしは頭がくらくらするのを感じていた。この件に、遺言状はどうかかわっているというのだろう？　燃やしたのは誰だ？　床に蠟のしずくを垂らした人物だろうか？　おそらく。だが、いったいどうやってこの部屋に入ったというのだろう？　すべての扉は、内側からかんぬき錠がかけられていたというのに。

「さてと、わが友よ」ポワロがてきぱきと声をかけてきた。「次に進むとしましょう。小間使に――ドーカスという名でしたかな？――いくつか質問したいことがあるのですよ」

隣のアルフレッド・イングルソープの部屋に入ると、そこでポワロは足を止め、手短に、しかし必要なだけの時間をかけて、中をきっちりと調べあげた。そこから廊下に出ると、一階にあるイングルソープ氏の部屋、そして夫人の部屋の扉を、どちらも忘れずに施錠する。

イングルソープ夫人の書斎も見たいと言われていたので、そこにポワロを案内すると、わたしはドーカスを探しに出かけた。

ようやく見つかり、連れて戻ると、書斎には誰もいなかった。

「ポワロ」わたしは叫んだ。「どこにいるんです？」

「ここですよ、わが友」

いつのまにかフランス窓から外に出ていたポワロは、さまざまな形をした花壇を目にして、うっとりと見とれているところだった。

「みごとなものだ！」口の中でつぶやく。「なんとみごとな！　この左右対称の美よ！　あの三日月形の花壇を見てごらんなさい、それからあちらに並ぶ菱形のも――きっちりと乱れなく、なんと目に快いことでしょう。花どうしの間隔も完璧ですな。植えたのはごく最近のことでしょう？」

「ええ、たしか昨日の午後に。それはとにかく、入ってきてくださいよ――ドーカスを連れてきたんですから」

「わかった《エ・ビャン》、わかりました《エ・ビャン》よ！　ほんのひととき目を楽しませていたくらいで、そうがみがみ言わないでほしいですな」

「気持ちはわかりますがね、事件のほうがもっと重要でしょう」

「この美しいベゴニアが同じくらい重要ではないと、どうして言いきれるんです？」

わたしは肩をすくめた。ポワロがこんなことを言いはじめたら、議論したところで勝ち目はない。

「納得していないようですな。実際に、わたしはそういう体験をしてきたのですがね。まあいい、中に入って、勇敢なドーカスの話を聞きましょう」

ドーカスはきつく縮れた灰色の髪をきっちりと白い帽子に押しこみ、両手を前で組みあわせた姿勢で、書斎に立っていた。まさに、昔ながらのよき召使といった風情《ふぜい》だ。

最初のうち、ドーカスはこの探偵をうさんくさく思っているようだったが、ポワロはそんな警戒心をあっけなく解かせてしまった。まずは、小間使に椅子を勧める。

「さあ、ここにかけて、マドモワゼル」

「恐縮です、旦那さま」

「こちらの奥さま付きの小間使となってから、かなり長くお仕えしているのだったね？」

「十年になります」

「それはそれは、実に長い間、忠実におそばにいたということだ。奥さまのことを、心から慕っていたのだね」

「わたしにとっては、本当にすばらしい奥さまでしたから」

「それでは、いくつか質問をしてもかまわないかね。あなたから事情を聞くことは、キャヴェンディッシュ氏からも全面的に了解を得ているのだ」

「ええ、もちろんお答えしますとも」

「それでは、まず昨日の午後のできごとから始めよう。奥さまは口論をなさったとか？」

「ええ、そうなんです。でも、そのことについては、お話ししていいものかどうか――」

ドーカスはためらった。

ポワロは鋭い目で、じっと小間使を見つめた。

「いいかね、ドーカス、その口論については、憶えているかぎり詳しく話してもらう必要があるのだ。秘密を漏らすのは奥さまへの裏切りだなどと、けっして考えないように。奥さまが亡くなったいま、われわれはすべてを知らなくてはならない——奥さまのご無念を晴らすためにもね。もはやどんなに手を尽くしても、奥さまを生きかえらせることはできないが、誰かが非道な手を使ったというのなら、きっとその犯人に正義の裁きを下してやりたいと、みなが願っているのだから」

「まさに、おっしゃるとおりなんです」ドーカスは激しい口調になった。「あえて名前は申しませんけど、このお屋敷にはひとり、みなが虫酸《むしず》が走るのをこらえてる人がいますからね！　あの男がお屋敷の敷居を初めてまたいだ日こそ、いま思えば厄日だったんです」

ドーカスの怒りがいくらか鎮まるのを待って、ポワロは感情を殺した口調で尋ねた。

「では、その口論について話してくれ。最初にそれを聞きつけたのは？」

「はい、その、昨日たまたまホールを歩いていて、この部屋の前を通りかかったとき——」

「何時ごろ？」

「はっきりとはわからないんですけど、夕食のお茶にはまだ間がありました。たぶん四時ごろか——あるいは、もうちょっと遅かったかもしれません。さっきも申しましたけど、ちょうどこの部屋の前を通りかかったとき、ひどく怒って声高に話す声が聞こえてきたんです。立ち聞きするつもりじゃなかったんですけどね、ただ——まあ、そういうことだったんです。わたしは立ちどまりました。扉は閉まってましたが、奥さまは鋭いお声ではっきりと話していらっしゃいましたから、内容はすべて聞きとれたんです。『あなたはわたしに嘘をついていたのね、わたしを欺《あざむ》いたんだわ』と、奥さまはおっしゃいました。イングルソープさまのお返事は聞きとれなかったんです。あちらは奥さまよりかなり低い声でしたから――でも、それを聞いて、奥さまはこうお答えでした。『よくもまあ、そんなことが言えたものね。あなたがこの屋敷に住んでいられたのも、着るものや食べるものに不自由しなかったのも、すべてわたしのおかげじゃないの！　わたしがいなかったら、何ひとつ手に入らなかったでしょうに！　そのお返しが、この仕打ちというわけね！　よくも、一族の家名に泥を塗ってくれたものだわ！』またしてもイングルソープさまの答えは聞こえませんでしたが、奥さまはさらにこうおっしゃったんです。『あなたがいまさら何を言おうと、わたしの気持ちは変わりません。自分が何をすべきか、やっとわかったのだから。思いなおす余地などありませんよ。世間体《せけんてい》や、夫婦仲をとやかく噂されることを怖れて、わたしが二の足を踏むかもしれないなどと期待しないことね』そこで、おふたりが部屋を出てくる気配がして、わたしはあわててその場を離れたんです」

「奥さまと話していたのは、まちがいなくイングルソープ氏の声だった？」

「ええ、もちろん。ほかに誰がいます？」

「では、それから何が？」

「しばらくして、わたしがホールに戻ってくると、書斎はしんと静まりかえってました。

五時に奥さまが呼鈴を鳴らし、書斎にお茶を――食べものはいらないから――持ってきてと、わたしにおっしゃいました。奥さまはひどいご様子でした――顔が真っ青で、大層うろたえて。『ドーカス、とてもつらいことが起きてしまってね』と、奥さまはおっしゃいました。『お可哀相に、奥さま』と、わたしは申しあげたんです。『熱いお茶をお飲みになれば、きっとご気分もよくなりますよ』と。奥さまは、何かを手に持ってらっしゃいました。お手紙なのか、ただの紙切れだったのかはわかりませんが、何か字が書いてあって。とうてい信じられないという目で、奥さまはじっとその紙を見つめてたんです。わたしがいるのを忘れてしまったかのように、奥さまはひとりごとをささやきました。『こんなひとことふたことで――すべてが変わってしまうなんて』それから、わたしにこうおっしゃいました。『男なんてけっして信じてはいけないよ、ドーカス、そんな値打ちはないからね！』わたしは急いでお茶を淹れにいったんです。濃くておいしいお茶をお持ちすると、お礼を言ってくださって。飲んだらだいぶ気分がよくなったとおっしゃってました。それから『本当に、どうしたものかしらね』とつぶやいたんです。『夫婦の揉めごとが悪い噂となるのは怖ろしいことだよ、ドーカス。できることなら、うまく揉み消してしまいたいのだけれど』と。そこにキャヴェンディッシュの奥さまがいらしたので、その話はおしまいになりました」

「そのとき、例の手紙か何かを、奥さまはまだ手に持っていたのだね？」

「ええ」

「その後、奥さまはその紙をどこへやったか、心当たりは？」

「そうですね、わたしにはわかりませんけど、たぶんご自分の紫の手文庫に入れて、鍵をかけたんじゃないかと思います」

「大切な書類を、奥さまはいつもあの手文庫に入れておいたのだね？」

「ええ、そうなんです。毎朝、ご自分の部屋からあの手文庫を持って下りてこられ、お休みになるときには持って上がってました」

「奥さまが、あの手文庫の鍵を失くされたのはいつだった？」

「鍵が見あたらなくなったのは、昨日のお昼どきのことでした。気をつけて探してみてちょうだいと、奥さまから言われましたから。そのことで、ずいぶんあわてておいででした」

「とはいえ、鍵の複製はお持ちだったのだね？」

「ええ、そのとおりです」

なぜそんなことを知っているのだろうという目で、ドーカスはまじまじとポワロを見つめた。実を言うと、わたしもだ。この鍵の紛失の件は、いったいどういうことなのだろう？　ポワロはにっこりした。

「不思議がることはない、ドーカス。知ることがわたしの仕事なのでね。失くした鍵というのはこれかな？」さっき手文庫の鍵穴に刺さっていた鍵を、ポケットから取り出してみせる。

ドーカスは、まるで目玉が飛び出しそうな顔になった。

「ええ、たしかにそれです。いったい、どこで見つけられたんですか？　どこもかしこも探したつもりだったのに」

「昨日はなかった場所に、きょうはあったということだね。さて、次の質問に移るが、奥さまは深緑色のドレスをお持ちだったかな？」

思いもかけない質問に、ドーカスは驚いたようだ。

「いいえ」

「たしかかね？」

「ええ、お持ちではありませんでした」

「それでは、このお屋敷に、誰か深緑色のドレスを持っていたかたは？」

ドーカスは考えこんだ。

「シンシアさまは緑のドレスをお持ちですけど」

「明るい緑、それとも深緑？」

「明るい緑のドレスです。シフォンでしたか、そんな生地の」

「なるほど、それはわたしの探しているドレスではないな。ほかに、どんなものでも緑の服を持っているかたはいるかね？」

「いいえ――わたしは存じません」

この答えに落胆したとも、そうでないとも、ポワロの表情からは読みとれなかった。ただ、こんなふうに続けただけだ。

「よろしい、この件はここまでにして、先に進もう。昨夜、奥さまが睡眠薬を服用された可能性は？」

「昨夜はお服《の》みになりませんでした、それはたしかです」

「どうして、そんなにはっきりと知っているのかね？」

「薬の箱に、もう睡眠薬がなかったからです。二日前に最後の分をお服みになったきり、新しくは調合してもらってませんから」

「まちがいないね？」

「はい」

「よし、この件は解決だ！　ところで昨日、奥さまから何か書類に署名するよう頼まれなかったかな？」

「書類に署名？　いいえ」

「昨日の夕方、ヘイスティングズとローレンスの両氏が帰宅したとき、奥さまは何通もの手紙を書くのに忙しくされていたという。その手紙の宛先に、心当たりはあるかね？」

「申しわけありませんが、何も。昨日の夕方は外出しておりましたので。アニーなら何か知ってるかもしれませんが、あの娘はどうもぼんやりしてましてね。昨夜のコーヒー・カップも出しっぱなしなんですから。わたしがちょっと目を離すと、いつもこれなんです」

ポワロは片手を挙げた。

「片づけていなかったコーヒー・カップは、ドーカス、もうしばらくそのままにしておいてくれ。ぜひ調べてみたいのでね」

「かしこまりました」

「外出したのは、昨夜の何時ごろだった？」

「六時ごろでした」

「ありがとう、ドーカス、質問は以上だ」ポワロは立ちあがり、窓に歩みよった。「あの花壇は本当にすばらしい。こちらのお屋敷では、庭師を何人雇っているのかね？」

「いまはたった三人なんですが。開戦前は五人いて、紳士のお屋敷らしくお世話もゆきとどいてたんですが。あのころのお庭を見ていただけたらと思いますよ。本当にすばらしい眺めでした。それが、いまはマニングのじいさんと息子のウィリアム、あとはズボンなんかをはいた、いまどきの女庭師がいるだけですからね。ああ、嫌な時代になってしまったものだわ！」

「きっとまた、いい時代もやってくるよ、ドーカス。少なくとも、われわれはそう願っている。さて、それではアニーをここによこしてもらえるかね？」

「かしこまりました。それでは、失礼いたします」

「イングルソープ夫人が睡眠薬を服用していたなどと、いったいどうしてわかったんですか？」ドーカスが部屋を出ていくと、わたしはもう好奇心が抑えきれなくなった。「それに、あの鍵を紛失したとかいう話、それに複製の鍵の件は？」

「まずはひとつずつ説明しますよ。睡眠薬の件は、ここから知りました」ポワロは小さなボール紙の箱を取り出してみせた。薬剤師が粉薬を出すときに使うものだ。

「どこで見つけたんです？」

「イングルソープ夫人の寝室で、洗面台の引き出しから。これが、わたしの挙げた興味ぶかい点の六つめですよ」

「でも、最後の薬を服用したのが二日前なら、事件とは関係ないんじゃありませんか？」

「おそらく、そうかもしれませんね。だが、その箱を見て、きみは何かおかしなことに気づきませんか？」

わたしはしげしげと箱を見つめた。

「いえ、何も」

「ラベルを見てごらんなさい」

わたしは注意ぶかくラベルを読みあげた。「〝就寝時に一包、必要に応じて服用のこと。イングルソープ夫人宛てに処方〟――いや、とくに何も気になりませんが」

「薬剤師の名前が、どこにも見あたらないでしょう？」

「本当だ！」わたしは叫んだ。「たしかに、これはおかしいな！」

「自分の名を印刷したラベルなしに、薬剤師がこんな箱入りの薬を送ってよこすなど、これまで見聞きしたことがありますか？」

「いや、ないですね」

すっかり勢いこんだわたしの意気込みに、ポワロはあっさりと水を差した。

「とはいえ、これは簡単に説明がつくでしょう。そんなに深読みするほどのことじゃありませんよ、わが友」

床のきしむ音が近づいてきたかと思うと、アニーが姿を現す。おかげで、わたしは何も言いかえすひまがなかった。

アニーは堂々たる体格の元気そうな娘で、こんな悲劇につい心躍ってしまう残忍さの入り混じった興奮を、どうにか押し隠そうとしていた。

ポワロは感情のこもらないてきぱきした口調で、いきなり本題に入った。

「アニー、きみを呼んでもらったのは、イングルソープ夫人が昨夜書いていた手紙について、いくつか訊きたいことがあったからだ。手紙は何通あった？　宛先で、憶えているものはあるかな？」

アニーは考えこんだ。

「手紙は四通でした。一通はミス・ハワード宛てで、もう一通は弁護士のウェルズ氏宛て、後の二通はよく憶えてないんですけど――そうだ、一通は《ロスの店》宛てでした。タドミンスターの料理配膳業者なんです。最後の一通はわかりません」

「よく考えて」ポワロは促した。

アニーは必死に記憶をたどっていたが、何も浮かばないようだった。

「すみません、きれいに忘れちゃって。そもそも、ちゃんと見てもいなかったんです」

「それならそれでいい」ポワロは落胆した様子も見せなかった。「今度は別のことを尋ねよう。イングルソープ夫人の部屋には、ココアの入った片手鍋があった。奥さまは毎晩ココアを召しあがるのかね？」

「ええ、夕方にお部屋へお持ちするのが、毎日の習慣になってました。奥さまが夜にご自分で温めるんです――お飲みになりたいときに」

「鍋の中身は？　ココアだけかね？」

「ええ、あと牛乳と、茶さじ一杯のお砂糖、茶さじ二杯のラム酒が入ってます」

「お部屋には誰が運んでいた？」

「あたしです」

「毎晩？」

「ええ」

「お部屋のカーテンを閉めにうかがうときに、決まってお持ちしてました」

「何時ごろ？」

「それは、厨房でこしらえたものをそのまま運ぶのかね？」

「いえ、ほら、厨房のガスこんろはそれほど数がないでしょう。だから、コックはいつもココアを先に作っておくんです、お夕食の野菜なんかを火にかける前にね。あたしはいつそれを二階に運び、まずは自在扉の脇のテーブルに置いておくんですよ。奥さまのお部屋に運ぶのは、しばらく後になってからです」

「自在扉があるのは、たしか左棟だったね？」

「ええ」

「その脇のテーブルというのは、自在扉のこちら側か、それとも向こう――使用人の区画側かな？」

「こちら側です」

「昨夜、ココアを二階に運んだのは何時ごろだった？」

「たしか七時十五分ごろでした」

「それでは、イングルソープ夫人の部屋に持っていったのは？」

「カーテンを閉めにうかがったときです。八時ごろでした。まだ閉めている途中で、奥さまも寝室に上がってこられました」

「すると、七時十五分から八時まで、ココアの鍋は左棟の自在扉脇のテーブルに置きっぱなしになっていたのだね？」

「ええ、そうです」アニーの顔が、じわじわと赤くなりつつある。やがて、娘は思いがけないことを口走った。

「もしココアにお塩が入っていたんなら、それはあたしのせいじゃありません。あたし、お塩なんかお鍋に近づけてもいないんです」

「いったい、なぜココアに塩が入っていたのではと思ったのかね？」

「トレイにこぼれていたからです」

「トレイに塩がこぼれているのを見た？」

「ええ。厨房で使う粗塩みたいに見えました。最初にトレイを二階に運んだときには、何も気がつかなかったんです。でも、奥さまの部屋に持っていこうとしたら、すぐ目について。本当は、そのココアはいったん厨房に下げて、コックに新しいのを作ってもらうべきだったんでしょうね。でも、ドーカスがいなくて忙しかったし、たぶんココアの中には入ってない、トレイにこぼれただけなんだと思ったんです。だから、エプロンでお塩だけ払い落として、そのまま運んでいきました」

わたしはもう、湧きあがる興奮を抑えきれずにいた。自分が何を見たのかも気づかないまま、アニーはまさに重要な証言をしてくれたのだ。〝厨房で使う粗塩〟だとばかり思っていたものが、実はストリキニーネ、つまり人類にとってもっとも怖ろしい毒物のひとつだったと知ったら、この娘はどれほど仰天することか。表情も変えずに話を聞いているポワロには、感心せずにいられない。なんという自制心だろう。わたしはじりじりしながら次の質問を待ったが、その期待は空振りに終わった。

「イングルソープ夫人の部屋に入ったとき、ミス・シンシアの部屋への扉には、鍵がかかっていたかね？」

「ええ、あそこの鍵はいつもかかってるんです。開けたことはありません」

「では、イングルソープ氏の部屋への扉は？　あちらの鍵は確かめた？」

アニーはためらった。

「はっきりとはお答えできません。閉まってたのはたしかなんですけど、鍵がかかってたかどうかはわからないんです」

「最後にきみが部屋を出たとき、イングルソープ夫人は扉に鍵をかけたかね？」

「いいえ、そのときはかけてませんでした。でも、きっと後からかけたと思います。奥さまはいつも、夜は鍵をかけて休まれるんです。廊下に出る扉のほうはね」

「昨夜、奥さまの部屋を出るとき、床に蠟のしずくが垂れていたのには気づかなかった？」

「蠟のしずく？　いいえ、全然。奥さまのお部屋に蠟燭はないんです。読書用のランプだけで」

「それなら、もしも床に蠟のしずくが大きく広がっていたら、きみはきっと気がついただろうね？」

「ええ、すぐに気がついて、吸取紙と熱いアイロンできれいにしてたはずです」

次に、ドーカスにも浴びせた質問を、ポワロはくりかえした。

「奥さまは緑のドレスを持っていたかね？」

「いいえ」

「ドレスでなくてもいい、ひょっとしてマントか、ケープか、あるいは——あれは何といったかな？——スポーツ・コートは？」

「緑のはありませんでした」

「このお屋敷に、ほかに緑の服を持っている人はいない？」

アニーは考えこんだ。

「ええ、いませんね」

「それはたしかかね？」

「たしかです」

「よろしい《ビャン》！　知りたいことはこれで全部だ。とても助かったよ」

ぎこちない笑いを漏らし、アニーはまた床板をきしませながら出ていった。わたしはもう、こらえていた興奮を抑えきれなかった。

「ポワロ」大声で叫ぶ。「おめでとう！　すばらしい発見ですね」

「すばらしい発見とは？」

「毒が入れられていたのはコーヒーではなく、ココアだったということですよ。これで、すべて説明がつくじゃありませんか！　明けがたまで症状が現れなかったのも当然のこと、ココアを飲んだのは真夜中だったんですからね」

「では、きみはあのココアに——いいですか、ヘイスティングズ、あのココアですよ——ストリキニーネが入っていたと思うのですね？」

「当然じゃありませんか！　トレイにこぼれていた塩とやらの件を、ほかにどう解釈しようがあるんです？」

「本当に塩だったかもしれませんよ」おちついた口調で、ポワロは答えた。

わたしは肩をすくめた。ポワロがそういうつもりなら、議論したところで仕方がない。気の毒ではあるが、この男も老いてしまったのだという思いが頭をよぎったのは、けっしてこれが初めてではなかった。とはいえ、今回こうして理解の早い人間がかたわらに控えているのは、ポワロにとってせめてもの幸運ではなかったかという思いを、心中ひそかに噛みしめる。

　そんなわたしを、ポワロは穏やかにきらめく目で見つめていた。

「わたしのやりかたに不満があるようですね、わが友《モナミ》よ」

「いいですか、ポワロ」わたしは冷ややかに返した。「捜査の方針を決めるのはわたしじゃない、あなたの役割ですからね。あなたにあなたなりの意見があるのは当然ですし、それと同じく、わたしにもわたしなりの意見があるというだけのことですよ」

「実にごもっともなご意見ですな」ポワロは身軽く立ちあがった。「さて、この部屋はもう調べおえました。ところで、この隅にある小さいほうの机は誰のものですか？」

「イングルソープ氏ですよ」

「なるほど！」ポワロはその書きもの机に歩みより、巻きあげ式の蓋をそっと開けてみようとした。「鍵がかかっていますな。だが、ひょっとしてイングルソープ夫人の鍵束の中のどれかが合うかもしれません」慣れた手つきで一本ずつ、差しこんでは回してみる。やがて、その口から満足の叫びが漏れた。「よし！《ヴオワラ》　この鍵ではないようですが、どうにか用は足りました」蓋を押しあげると、きっちりと整理された書類にすばやく目を走らせる。驚いたことに、ポワロは中を調べることはせず、満足げにこんな言葉をつぶやきながら、また蓋を閉めて鍵をかけなおした。「このイングルソープ氏という人物は、まちがいなく几帳面な性格ですな！」

〝几帳面な性格〟というのは、ポワロの価値基準に照らせば、他者に向けられる最高の賛辞といっていい。

さらに、まったく脈絡のないことをつぶやきはじめた友人を見て、もう昔の鋭利な頭脳の持ち主ではないのだと、わたしはしみじみと思い知らされた。

「あの机にはまったく切手が見あたりませんでしたが、本来なら当然あるはずでしょう、ねえ、わが友《モナミ》よ？　本来なら、ね。そう」――ポワロは室内を漠然と見わたした――「この書斎からは、もう何も見つからないでしょう。たいした収穫もありませんでした。これだけですね」

　くしゃくしゃに丸めた封筒をポケットから取り出し、こちらに投げてよこす。それは、いかにも奇妙なしろものだった。何の変哲もない、薄汚れた古い封筒に、いくつかの言葉が意味もなく走り書きされている。

　その写しを、ここに載せておこう。

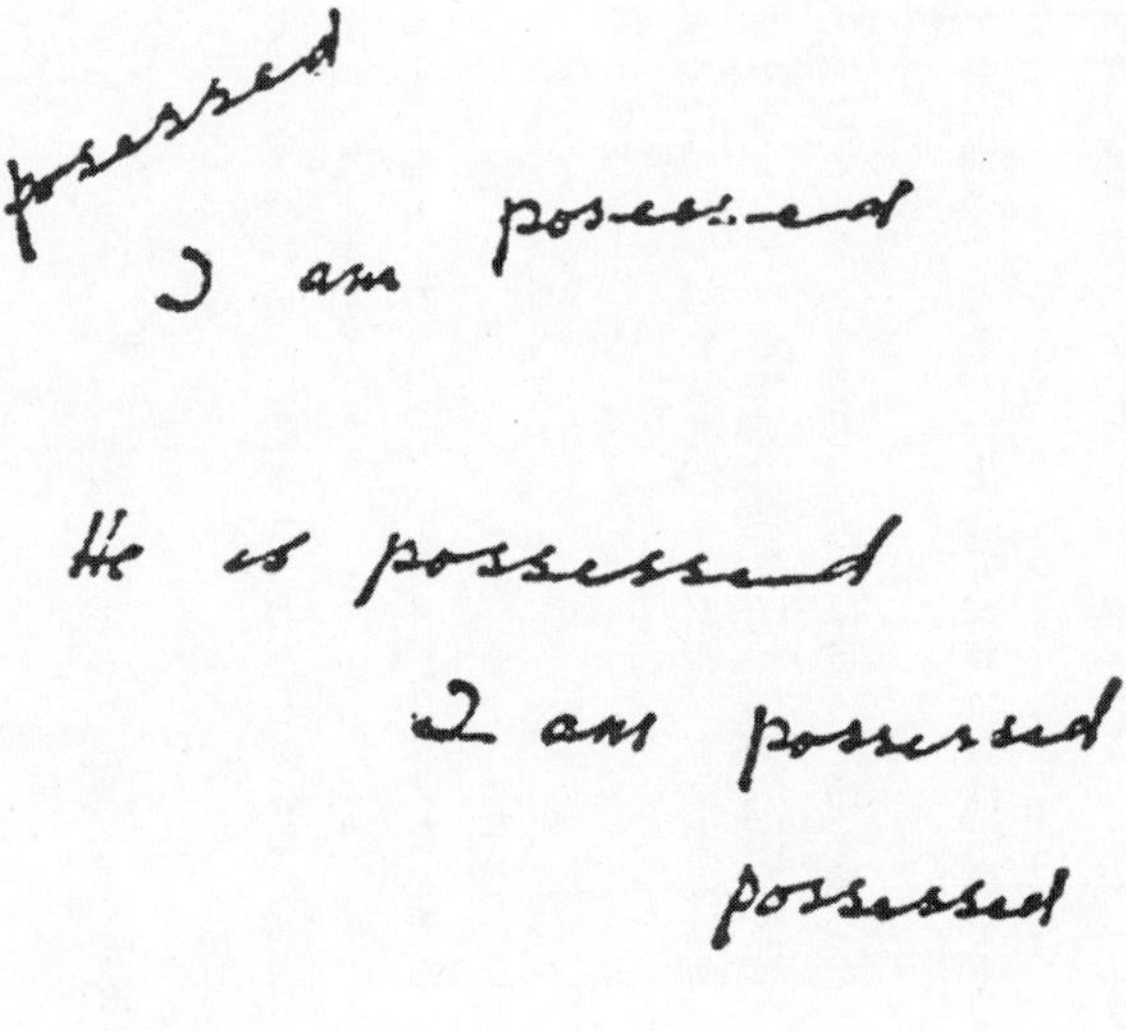

5

「ストリキニーネじゃないでしょうね？」

「いったい、これはどこから見つけたんですか？」好奇心に駆られ、わたしは尋ねた。

「くずかごからね。この筆跡が誰のものかわかりますか？」

「ええ、これはイングルソープ夫人の字ですよ。だが、いったいどういう意味なんだろう？」

　ポワロは肩をすくめた。

「なんとも言えませんが――実に思わせぶりですな」

　ふと、とんでもない思いつきが頭をよぎった。ひょっとして、イングルソープ夫人は何らかの妄想に衝き動かされていたのではなかろうか？　それで、悪魔にとりつかれる《possessed》などという、突拍子もないことを考えていたのでは？　だとすると、夫人は自ら生命を絶った可能性も否定できないのではないか？

　その仮説を披露しようとした矢先、ポワロが別のことを言い出して、わたしは出鼻をくじかれた。

「さあ、行きましょう。次は、コーヒー・カップを調べないと！」

「ポワロ、勘弁してくださいよ！　ココアの件が明らかになったいま、いまさらコーヒー・カップを調べてどうするんです？」

「やれやれ《オー・ラ・ラ》！　あのココアにはもううんざりですよ！」ポワロはおどけたように叫んでみせた。

　あまりに愉快そうな笑い声をあげ、降参だといわんばかりに両手を挙げてみせるポワロを見て、なんと感じの悪いふるまいだろうかと、わたしは心底げっそりした。

「そうは言いますが」思わず知らず、さらに冷ややかな口調になる。「そもそもイングルソープ夫人はコーヒーを自分で二階に持っていったんですからね、いったい何が見つかると期待しているんですか？　まさか、コーヒーのトレイにストリキニーネの小箱がでんと載せてあるとでも？」

　ポワロはすっと真顔になった。

「まあまあ、わが友よ」こちらの腕に腕をからめてくる。「そう怒らないでください《ヌ・ヴ・ファシェ・パ》よ！　わたしはコーヒー・カップを調べますが、きみのココアもけっしておろそかにはしませんよ。ね！　これで手打ちにしませんか？」

　その言いかたがいかにも冗談めかしていたため、わたしもつい笑ってしまった。いっしょに居間へ向かうと、そこにはコーヒー・カップとトレイが、昨夜わたしたちが最後に置いたままの状態で残してあった。

ポワロはまず、ここでの昨夜のやりとりを逐一わたしに再現させ、真剣に耳を傾けた。それから、それぞれのカップの位置を丹念に確認する。

「では、キャヴェンディッシュ夫人はトレイの脇に立っていたんですね——そして、コーヒーを注いだ。なるほど。それから、窓辺に坐っているきみとマドモワゼル・シンシアのところにやってきた。よし。それで、ここに三客のカップがあると。それなら、半分ほど飲み残したまま炉棚に置かれたカップは、ローレンス・キャヴェンディッシュ氏のものとなりますね。この、トレイの上に置かれたカップは？」

「ジョン・キャヴェンディッシュのですよ。ジョンが置くところを見ましたからね」

「なるほど。一、二、三、四、五——しかし、そうなると、イングルソープ氏のカップはどこです？」

「あの男はコーヒーを飲みませんから」

「では、これですべてのカップの位置が明らかになったわけですね。ちょっと待ってください、わが友よ」

細心の注意をはらって、ポワロはそれぞれのカップの底から一、二滴のコーヒーを採取すると、すべて別々の試験管に流しこんで封をした。その作業と並行して、ひとつずつ舐めて味を確かめていく。そうしていくうちに、ポワロの表情は奇妙な変化を見せた。うまい形容が見つからないが、なかば不思議そうな、なかばほっとしたような顔、とでもいうのだろうか。

「よし《ビヤン》！」作業を終え、声をあげる。「これではっきりしましたよ！　思いついたことがあったのですが——わたしのまちがいだったことがわかりました。そう、まったくの外れでしたよ。奇妙な話ではありますが。まあ、それならそれでよし！」

そして、ポワロならではの肩をすくめるしぐさで、心にかかっていたらしい問題を振りはらう。コーヒーをどんなに調べたところで袋小路に入りこむだけだということくらい、そもそも最初からわかっていたはずなのにと、よっぽど言ってやろうかと思ったが、わたしはどうにか自制した。いかに老いたとはいえ、ポワロはかつて偉大な業績を残した人物なのだから。

「朝食の準備ができたよ」ホールから、ジョンが居間に入ってきた。「あなたもごいっしょにいかがです、ムッシュー・ポワロ？」

無言のまま、ポワロが誘いに応じる。わたしはジョンをじっと観察した。いまはもう、ほとんどふだんの様子と変わりなく見える。昨夜の衝撃にいったんは動揺したものの、ものごとに動じない本来の気性が、すぐにまた表に出てきたのだろう。もともと想像力というものをほとんど持ちあわせない男で、どうやら想像力がありすぎるらしい弟とは、正反対の性格といっていい。

今朝はずいぶん早くから、ジョンは忙しく働いていたようだ。電報を送ったり——最初に知らせたうちのひとりはイヴリン・ハワードだった——新聞に載せる死亡広告の原稿を書いたりといった、死にまつわる憂鬱《ゆううつ》な雑用を、せっせとこなしていたのだという。

「捜査の進み具合をうかがってもかまいませんか?」ジョンが尋ねた。「母ははたして自然に亡くなったのか、それとも——それとも最悪の事態を覚悟すべきなのか、捜査の風向きはどちらだろうと思いましてね」

「わたしが思うに、ミスター・キャヴェンディッシュ」ポワロは重々しく口を開いた。「虚《むな》しい希望にすがるのはやめておくべきでしょうな。ほかのご家族はどう考えておられるのか、うかがってもかまいませんか?」

「弟のローレンスは、わたしたちがみな、何でもないことで騒ぎすぎだと信じているようです。どう見ても、ただの心臓発作に決まっているのに、と」

「なるほど、そうお考えですか。それはおもしろい——非常におもしろいですな」ポワロはそっとつぶやいた。「では、あなたの奥さまは?」

かすかな影が、ジョンの顔をよぎった。

「この件について家内がどう考えているのか、わたしにはまったくわからないんですよ」

この答えに、しばし緊迫した空気が流れる。ジョンはどことなくぎこちない口調で、この気まずい沈黙を破った。

「イングルソープ氏が戻ってきたことは、もうお話ししましたっけね?」

ポワロは頭をかしげた。

「われわれにとっては、なんともやりにくい状況でしてね。むろん、これまでと同じように接するべきなのはわかっているんですが——しかし、くそっ、ひょっとして殺人犯かもしれない相手と食卓を囲むのは、なんとも胸が悪くなりますよ！」

ポワロは同情をこめてうなずいた。

「よくわかりますとも。あなたにとっては、実に気まずいことでしょう、ミスター・キャヴェンディッシュ。そこでひとつ、お尋ねしたいことがあるのですがね。昨夜イングルソープ氏が屋敷に戻らなかったのは、たしか玄関の鍵を忘れていったからだとか。そうでしたね？」

「ええ」

「鍵を忘れたというのは本当だったのでしょうか——イングルソープ氏がまちがいなく鍵を置いていったことは確認できましたか？」

「さあ、なんとも。鍵があるかどうかを実際に確かめるなんて、考えもしませんでしたよ。いつも、玄関ホールにあるテーブルの引き出しに入れてあるんです。いま、ちょっと見てきますよ」

ポワロは片手を挙げ、かすかな笑みを浮かべた。

「いや、いや、ミスター・キャヴェンディッシュ、いまとなっては遅すぎます。まちがいなく、いま引き出しを見れば、鍵は入っているでしょうね。イングルソープ氏が鍵を持って出たとしても、戻す時間は充分にあったわけですから」

「そうすると、あなたのお考えでは――」

「別に、何を考えているというわけではないのですよ。ただ、もしも今朝イングルソープ氏が帰宅する前に、引き出しに鍵があるのを誰かが確認していたとしたら、それが氏にとっては有利な証拠となった。それだけのことです」

ジョンはわけがわからないという顔になった。

「ご心配なく」ポワロは穏やかな口調だ。「こんなことで悩むにはおよびませんよ。せっかくご親切に誘っていただいたのですから、まずは朝食をいただくことにしましょう」

食堂には全員が顔をそろえた。こんな状況で、明るく話がはずむわけもない。衝撃が薄らぐにつれ、今度は反動で重苦しい空気がのしかかってくるもので、わたしたちは誰しもそれを感じずにはいられなかった。身についた礼儀、そしてこの身体に流れる良家の血によって、われわれはみな、いつもと同じようにふるまわなくてはならないと自らを戒《いまし》めていたのはたしかだ。とはいえ、こうして曲がりなりにもみなが平静を保っていられたのは、本当に強い克己心《こっきしん》のおかげなのだろうか。赤く泣き腫《は》らした目も、ひそかに悲しみに暮れていたらしいそぶりも、いっこうに見あたらない。今回の悲劇をもっとも悲しんでいるのはドーカスではないかというわたしの見立ては、あながち外れてはいないようだ。

もっとも、アルフレッド・イングルソープだけは例外だ。いかにも妻に先立たれた夫らしくふるまってはいるが、わたしから見ると、そのわざとらしさがどうにも鼻につく。わたしたちに疑われていることを、はたして本人も気づいているのだろうか。さすがに気づかないはずはないだろうから、わたしたちと同様、気づいていながらそれを隠しているにちがいない。知らないふうを装《よそお》いながら、本当は恐怖におののいているのだろうか、それとも、自分の犯行が露見するはずはないと、高をくくっているのだろうか？　一同の疑念に気づいているのなら、自分はすでに容疑者としてあつかわれているのだと、警戒せずにはいられないだろうに。

だが、本当に家族の誰もが、この男を疑っているのだろうか？　メアリ・キャヴェンディッシュはどうだろう？　優雅に端然として、謎めいた風情でテーブルの上座についているメアリ。柔らかい灰色のドレスをまとい、手首の白いひだ飾りからすんなりした手をのぞかせている姿は、なんと美しいのだろう。とはいえ、その気になれば、メアリはまるでスフィンクスのように、心のうちをけっして相手に悟らせることはない。きわめてもの静かで、めったに口を開かないものの、その魂には周囲を圧するほどの力が秘められていて、その場にいる全員を支配しているのだ。

そして、可愛らしいシンシアは？　この娘もイングルソープ氏を疑っているのだろうか？　きょうのシンシアはひどく疲れ、具合が悪そうに見える。いかにも身体が重たげな、だるそうな動きが目についた。気分が悪いのかと尋ねると、率直な答えが返ってきた。

「そうなの、とんでもなく頭が痛くて」

「だったら、コーヒーのおかわりはいかがですか、マドモワゼル?」ポワロも気づかうように声をかけた。「きっと、元気が出ますよ。頭痛《マル・ドウ・テート》にはコーヒーが何よりですからね」身軽く立ちあがり、シンシアのカップを手にとる。

「お砂糖はいらないわ」ポワロが砂糖ばさみを手にしたのを見て、シンシアが止めた。

「砂糖はなしですか? 戦時中だから、節制しているのですね?」

「いいえ、もともとコーヒーにお砂糖は入れないんです」

「なんということだ《サ・クレ》!」ポワロはひとりごち、コーヒーを満たしたカップを手に戻ってきた。

そのつぶやきは、わたしにしか聞こえなかったにちがいない。はっとしてそちらを見やると、ポワロの顔には興奮を押し殺しているような表情が浮かび、その目は猫のように緑にきらめいている。何か驚くようなものを聞いたか、あるいは見たのだろうが——はたして、何を? わたしはふだん、けっして自分を鈍い人間だとは思っていないが、いつもと変わったことなど、何ひとつ気づかなかったというのに。

次の瞬間、ふいに扉が開き、ドーカスが姿を現した。

「ウェルズさまがいらっしゃいました」ジョンに告げる。

それはたしか昨夜、イングルソープ夫人が手紙を書いていた弁護士の名ではないか。

ジョンはすぐに立ちあがった。

「わたしの書斎に通してくれ」それから、わたしたちのほうをふりむく。「母の弁護士でしてね」そう説明し、さらに声を低めた。「検死官も兼任していて——まあ、そういうことです。よかったら、いっしょにお会いになりますか？」

誘いに応じてわたしたちも立ちあがり、後に続いて食堂を出る。ジョンは大股に先を歩いていたので、わたしはその機会をとらえ、ポワロにささやきかけた。

「それでは、やはり検死審問があるんですね？」

ポワロは上の空でうなずいた。何やらもの思いに沈んでいるらしく、その様子を見ていると、つい好奇心がかきたてられる。

「どうしたんですか？　わたしが何を言ったのか、聞いていなかったでしょう」

「ええ、実を言うと、わが友よ、ひどく心配なことがあるのです」

「いったい、どうして？」

「マドモワゼル・シンシアが、コーヒーに砂糖を入れないというのでね」

「何ですって？　冗談でしょう？」

「とんでもない、大真面目な話ですよ。ああ、どうしてもつじつまの合わないことがある。わたしの直感は、やはり正しかったのです」

後で！」

「どうしてもあのコーヒー・カップを調べなくてはと思った直感ですよ。ちっ！　続きは

「直感というと？」

わたしたちを書斎に通し、ジョンが部屋の扉を閉める。

ウェルズ氏は感じのいい中年男性で、鋭い目に、いかにも法律家らしく弁の立ちそうな口をしている。ジョンはわたしたちを紹介し、この場に同席する理由を説明した。

「わかってもらえると思うが、ウェルズ、この件はけっして世間に知られてはならないんだ。いまからでも、捜査などいっさい必要ないという結論が出ないものかと、一縷《いちる》の望みを捨てずにいるんだよ」

「そうでしょう、そうでしょうとも」なだめるように、ウェルズ氏は答えた。「ご家族の心痛を思えば、公に検死審問を開くなど、できるかぎり避けたいとわたしも願ってはいるんですよ。ただ、ご承知のとおり、医師が死亡診断書を出さないとなると、ほかにどうしようもなくて」

「ああ、そうだろうな」

「さすがですな、あのバウアースタインという男は。たしか、毒物の権威として名高いと聞きましたが」

「そのとおりだ」どこかこわばった表情で、ジョンはうなずいた。それから、ためらいが

ちにつけくわえる。「われわれも証言台に立たなければならないだろうか――家族全員が？」

「あなたは避けられないでしょう――それから、その――えーと――あの――イングルソープも」

短い沈黙の後、弁護士はまた、さっきまでのなだめるような口調に戻った。

「ほかの証人のかたはみな、形式上の確認をお願いするだけのことです」

「なるほど」

かすかな安堵《あんど》の色が、ジョンの顔をよぎった。安堵するような話など何も出てはいないのに、これはどういうことなのだろう。

「さしつかえなければ、金曜に開こうかと思っています。それなら、医師の報告書をじっくり吟味できますから。検死解剖は、たしか今夜でしたね？」

「ああ」

「それでは、この日程でかまいませんか？」

「こちらに異存はないよ」

「言うまでもないことでしょうが、キャヴェンディッシュ、この悲しい事件には、わたしもひどく心を痛めているんですよ」

「よろしければ、ムッシュー、事件解決のためにもお力を貸していただけませんか？」この部屋に足を踏み入れてから初めて、ポワロが口を開いた。

「わたしがですか？」

「ええ。イングルソープ夫人は昨夜、あなたに手紙を書いたそうですね。今朝、そちらに届いたのではないかと思いますが」

「たしかに。ただ、その手紙にはこれといって何も書かれていなかったんですよ。とある重要な問題について意見を聞きたいので、明朝おいでくださいとだけ」

「何についての問題なのか、ほのめかす言葉もありませんでしたか？」

「ええ、あいにくですが」

「いや、実に残念だ」と、ジョン。

「残念きわまりないですな」ポワロが重々しい口調でうなずいた。

しばしの沈黙。数分にわたって、ポワロはじっともの思いに沈んでいた。やがて、また弁護士を見やって口を開く。

「ミスター・ウェルズ、ひとつおうかがいしたいことがあります――職業倫理に反しないようでしたら、どうかお答えください。イングルソープ夫人が亡くなったことにより、その財産は誰が相続することになるのですか？」

弁護士は一瞬ためらったが、やがて答えた。

「その件については、まもなく公表されることになっているので、キャヴェンディッシュ氏のご異存がなければ――」

「かまわないよ」ジョンが口をはさんだ。

「それでは、お答えしてもかまいますまい。昨年八月の日付のある最新の遺言によると、召使たちなどへのちょっとした遺贈を除けば、全財産は継子であるジョン・キャヴェンディッシュ氏が相続することになっています」

「しかし、それは――こんなことをうかがってすみません、ミスター・キャヴェンディッシュ――もうひとりの継子である弟さん、ローレンス・キャヴェンディッシュ氏にとっては、いささか不公平ではありませんか？」

「いや、そうは思いませんね。というのは、ふたりのお父上の遺言により、ジョンは不動産を相続するいっぽう、ローレンスは継母が死去した後に、かなりの現金を相続することになっていたんですよ。イングルソープ夫人がご自身の財産を兄のジョンに遺したのは、スタイルズ荘の維持管理にも費用がかかるのを考えてのことでした。わたしから見ても、申し分なく公平で釣り合いのとれた分けかただと思いますよ」

ポワロは考えこみながらうなずいた。

「なるほど。しかし、たしかこちら英国の法律では、イングルソープ夫人が再婚した時点で、この遺言は自動的に無効となるのではありませんか？」

その指摘に敬意を表し、ウェルズ氏は頭を下げた。

「いま、わたしもそれをお伝えしようと思っていたんですよ、ムッシュー・ポワロ。この遺言状には、いまや効力がありません」

「ほう《アーン》！」ポワロはしばし考えこみ、やがて尋ねた。「イングルソープ夫人ご自身は、そのことに気づいていたのでしょうか？」

「さあ、なんとも。ご存じだったかもしれませんね」

「ちゃんと気づいていたよ」思いがけなくも、ジョンが口を開いた。「再婚によって遺言が無効となった件について、つい昨日、話しあったばかりだからね」

「なるほど！　もうひとつおうかがいします、ミスター・ウェルズ。あなたは先ほど〝最新の遺言〟とおっしゃいましたね。つまり、イングルソープ夫人は以前にも何通か遺言を作成しているということですか？」

「平均して、毎年一度は新たな遺言を作成しておられますね」ウェルズ氏はおちついた口調で答えた。「そのときどきで分配の割合を変える傾向がおありでした。今回は家族のおひとりに手厚く、その次は別のかたに、といった具合に」

「そうなると」ポワロが続けた。「仮の話ではありますが、あなたのご存じないうちに、まったく家族の一員ではない誰か——たとえば、ミス・ハワード——に有利な遺言を、夫人が作成していたとしたら、意外に思われますか？」

「いえ、まったく」

「ふむ！」ポワロはついに、質問の種が尽きたようだ。

ジョンと弁護士がイングルソープ夫人の書類を調べるかどうかについて話しあっている間に、わたしはそっと友人のそばに歩みよった。

「イングルソープ夫人がミス・ハワードに全財産を与えるなどという遺言を書いたと、あなたは本当に思っているんですか？」好奇心を抑えられず、声を低めて尋ねる。

ポワロはにっこりした。

「いいえ」

「じゃ、なぜあんな質問を？」

「しーっ！」

ジョン・キャヴェンディッシュがポワロをふりむいた。

「よかったら、いっしょに来ていただけませんか、ムッシュー・ポワロ？　これから、母の書類を調べるんですよ。イングルソープ氏から、わたしとウェルズ氏に喜んでまかせると言ってもらえたのでね」

「おかげで、ずいぶん楽に話が進みますよ」弁護士がつぶやいた。「もっとも、法的にはもちろん、イングルソープ氏に権利が――」その先の言葉は、あえて呑みこむ。

「まず、母の書斎の机から見ていこう」と、ジョン。「それから、二階の寝室だ。とくに重要な書類は、みな紫の手文庫に入れていたから、そこは丁寧に調べなくてはならないだろうな」

「ええ」弁護士がうなずいた。「わたしが預かっているものより新しい遺言状が、その手文庫に入っていないともかぎりませんからね」

「新しい遺言状は存在しますよ」ポワロが口をはさむ。

「えっ？」ジョンと弁護士は仰天し、そちらに目を向けた。

「いや、正確を期すなら」おちつきはらった口調で、ポワロは続けた。「存在した、というべきでしょうか」

「どういう意味ですか――存在したというのは？　その新しい遺言は、いまどこに？」

「燃やされてしまったのですよ！」

「燃やされた？」

「ええ。これを見てください」イングルソープ夫人の寝室の暖炉から見つかった、焦げた紙片を取り出すと、いつどこで手に入れたかの短い説明とともに弁護士に手渡す。

「ですが、これは古い遺言状かもしれませんよね？」

「いや、そうは思えませんね。実のところ、これは昨日の午後以降に書かれたものだと、わたしはほぼ確信しているのです」

「何ですって？」「ありえない！」ふたりの口から、同時に叫びが漏れる。

ポワロはジョンに向きなおった。

「こちらの庭師をここに呼んでいただければ、そのことを証明してみせましょう」

「もちろん、それはかまいませんが——しかし、どうにも——」

片手を挙げ、ポワロは制した。

「お願いしたとおりにしてください。その後なら、いくらでも質問してかまいませんよ」

「わかりました」ジョンは呼鈴を鳴らした。

しばらくして、ドーカスが現れる。

「ドーカス、マニングと話したいんだ。ここに来るよう伝えてくれ」

「かしこまりました」

小間使は出ていった。

張りつめた沈黙の中、わたしたちはじっと待った。ポワロだけは呑気な顔で、本棚の隅に残った埃《ほこり》を払ったりなどしている。

鋲《びょう》を打った重い長靴の、外の砂利を踏みつける音が近づいてくる。マニングがやってきたのだ。ジョンのもの問いたげな視線を受けとめ、ポワロはうなずいた。

「中に入ってくれ、マニング」ジョンが声をかけた。「話がある」

ためらいがちなのろのろとした足どりで、フランス窓から書斎に入ってきたマニングは、窓辺に立ちどまり、それ以上こちらに近づいてこようとはしなかった。両手につかんだ帽子を、慎重な手つきでぐるぐると回している。背中はひどく曲がっているが、見た目ほど老いてはいないのだろう。訥々《とつとつ》とした用心ぶかい話しかたとは裏腹な、いかにも頭の回転の速そうな鋭い目が、ひょっとしたら本来の姿なのかもしれない。

「マニング」ジョンが切り出した。「こちらの紳士から、おまえにいくつか質問があるそうだ。お答えしなさい」

「へえ、旦那さま」マニングは口の中でつぶやいた。

ポワロがきびきびと進み出る。その姿を、マニングはどこか見くだすような目で一瞥した。

「このお屋敷の南側にある花壇に、昨日の午後、ベゴニアを植えたのはきみだね、マニング？」

「へえ、わしとウィリアムです」

「そのとき、イングルソープ夫人はその窓から、きみたちを呼ばなかったかね？」

「へえ、そのとおりで」

「そのとき何があったのか、きみの口からすべて聞かせてほしい」

「へえ、まあ、たいしたことじゃねえんですがね。奥さまはウィリアムに、自転車で村にひとっ走りして、買ってきてほしいものがあるとお言いつけになりました。遺言用紙だかなんだか——わしにゃよくわかりませんが——品物の名を書いて、あいつにお渡しになりましてね」

「それで?」

「へえ、あいつはお言いつけどおりにしましたよ」

「それから、何があった?」

「またベゴニア植えに戻りました」

「イングルソープ夫人は、もう一度きみたちを呼ばなかったかね?」

「へえ、わしとウィリアム、ふたりとも呼ばれました」

「そして?」

「部屋に入って、なんだか長々しい紙のいちばん下に、わしらの名前を書けとおっしゃいました——奥さまの名前の下に」

「奥さまの署名の上に何が書いてあったか、どんなことでもいい、目にとまらなかったかね?」

「いや、何も。そこは吸取紙がかぶせてあったんで」

「それで、言われたとおり署名したのだね?」

「へえ、最初にわしが、その下にウィリアムが」

「その後、奥さまはどうなさった?」

「ええと、その紙を細長い封筒に入れて、机の上にあった紫の箱のようなもんに、それをしまっておいでしたよ」

「最初に呼ばれたのは何時ごろだったかね？」

「四時ごろでしたかねえ」

「もっと早い時間ではなかったかね？　たとえば、三時半くらいとか？」

「いや、そんな早くはなかったです。どっちかっていやあ、四時ちょっとすぎくらいかと――前じゃなくてね」

「ありがとう、マニング、助かったよ」ポワロは温かく声をかけた。

庭師はちらりと主人を見やり、ジョンがうなずいてみせると、額に人さし指を当てて何やらぶつぶつとこぼしながら、用心ぶかい足どりで、またフランス窓から庭へ出ていった。

わたしたちはみな、顔を見あわせた。

「なんということだ！」ジョンがつぶやいた。「こんな偶然があるものかな」

「偶然――というと？」

「つまり、母は遺言を書いたまさにその日、死を迎えたわけだからね！」

ウェルズ氏は咳ばらいをし、感情のこもらない口調で尋ねた。

「これが偶然だなどと、本気で思っているんですか？」

「どういう意味だね？」

「お母上はひどい口論をされたと、さっき話してくださったでしょう――昨日の午後、誰かと――」

「どういう意味だ？」ジョンは叫ぶように同じ問いをくりかえした。その声は震え、顔からは血の気が失せている。

「その口論の結果、お母上はいかにも突然、大急ぎで新しい遺言を作成したわけです。どんなことが記されていたのか、それはもう知るすべがありません。誰にも話さないまま、お亡くなりになったわけですから。今朝わたしをお呼びになったのは、まちがいなくその件について相談するためだったのでしょう——だが、その機会は永遠に失われてしまった。遺言は消え、そこに記されていた秘密は、お母上とともに葬られてしまったのです。キャヴェンディッシュ、これはけっして偶然などではなかろうと、わたしは憂慮しているんですよ。これはとんでもなく重大な事実を暗示していると思うんですがね、ムッシュー・ポワロ、あなたもきっとわたしと同意見でしょう」

「重大な事実を暗示しているかどうかはともかく」弁護士をさえぎり、ジョンは口をはさんだ。「この件を探り出してくださっただけでも、ムッシュー・ポワロには感謝のしようもありませんよ。あなたがいなかったら、われわれはみな、遺言の存在など知らずに終わっていたでしょうからな。いったい何がきっかけで、遺言の存在を疑うに至ったのか、そこは教えてはいただけないんでしょうね？」

　にっこりして、ポワロは答えた。

「走り書きのしてあった古い封筒、そして植えたばかりのベゴニアの花壇ですよ」

ジョンとしては、さらに詳しく聞き出したかったにちがいない。だが、そのとき騒がしい車のエンジン音が聞こえてきて、わたしたちは窓に目を向け、通りすぎる車を見送った。「イーヴィだ！」ジョンが叫ぶ。「失礼するよ、ウェルズ」そう声をかけると、急ぎ足でホールに出ていく。

どういうことかと尋ねるように、ポワロがこちらに視線を投げた。

「ミス・ハワードですよ」わたしは説明した。

「なるほど、それは嬉しい知らせですな。この世には、頭が切れ、心根も善良な女性もいるのですよ、ヘイスティングズ。まあ、神は美しさまでお授《さず》けにはならなかったようだが！」

わたしもジョンにならい、ホールに出る。ミス・ハワードは顔を幾重にも覆っていたかさばるヴェールを、どうにか外そうと苦心しているところだった。目が合った瞬間、わたしはふいに、良心の呵責《かしやく》に胸を締めつけられるのをおぼえた。ここを出ていくとき、この女性はあんなにも真剣に警告してくれていたのに、ああ、わたしときたら、さして注意をはらいもしなかったのだ！　じっくり考えてみようともせず、なかば鼻で笑いながら、さっさとあの警告を頭から追いはらってしまった。だが、ミス・ハワードの言葉が正しかったことが、こんなにも悲劇的な形で証明されてしまったいま、わたしはただ恥じ入るしかない。アルフレッド・イングルソープがどんな人間か、この女性は裏の裏まで知り尽くしていたということなのだろう。もしもミス・ハワードがスタイルズ荘にとどまっていたとしても、やはりこの悲劇は起きていたのだろうか、それとも厳しい監視の目を怖れ、さすがのあの男も手を出すことができずにいただろうか？

痛いほど力強い握手は以前と変わらず、わたしはほっと安堵していた。こちらを見つめる目は悲しげではあるが、けっしてわたしを責めてはいない。まぶたが赤いところを見ると、さんざん悲嘆の涙にくれたのだろうが、あのなつかしいぶっきらぼうな遠慮のなさは、まったく変わっていなかった。

「電報を受けとってすぐ駆けつけたんです。ちょうど夜勤が終わったところでね。車を雇って。それがいちばん早かったから」

「朝食はとったかい、イーヴィ？」ジョンが尋ねる。

「いいえ」

「だと思ったよ。さあ、こっちへ。まだ食べものは並んでいるし、おいしいお茶も淹れさせよう」ジョンはわたしをふりむいた。「イーヴィの面倒を見てもらえるかい？　わたしはまだ、ウェルズを待たせているからね。ああ、ムッシュー・ポワロもお出ましだ。今回の件では、このかたに助けていただいているんだよ、イーヴィ」

ミス・ハワードはポワロと握手を交わしながらも、いかにもうさんくさそうな顔で、ちらりと肩ごしにジョンを見やった。

「どういうこと――〝助けていただいてる〟って?」

「事件の捜査に力をお借りしているんだ」

「捜査することなんて、何もないのに。あの男、まだ監獄にぶちこまれてないんですか?」

「いったい、誰の話だ?」

「誰って、アルフレッド・イングルソープよ、当然でしょ!」

「いいかい、イーヴィ、どうか口を慎んでくれ。母は心臓発作で亡くなったんだと、ローレンスは考えているんだよ」

「ローレンスも馬鹿な子ね!」ミス・ハワードは言いかえした。「可哀相なエミリーは、アルフレッド・イングルソープに殺されたに決まってるでしょ――これまでずっと、わたしが警告してきたとおり」

「お願いだ、イーヴィ、そんなに声を張りあげないでくれ。どう考え、何を疑うにしても、いまはできるだけ口に出さないほうがいい。検死審問は、金曜を待たなくてはいけないんだから」

「くだらないったら!」ミス・ハワードはすさまじい勢いで鼻を鳴らした。「あなたたちみんな、頭がどうかしてしまったようね。金曜にはもう、あの男は国外に高飛びしてます。仮にも脳みそってものがあるんなら、おとなしく絞首刑を待つはずがないでしょ」

ほとほと困りはてた顔で、ジョン・キャヴェンディッシュはミス・ハワードを見つめた。

「わかってます、どうせ、お医者さんたちの意見を拝聴しちゃったんでしょ。それがまちがいだったのよ。あの連中が何を知ってるというの？　何ひとつわかっちゃいないのに――事態をますます悪化させるだけ。わたしにはよくわかってます――父も医者だったから。あのウィルキンズのちびときたら、あんなに馬鹿な男もほかに見ないわね。心臓発作が聞いてあきれる！　いかにもあの男の言いそうなこと。よっぽどの馬鹿でなければ、エミリーが夫に毒殺されたことくらい、ひと目で見てとるはず。あなたはきっと眠っているうちに夫に殺されるって、わたしはいつも言ってきたのに、可哀相なエミリー。あの男は、ついに手を下したということね。それなのに、あなたときたら〝心臓発作〟だの〝金曜の検死審問〟だの、くだらないことをぶつぶつ唱えるだけ。自分を恥じるべきですよ、ジョン・キャヴェンディッシュ」

「だが、いったいわたしに何をしろと？」ジョンは力ない笑みを浮かべるしかなかった。「くそっ、いくら何でも、あの男の首根っこをつかまえて、そのまま地元の警察に突き出すわけにもいかないだろう」

「それでも、何かできることはあるはず。あの男がどんな手口を使ったのか、それをつきとめるとかね。あの悪賢い詐欺師。ひょっとして、蠅取紙から毒を抽出したのかも。厨房から蠅取紙がなくなっていないか、コックに訊いてごらんなさい」

ミス・ハワードとアルフレッド・イングルソープを同じ屋根の下に住まわせながら、衝突が起きないよう調整するなど、これはもうヘラクレスの試練にも匹敵する難業だと、わたしはほとほと感じ入っていた。ジョンも気の毒にと、ただただ同情するほかはない。その表情を見れば、ジョンもまた、自分の立場の難しさは重々承知しているようだ。いまはとにかく、どこか安全な場所に身を隠そうとでも思ったのだろう、そそくさと部屋を出ていった。

淹れたてのお茶が運ばれてくる。お茶を出してドーカスが下がると、ポワロはそれまで立っていた窓辺を離れ、ミス・ハワードと向かいあう席に腰をおろした。

「マドモワゼル」重々しい口調で切り出す。「あなたにお願いしたいことがあります」

「何でもどうぞ」そう答えながらも、ミス・ハワードはどこか嫌そうな目でポワロを見やった。

「この事件の捜査に、ぜひあなたのお力をお借りしたいのですよ」

「アルフレッドを絞首刑にするためなら、喜んで」ぶっきらぼうに答える。「絞首刑じゃ、あの男には生ぬるいわね。古き良き時代にならって、手足を四頭の馬につなぎ、四つ裂きの刑にしてやるべきよ」

「それなら、われわれの目的は同じというわけですな」と、ポワロ。「わたしもまた、犯人を絞首刑にしてやりたいと願っているのですから」

「アルフレッド・イングルソープを？」

「あの男であれ、別の人間であれ」

「別の人間のはずがないでしょ。可哀相なエミリーが殺されたのは、あの男が来てからの話で、それまでは無事だったんだから。それまでだって、貪欲《どんよく》なサメどもに囲まれてたのはたしかよ。でも、そいつらがねらっていたのは、エミリーの財布だけ。生命に危険はなかったの。なのに、そこへアルフレッド・イングルソープ氏がやってきて――結婚後たった二ヵ月で――こんなことに！」

「信じてください、ミス・ハワード」ポワロは熱心に説いた。「イングルソープ氏が犯人なら、けっして逃しはしません。わたしの名誉にかけて、聖書に伝えられるペルシャの宰相ハマンのように、高く吊るしてやりますとも！」

「それならいいわ」ミス・ハワードの言葉にも、さっきよりは熱がこもる。

「しかし、それにはわたしを信頼していただかないと。あなたのご助力は、わたしにとってすばらしく貴重なものとなるでしょう。その理由もお話ししますよ。喪に服したこの屋敷で、泣き腫らした目をしているのはただひとり、あなただけだからです」

ミス・ハワードは目をしばたたいた。ぶっきらぼうな口調から、ふと新たな感情がこぼれ出す。

「わたしがエミリーを大切に思ってたと言いたいのなら――ええ、そのとおり。ご存じのように、エミリーは自分のやりかたを曲げようとしない、自分勝手なおばあさんだった。

気前こそとてもよかったけれど、見返りを求めずにはおかない人だったの。自分が何をしてやったか、相手が忘れることを許さない――そんなふうじゃ、なかなか愛されないわよね。でも、本人もそのことに気づいてたとか、愛されてないと感じてたとか、そんなふうには思わないで。少なくとも、気づかずに終わったことをわたしは願ってるの。ほかの人たちとちがう立場を、わたしは選んだ。最初から、あえてそうしたの。〝一年あたり、これだけの報酬に見あう働きが、わたしにはできる。あなたを失望させはしない。でも、それ以外は一ペニーだって――手袋も、芝居の切符ももらうつもりはないから〟とね。エミリーには理解できなかった――ときには、ひどく腹を立てることもあったわ。傲慢にもほどがある、と言われたものよ。それは誤解なのだけれど――わかってはもらえなかった。とにかく、わたしはけっして卑屈にならずにきたの。だからこそ、ほかの人たちとちがって、わたしだけエミリーを好きでいられたということ。わたしはあの人の周囲に、ずっと目を配ってきた。いろんな取り巻きから守るためにね。そこへ、口の達者なあの悪党がやってきたとたん、こんなことに！　長年のわたしの献身は、すべて無駄になってしまったというわけ」

ポワロは同情をこめてうなずいた。

「わかりますよ、マドモワゼル、あなたのお気持ちは痛いほどね。そう思われるのも当然です。あなたから見れば、われわれのやりかたは生ぬるく思えるでしょう――熱意も行動力も足りないと――しかし、けっしてそうではないのですよ」

ちょうどそのとき、ジョンが戸口にひょいと顔を出し、二階のイングルソープ夫人の寝室を見てみないかと、わたしとポワロを誘った。書斎の机のほうは、いまウェルズ氏と調べ終わったところだという。

階段を上りながら、ジョンは食堂をふりむき、ここだけの話というふうに声をひそめた。

「どうだろう、あのふたりが顔を合わせたら、とんでもないことになりはしないかな」

お手上げだといわんばかりに、わたしは頭を振ってみせた。

「メアリには、ふたりをできるだけ近づけないように言っておいたが」

「そんなこと、できるものですかね?」

「こちらとしては、ただ祈るのみだな。まあ、そう悲観するものでもないさ。イングルソープだって、イーヴィと顔を合わせたくはないだろうからね」

「あの鍵束は、まだあなたが持っていましたよね、ポワロ?」鍵のかかった寝室の扉に歩みよりながら、わたしは声をかけた。

ポワロから鍵を受けとり、ジョンが扉を開けると、わたしたちは中に足を踏み入れた。弁護士はまっすぐに机に歩みより、ジョンもそれに続く。

「母はいつも、重要な書類はすべて手文庫に入れていたはずだ」

ポワロは小さな鍵束を取り出した。

「ちょっと失礼。今朝、念のために鍵をかけておいたのですよ」

「だが、いまはかかっていないようですな」

「まさか、そんな！」

「ほらね」そう言いながら、ジョンは蓋を開けた。

「何たることだ《ミル・トネール》！」ポワロは茫然自失のありさまだった。「このわたしが――鍵はふたつともポケットに入れていたというのに！」あわてて手文庫に飛びつき、次の瞬間、その場に凍りつく。「これは驚いた《アン・ヴォワラ・ユヌ・アフェール》！　鍵が壊されています」

「何ですって？」

　ポワロは手文庫を机に置きなおした。

「だが、いったい誰が？」「どうして、そんなことを？」「いつ？」「部屋には鍵がかかっていたのに！」誰も彼もが、口々に叫ぶ。

　ポワロは順を追い、それらの問いに答えていった――呆然とした口調のまま。

「誰が？――それが最大の問題ですな。どうして？――まさに、その理由を知りたいものです。いつ？――ほんの一時間前、わたしはこの部屋にいたのですから、その後ということになりますな。もっとも、この部屋の扉の鍵は、ごくありふれたものにすぎません。同じ廊下に並ぶどの部屋の鍵だろうと、この扉を開けることはできたでしょう」

　わたしたちはうつろな目を見あわせるばかりだった。ポワロが暖炉に歩みよる。傍目《はため》には冷静なように見えるものの、炉棚の点火用こより入れを長年の習慣からまっすぐに置きなおそうとする手は、痛々しいほどに震えていた。

「つまり、こういうことなのです」やがて、ついにポワロは口を開いた。「あの手文庫には、何かが収められていた——何らかの証拠となるものが。一見どうということのない品かもしれませんが、事件と犯人とを結びつける鍵となるものです。自分の命取りになりかねないからこそ、誰かがその証拠を見つけ、意味を理解する前に破棄しなくてはと、犯人は考えたのでしょう。そのために、犯人は危険を——とてつもない危険を冒して、この部屋に侵入したのです。手文庫に鍵がかかっているとなれば、それを破壊するしかなかったのですよ、侵入した形跡を残してまでもね。それだけの危険を冒すのもいとわないほど、ここには重要な証拠が収められていたことになります」

「では、それは何なんですか?」

「やれやれ!」苛立《いらだ》たしげな身ぶりとともに、ポワロは叫んだ。「わからないのは、そこなのですよ! 何らかの書類にはちがいありません。おそらく昨日の午後、夫人が手にしていたのをドーカスが見たという、〝手紙か何かの紙切れ〟でしょう。それなのに、わたしときたら」——ここで、ついに怒りが爆発する——「なんとまあ、けだものも同然の愚かさだったことか! 何もわかってはいなかった! 間抜けにもほどがある! この手文庫を、ここに残しておいてはいけなかったのです。肌身離さず持ち歩くべきでした。ああ、なんと愚かなことを！　いまや、証拠は失われてしまった。破棄されてしまったのです――いや、そうともかぎらないな。もし、わずかでも可能性が残されているのなら――しらみつぶしにでも探して――」

頭がどうかしてしまったかのような勢いで、ポワロは部屋を飛び出していった。わたしもようやくわれに返ると、あわてて後を追ったが、階段の下り口にまでたどりついたときには、その姿はもうどこにも見えなかった。

階段が左右に分岐している踊り場にメアリ・キャヴェンディッシュが立ち、ポワロが駆けおりていったらしい玄関ホールのほうを見おろしていた。

「あなたの風変わりなちっちゃいお友だちは、いったいどうしたのかしら、ミスター・ヘイスティングズ？　まるで逆上した牡牛のように、わたしのそばを走りぬけていったけれど」

「あることが起きてしまって、ちょっと動揺していたんですよ」ためらいがちに答える。いったいどこまで話していいものか、ポワロに無断でうっかりしたことは言えまい。メアリの表情豊かな唇にほのかな笑みが浮かぶのを見て、わたしは話題を変えにかかった。

「あのふたりは、もう顔を合わせたのかな？」

「誰のこと？」

「イングルソープ氏と、ミス・ハワードですよ」

どぎまぎせずにはいられないような目つきで、メアリはこちらを見た。

「ふたりが顔を合わせたら、たいへんなことになると思っているのね？」

「ええ、だって、そう思いませんか？」いささか意表を突かれ、そう尋ねかえす。

「思いません」いつもの静かな笑みを、メアリは浮かべた。「いっそ、派手にぶつかるところを見たいくらいよ。よどんだ空気を、ぱっと吹き飛ばしてくれるでしょうから。いまのわたしたちはみな、頭ではさんざんいろんなことを考えておきながら、ほとんど何も口に出さずにいるものね」

「ジョンにはまた、別の意見があるようですよ。あのふたりを離しておかなくてはと、ずいぶん気を揉んでいましたからね」

「あの人らしいわ！」

その口調にひそむ何かに刺激され、わたしはつい口走った。

「ジョンほどいいやつは、そうそういませんよ」

しばらくの間、メアリは何か不思議なものを見るような目つきで、じっとこちらを見つめていたが、やがてびっくりするようなことを言い出した。

「あなたはけっして友人を裏切らない人なのね。そういうところが好きよ」

「しかし、あなただってわたしの友人でしょう？」

「とんでもなく悪い友人、ってところかしら」

「いったい、どうしてそんなことを？」

「だって、本当のことだからよ。ある日は友人にとっても愛想よくしておいて、翌日は友人の存在さえ忘れてしまう、そんな人間なの」

いったい何に引っかかったのか、わたしは奇妙に苛立って、つい愚かしくも嫌味なことを口走ってしまった。

「そうはいってもバウアースタイン博士には、いつだって愛想がいいじゃありませんか」

言った瞬間、後悔せずにはいられなかった。メアリの顔がこわばる。まるで鋼鉄のカーテンが下り、生身の女性の姿を覆い隠してしまったような気がした。口をつぐんだまま、メアリはこちらに背を向け、早足で階段を上っていく。わたしはただ、呆けたようにぽかんと口を開け、その後ろ姿を見送るばかりだった。

そのとき騒がしく口論する声が階下から聞こえてきて、わたしはわれに返った。ポワロが大声を張りあげ、何やら詳細に説明している。捜査がうまくいくようにと、せっかくわたしがあれこれ気を遣ってきたのに、これではだいなしではないか。あの小男は、どうやら屋敷じゅうの人間に捜査の秘密をぶちまけているようだが、それが賢明な判断だとは、とうてい思えない。どうしてポワロという人間は、頭に血が上ると理性が消し飛んでしまうのだろう。わたしは足早に階段を下りていった。わたしの姿を目にするやいなや、ポワロもおちつきをとりもどしたようだ。わたしは友人の腕をとり、脇へ引っぱっていった。

「親愛なる友よ、これが分別あるやりかただと思いますか？　いったい何があったのか、あなただって屋敷じゅうの人間に知られたくはないでしょうに。それじゃ、犯人の思うつぼだ」

「そう思いますか、ヘイスティングズ？」

「当然ですよ」

「はい、はい、わかりました。わが友よ、あなたにしたがいますよ」

「よかった。もっとも、残念ながら、いささか手遅れかもしれませんがね」

「たしかに」

すっかり意気消沈し、恥じ入っているポワロの姿を見ると心が痛んだが、それでもやはり、いま釘を刺したのは妥当かつ賢明な判断だったという思いは変わらなかった。

「さてと」やがて、ポワロはまた口を開いた。「行きましょうか、わが友《モ・ナミ》よ」

「ここでの捜査は終わったんですか？」

「ええ、いまのところは。わたしは帰りますが、よかったら、村までいっしょに歩きませんか？」

「喜んで」

　ポワロが小さな書類かばんを手に提げ、わたしたちは居間の開いたフランス窓から外に出る。ちょうど入れちがいに屋敷に戻ってきたシンシア・マードックを見て、ポワロは一歩引いて道を空けた。

「すみませんが、マドモワゼル、ちょっとだけかまいませんか」

「何でしょう？」シンシアは怪訝《けげん》な顔でふりかえった。

「あなたはイングルソープ夫人の薬を調合したことがありますか？」

かすかな赤みが頰に上る。シンシアはぎこちない口調で答えた。

「いいえ」

「ただの粉薬も？」

頰の赤みがさらに濃くなった。

「えーと、あの、一度だけ粉末の睡眠薬を調合したことがあります」

「これですか？」

ポワロは粉薬が入っていた空き箱を出してみせる。

シンシアはうなずいた。

「何の薬品を使ったか、教えていただけますか？　スルホナール？　それとも、ベロナールですか？」

「いいえ、臭化カリウムの粉末でした」

「なるほど！　ありがとう、マドモワゼル。よい一日を」

軽快な足どりで門に向かいつつ、わたしは一度ならず友人の様子をうかがわずにはいられなかった。これまでも何度となく目にしたことがあるが、興奮すると、ポワロの目は猫のように緑色に光る。いまやその目はエメラルドのように輝いていた。

「わが友よ」やがて、ついにポワロは口を開いた。「ちょっと思いついたことがありましてね。ひどく奇妙で、おそらくはとうてい不可能な仮説です。だが——そう考えれば、すべてがしっくりと収まるのですよ」

わたしは肩をすくめた。ポワロという人間は、どうもそういう現実離れした思いつきに入れこんでしまうたちなのだと、ひそかに思わずにはいられない。今回はどう見ても、あからさまに単純な事件と決まっているというのに。

「これで、ラベルに薬剤師の名前がない薬箱の説明はつきましたね」わたしは指摘した。「あなたの言うとおり、実に単純な話でした。どうして自分で思いつかなかったのか、不思議になるくらいですよ」

だが、そんなわたしの言葉を、ポワロはまったく聞いていないようだ。

「もうひとつ見つかったものがあるそうですよ、あそこでね《ラバ》」親指を立て、肩ごしにスタイルズ荘のほうを示す。「二階へ上がる途中、ウェルズ氏が教えてくれたのです」

「いったい、何が？」

「書斎の鍵のかかった机の中から、イングルソープ夫人の遺言がね。結婚前の日付で、財産はアルフレッド・イングルソープに遺すと記されていました。婚約したときに書いたものにちがいありません。ウェルズは――そして、ジョン・キャヴェンディッシュも、この遺言の存在にはひどく驚いたようですよ。既成の遺言用紙に書かれたもので、召使ふたりを証人として署名させています――ドーカスではなくね」

「イングルソープ氏は、そのことを知っていたんでしょうか？」

「知らなかったと、本人は言っています」

「額面どおりには受けとれませんね」わたしは眉をひそめた。「こう次から次へと遺言状が出てきては、もうわけがわかりませんよ。そもそも、ひとつ教えてほしいんですが、走り書きをした封筒を見つけたからといって、どうして昨日の午後、夫人が遺言状を作成したことをつきとめたんですか？」

ポワロはにっこりした。

「わが友《モナミ》よ、きみは手紙を書いていて、ふと綴《つづ》りがわからなくなって手を止めたことはありませんか？」

「ええ、よくありますよ。誰だってそうじゃないかな」

「たしかに。そんなとき、吸取紙の端や不要な紙切れなどに、その言葉を何度か試し書きして、目で見て確かめたりはしませんか？　そう、イングルソープ夫人は、まさにそのとおりのことをしたのですよ。あの封筒には、所有（possessed）という言葉が、最初はoの後のsがひとつ、次は同じ場所のsがふたつで――こちらが正しい形ですが――走り書きしてありましたね。念のためもう一度、文章に入れて書いてもいます――〃わたしの所有する（I am possessed）〃と。さて、ここから何がわかるでしょうか？　昨日の午後、イングルソープ夫人は〃所有〃という言葉を書いていた。その前に、暖炉に燃え残ってい た紙片も見つけたばかりでしたからね、遺言状を作成したのではないかと――ほら、遺言には必ず〃所有〃という言葉が入るでしょう――すぐに思いあたったのですよ。さらに、この仮説を裏付ける証拠も見つかりました。今朝からの騒ぎで、書斎も掃除していなかったので、机のそばの床に、茶色っぽい土の足跡がいくつか残っていたのです。ここ何日か、お天気の日が続いていましたからね、あれだけ土まみれの足跡を残すなど、普通の靴のわけがない。

そう思って窓に歩みよると、新しく植えたばかりのベゴニアの花壇が、真っ先に目に飛びこんできました。花壇に使われている腐植土は、書斎に残った足跡のものとそっくり同じに見えたうえ、ここは昨日の午後に植えたばかりだと、きみも教えてくれましたね。そうなると、おそらく庭師のひとり、ひょっとしたらふたりとも――花壇に残っていた足跡は二種類でしたからね――書斎に足を踏み入れたのではないかと考えたのですよ。庭師と話すだけなら、イングルソープ夫人は窓ごしに声をかければいいだけですから、わざわざ書斎に入れる必要はありますまい。つまり、夫人は新しい遺言状を作成し、その証人として署名させるために、ふたりの庭師を書斎に入れたのだと確信するに至ったわけです。わたしの推理が正しかったことは、いまや証明されましたね」

「まさに天才的ですね」さすがのわたしも、そう認めるほかはなかった。「正直にうちあけると、あの走り書きした封筒を見て、わたしはまったく見当外れな結論にたどりついてしまっていましたよ」

ポワロはにっこりした。

「きみは想像力を自由に羽ばたかせすぎるのですよ。想像力というやつは、よきしもべではありますが、けっして主《あるじ》にかついではならない。もっとも単純な説明が、往々にしていちばん可能性が高いのです」

「もうひとつ教えてほしいんですが——あの手文庫の鍵を夫人が紛失したことを、どうして知っていたんですか?」

「知っていたわけではありません。推測が当たったのですよ。手文庫に差しこんであった鍵には、つまみの部分にねじった針金が通してありましたね。もともとは細い輪に通してあった鍵束からもぎとったのではないかと、あれを見て思いついたのです。さて、いったん紛失したものを見つけたのだとしたら、イングルソープ夫人はきっと、すぐにまた自分の鍵束に戻していたことでしょう。だが、夫人の鍵束には、真新しく輝いている、明らかに予備の鍵がつけてあった。そこから、あの元の鍵を手文庫に差しこんだのは、誰か別の人間にちがいないと推理したわけです」

「なるほど」わたしはうなずいた。「まちがいない、アルフレッド・イングルソープですね」

ポワロはおもしろがっているかのような目をこちらに向けた。

「あの男が犯人にちがいないと、あなたは確信しているのですね？」

「それはそうでしょう。状況が明らかになるにつれ、どんどん疑惑が裏付けられていくばかりじゃありませんか」

「とんでもない」ポワロは静かに切り返した。「イングルソープ氏の無罪を示す証拠も、すでにいくつか挙がっていますよ」

「まさか、冗談でしょう！」

「本当です」

「ひとつだけならわかるんですが」

「言ってごらんなさい」

「昨夜、あの男が屋敷を留守にしていたことですよ」

「〝大外れ《バッド・ショット》！〟と、こんなとき、きみたち英国人は言うんでしたね。きみが選んだその事実は、わたしから見れば、あの男に不利な材料のひとつです」

「いったい、どうして？」

「昨夜、妻が毒を飲まされて死ぬと知っていたのなら、当然ながらイングルソープ氏はどうにか理由をつけて屋敷を留守にするでしょう。帰らなかった理由も、いかにもとってつけたように聞こえましたね。そうなると、ふたつの可能性が考えられます——昨夜、いったい何が起きるのかをあらかじめ知っていたか、あるいは事件とは関係なく、個人的に留守にしたい理由があったのか」

「個人的な理由というと？」わたしはいぶかしげな顔をした。

ポワロは肩をすくめた。

「そればかりは、わたしにもわかりませんよ。おそらく、何か外聞の悪い事情があるのでしょうがね。このイングルソープ氏という男は、どうやら悪党にはまちがいない——しかし、だからといって、殺人を犯したとはかぎらないのです」

どうにも納得のいかないまま、わたしはかぶりを振った。

「どうやら意見が分かれたようですね、ええ？」と、ポワロ。「まあ、そのことは置いておきましょう。どちらが正しいかは、いずれわかります。さしあたって、別の角度から事件を考えてみましょうか。夫人の寝室のすべての扉が内側から施錠されていた件について、きみはどう思います？」

「そうですね——」わたしは考えこんだ。「ここは論理的に組み立てないと」

「そのとおり」

「こう考えたらどうでしょう。扉には、たしかにかんぬき錠がかかっていました——あの夜、みなの目で確かめましたからね——とはいえ、床には蠟がしたたり、遺言状が焼き捨てられていたことを考えると、夜中に何ものかが部屋に足を踏み入れたのはたしかです。ここまでは合っていますか?」

「完璧ですな。よく整理されていますよ。先をどうぞ」

「だとすると」わたしは気をよくして続けた。「窓から入った形跡もなく、魔法を使ったわけでもないのなら、これはイングルソープ夫人が内側から扉を開けたにちがいありません。そうなると、その人物は夫だったという公算が高くなります。相手が自分の夫なら、夫人が扉を開けたのも不思議はないじゃありませんか」

ポワロは頭を振ってみせた。

「いったい、なぜ夫人がそんなことを? 夫の部屋に通じる扉に、夫人は内側からかんぬき錠をかけていました——妻としては、いかにも不自然な行動ですが——その日の午後、夫とひどい口論をしたばかりでしたからね。いや、イングルソープ夫人としては、ほかの誰にもまして、夫だけはけっして部屋に入れたくはなかったでしょう」

「でも、扉を開けたのが夫人自身だという点については、同意してもらえますよね?」

「ほかにも可能性はありますよ。ひょっとしたら、夫人は廊下に出る扉の鍵をかけ忘れたまま眠ってしまい、夜も更けて目が覚めたとき、あらためて施錠したのかもしれない」

「ポワロ、まさか、本気でそう思っているわけじゃないでしょう?」

「いや、そうだと言いきっているわけじゃない、その可能性もあるということですよ。さて、さらに別の点についても考えてみましょう。きみが漏れ聞いたという、メアリ・キャヴェンディッシュが義母と交わしていた会話についてはどう思います？」

「そのことはすっかり忘れていたな」わたしは考えこんだ。「ずいぶん謎めいた会話に聞こえましたよ。キャヴェンディッシュ夫人のように、どこまでも誇りたかく寡黙な女性が、あんなにも大胆に他人の事柄に首を突っこむなんて、とうてい思えないんですが」

「まったくです。良家に育った女性には似つかわしくない行動ですな」

「奇妙な話ですよ」わたしはうなずいた。「とはいえ、さほど重要なことでもないし、とくに考慮する必要もないでしょう」

ポワロがうめき声を漏らす。

「わたしがいつも何と言っていたか、きみは忘れてしまったのですか？ どんなことであろうと、考慮しなくていいものなど存在しないのです。もしも仮説に合わない事実が存在するのなら――そのときは、その仮説を諦めるしかありません」

「まあ、いずれわかるでしょう」そんなもの言いに苛立ちながらも、わたしは答えた。

「ええ、いずれわかりますよ」

《リーストウェイズ・コテージ》に着くと、ポワロはわたしを階上の自室に通し、時おり大切にちびちびと吸っているロシアの細いタバコを勧めてくれた。燃えさしのマッチを小さな磁器の壺に、実に丁寧な手つきで納めている友人を、なんとも微笑ましく見まもる。

そうこうするうちに、さっきの苛立ちもいつのまにか消え失せていた。

村の通りを見晴らす開け放した窓辺に、ポワロは二脚の椅子を並べていた。心地よく暖かい新鮮な空気が、外から吹きこんでくる。きょうは暑い日になりそうだ。

ふと、すさまじい勢いで通りを駆けてくる、ひょろっとした身体つきの青年が目にとまる。その顔には、思わず注目せずにはいられないような表情が浮かんでいたのだ——恐怖と焦燥の入り混じった、なんとも奇妙な表情が。

「ほら、あれを見て！」わたしは声をあげた。

ポワロは身を乗り出した。「これはこれは《ティアン》！　薬局のメイス氏じゃありませんか。どうやら、うちをお訪ねかな」

青年は《リーストウェイズ・コテージ》の前で立ちどまり、一瞬ためらった後、勢いよく扉を叩きはじめた。

「少々お待ちを」ポワロは窓から声をかけた。「いま行きますよ」

わたしにもついてくるよう身ぶりで示すと、ポワロは足早に階段を駆けおり、玄関の扉を開けた。そのとたん、堰《せき》を切ったようにメイス氏がまくしたてはじめる。

「ああ、ミスター・ポワロ、突然お邪魔して申しわけありません。お屋敷から戻られたばかりだと聞いたのですが」

「ええ、たしかに」

青年は乾いた唇を舐めた。顔の筋肉が、奇妙な表情にひきつる。

「イングルソープの奥さまがふいにお亡くなりになったと、村じゅうの噂になっています。どうやら」――気を遣って声をひそめる――「毒殺らしいと」

ポワロはぴくりとも表情を変えなかった。

「それは医師にしかわからないことですよ、ミスター・メイス」

「ええ、たしかに――それはそうなんですが――」ためらううち、青年の焦りはついに限度を超えてしまったようだ。ふいにポワロの腕をつかむと、ささやきにまで声を落とす。「これだけ聞かせてください、ミスター・ポワロ、毒というのは――まさか、ストリキニーネじゃないでしょうね？」

ポワロが何と答えたのか、その言葉は聞こえなかった。どうやら、何かあたりさわりのない返事にとどめたらしい。青年が帰っていくと、玄関の扉を閉めながら、ポワロはわたしの視線をとらえた。

「そうですね」重々しくうなずきながら口を開く。「あの青年は、検死審問の証言台に立つことになるでしょう」

のろのろとした足どりで、わたしたちは二階の部屋に戻った。唇を開きかけたわたしを、ポワロが片手を挙げて制する。「いまはまだ何も訊かないでください、わが友《モ・ナミ》よ。まずは考えなくては。わたしの頭は混乱してしまっている――よくないことです」

　それから十分間ほど、ポワロは微動だにせず、黙りこくったまま考えこんでいた。ほんの何度か、心の動きを語るかのように眉が動き、その間にも瞳の緑色はいっそう濃くなっていく。やがて、その口から深いため息が漏れた。

「これでよし。混乱の瞬間は過ぎ去りました。いまや、すべてがきちんと整理されている。頭が混乱した状態を、見すごしておいてはいけません。まだ事件が解決したわけではない――それは、まだね。ここまで複雑に入り組んだ事件もありますまい。わたしも考えこむばかりです。このわたし、エルキュール・ポワロともあろうものが！　大きな意味を持つ事実が、ふたつありますね」

「それは、どんな？」

「ひとつは、昨日の天候です。きわめて重要な事実ですよ」

「でも、あんなにすばらしいお天気もありませんでしたよ！」ポワロの話をさえぎり、わたしは声をあげた。「わたしをからかっているんでしょう？」

「とんでもない。日陰でも、気温は二十七度もありましたね。このことを憶えておいてください、わが友よ。これこそは、全体の謎を解く鍵なのですから！」

「それで、もうひとつは？」

「ムッシュー・イングルソープがいかにも奇妙な服装をし、黒いあごひげを生やしたうえ、眼鏡をかけていることですよ」

「ポワロ、冗談もいいかげんにしてください」

「わたしはどこまでも真面目ですよ、わが友」

「だって、あまりに幼稚な指摘じゃありませんか！」

「いや、これはきわめて重大な点なのです」

「とはいえ、今度の検死審問で、アルフレッド・イングルソープに対して謀殺で有罪との評決が下りた場合を考えてみてくださいよ。あなたの推理は、いったいどうなるんです？」

「十二人の間抜けな男がたまたま誤った判断を下したからといって、わたしの推理はびくともしませんよ！　もっとも、そんな評決は下りませんがね。そもそも、こんな田舎の陪審は、あまり重大な責任を負いたがらないでしょうし、この地方の名士という立場も、イングルソープ氏を守ってくれるでしょうから。それに」穏やかな口調で、ポワロはつけくわえた。「そんなことは、このわたしが許しませんとも！」

「あなたが？」

「そうですよ」

腹立たしさとおかしさの入り混じった目つきで、この突拍子もない小男をしみじみと眺める。ポワロという人間は、どうしてこう自信たっぷりなのだろう。まるでわたしの思いを読みとったかのように、ポワロは優しくうなずいた。

「ええ、ええ、わが友《モナミ》よ、こう言ったからには、わたしは約束を守ります」立ちあがり、片手をわたしのほうに置く。その表情が、ふいに変わった。目に、みるみる涙があふれる。「この事件を捜査しながら、わたしはずっと、お気の毒にも亡くなられたイングルソープ夫人のことを考えているのです。たしかに、けっして誰からも深く愛された人生ではなかった――それは否定できません。しかし、わたしたちベルギー人に対して、どれだけ親切にしてくださったことか――だからこそ、夫人には恩義があるのですよ」

わたしは何か言おうとしたが、ポワロはさえぎって先を続けた。

「これだけは言わせてください、ヘイスティングズ。夫だったアルフレッド・イングルソープが、いまここでみすみす逮捕されるようなことになったら、夫人はきっとわたしを許さないでしょう――わたしのたったひとことで、あの男を救うことができるというのに！」

## 6　検死審問

検死審問を待つ間、ポワロはせっせと捜査に励んでいた。弁護士のウェルズ氏とも二度、ふたりだけの会談を行ったという。周囲の土地をあちこち歩きまわったりもしていたようだ。それでいて、こちらには何も話してくれないのだから、わたしがいささか気を悪くしたのも無理はあるまい。いったい何を追っているのか、まったく見当がつかないのだから、よけい腹が立つではないか。

ひょっとしたらレイクスの農場で聞きこみをしているのではと思いついたわたしは、水曜の夕方、《リーストウェイズ・コテージ》を訪ねてポワロが留守だったのをいい機会に、ひょっとしてどこかでばったり会えないかと、はるばる農場まで足を延ばしてみた。だが、どこにも友人の姿はなく、かといって、いきなり農場の扉を叩くのもためらわれる。仕方なく帰途についたところで、いかにもこの土地育ちらしい老人に出会った。老人が横目でこちらをうかがう表情は、どこか狡猾《こうかつ》そうに見える。

「お屋敷から来なさったんだね、ええ？」老人は尋ねた。

「ああ。友人がこっちに歩いてこなかったかと思ってね」

「あの小男かい？　しゃべるたんびに手をひらひらさせる？　村に住みついたベルギー人のお仲間だろう？」

「そう、その人だ」わたしは勢いこんだ。「それじゃ、こっちに来たんだね？」

「ああ、うん、来たともね。それも、けっして一度じゃねえ。旦那の友だちだって？　ああ、旦那はお屋敷から来なさったんだったな――お屋敷には旦那がたが大勢いなさるからねえ！」いかにも滑稽《こっけい》めかした表情を作り、老人はさらに横目でわたしを見た。

「ほう、お屋敷の旦那がたはみな、ここによく来るのかい？」何気ない口調を装《よそお》いながら尋ねる。

老人は心得顔で、こちらに片目をつぶってみせた。

「よく来なさるのはおひとりだね。誰とまでは言わんでおくが。いやはや、実に太っ腹な旦那でいなさる！　ありがてえことだよ、こっちとしちゃね」

わたしは足早にその場を離れた。やはり、イヴリン・ハワードの言うとおりだったのだ。自腹ではなく、妻の金に手をつけて、太っ腹なところをひけらかすアルフレッド・イングルソープの姿を想像すると、強烈な嫌悪感がこみあげてくる。ひょっとして、この事件の裏にはあのはっと目を惹く浅黒い肌の美人が隠れているのか、それとも結局は金が動機なのだろうか。おそらく、どちらも緊密にからみあっているのだろう。

それにしても、ポワロはどうも奇妙な点にやたらとこだわっているようだ。イングルソープ夫人が夫と口論になった時間を、ドーカスはまちがって憶えているにちがいないと、一度か二度わたしに漏らしていた。ふたりの口論を漏れ聞いたのは四時ではなく、実際には四時半だったのではないかと、ドーカスにもくりかえし尋ねていたものだ。

だが、ドーカスが証言をひるがえすことはなかった。ふたりの口論を聞いてから、女主人のところへ五時にお茶を運ぶまで、少なくとも一時間、ひょっとしたらそれ以上の時間が経っていたと言いはるばかりだったのだ。

金曜の検死審問は、村の宿屋《登塔者《スタイライティーズ》の紋章亭》を借り切って行われた。ポワロとわたしは並んで坐っていたが、証言を求められることはなかった。

まずは予審が行われた。陪審員は遺体を検分し、ジョン・キャヴェンディッシュが身元を確認する。

さらに質問を浴びせられ、ジョンは未明に起こされ、継母が亡くなるまでの状況を語った。

次に証言台に立ったのは医師だった。あたりは水を打ったように静まりかえり、ロンドンの著名な専門医であり、毒理学にかけては右に出るもののいない権威のひとりと呼び声の高い人物に、全員の視線が注がれる。

バウアースタイン博士は手短に、検死解剖の結果を報告した。医学用語や専門的表現を端折ってまとめると、イングルソープ夫人が死に至った原因は、ストリキニーネ中毒だったという。検死結果から推定して、最低でも五十ミリグラム、おそらくは六十五ミリグラムか、それよりやや多い量を摂取したものと考えられる。

「その毒物を、誤って口にした可能性も考えられますか？」検死官が尋ねた。

「まず、ありえないと考えていいでしょう。一般的な家事に使用される毒物もいくつかありますが、ストリキニーネはちがいます。そもそも、販売も制限されていますしね」

「毒物がどのような形で摂取されたのか、検死から何か判明しましたか？」

「いいえ」

「あなたはたしか、ウィルキンズ医師よりも早く、現場に到着していますね？」

「はい。村へ医師を迎えにいく車に、番小屋のすぐ外で会いまして、大急ぎで駆けつけました」

「それから何が起きたのか、あったままを話していただけますか？」

「わたしはイングルソープ夫人の寝室に入りました。夫人はちょうど、典型的な強直性痙《けい》攣《れん》を起こしているところでした。わたしのほうに顔を向け、あえぐように口走ったのです。〝アルフレッド――アルフレッド――〟と」

「死因となったストリキニーネは、イングルソープ氏が夫人のもとへ運んだという、夕食後のコーヒーに混入されていた可能性はありませんか？」

「ないわけではありませんが、ストリキニーネはかなり速効性の高い毒物とされています。経口摂取から症状が現れるまで、およそ一、二時間というところでしょうか。特定の条件下では、症状が現れるまでに時間がかかることもありますが、今回の事件にはまったく当てはまりません。イングルソープ夫人は夕食後八時ごろコーヒーを飲んだものと思われますが、症状が現れたのは翌日未明のことでした。そこから類推すると、毒物を摂取したのは夜もかなり更けてからのことではないでしょうか」

「イングルソープ夫人は、真夜中にココアを飲む習慣があったそうですね。そのココアに、ストリキニーネが混入されていた可能性は？」

「ありません。鍋に残っていたココアをわたしが採取し、分析させてみたのですが、ストリキニーネはいっさい検出されませんでした」

わたしの隣で、ポワロがかすかな含み笑いを漏らした。

「どうしてわかったんです？」声を殺して尋ねる。

「いいから、証言を聞きなさい」

「実のところ」——博士の証言はまだ続いていた——「ココアから検出されていたら、そちらのほうがかなりの驚きだったことでしょう」

「どうしてですか？」

「ストリキニーネには、かなりの苦みがあります。たとえ七万倍に薄めても苦みが感じとれるほどで、これを気づかれずに飲ませるには、かなり濃い味のものに混ぜこむ必要があるでしょう。ココアでは、とうてい隠しきれません」

同じことはコーヒーにも言えるのではないかと、陪審員のひとりが尋ねた。

「いいえ、そうは思いませんね。コーヒーにはもともと独自の苦みがありますから、おそらくストリキニーネの苦みも隠すことができるのではないでしょうか」

「それでは、博士のお考えとしては、毒物はコーヒーに混入されていたものの、何らかの理由で症状が出るのが遅れたということですね？」

「ええ。しかし、カップは粉々に割れてしまっており、内容物を分析するのは不可能でした」

ここで、バウアースタイン博士の証言は終わった。続いてウィルキンズ医師が、博士の証言をひとつひとつ裏付けていく。自殺という可能性を問われ、医師は真っ向から否定した。故人は心臓こそ弱っていたが、それを除けば健康にまったく問題はなく、精神状態も明朗で安定していたのだ。とうてい自ら生命を絶つような女性ではなかった、と。

次に呼ばれたのは、ローレンス・キャヴェンディッシュだった。証言としてはさほど重要な内容ではなく、もっぱら兄の言葉を裏付けていたにすぎない。だが、証言台から下りようとした瞬間、ふと立ちどまり、ためらいながら口を開いた。

「ちょっと思いついたことがあるのですが、かまいませんか?」

ローレンスから申しわけなさそうな目を向けられて、検死官はてきぱきと答えた。

「もちろん、かまいませんよ、ミスター・キャヴェンディッシュ。この事件の真実を解明するため、われわれはここに集まっているのです。少しでも解明に役立つのなら、どんなことでもぜひ聞かせてください」

「これは、ぼくがふと考えたことにすぎません」ローレンスは切り出した。「もちろん、まったくの的はずれかもしれませんが、ぼくにはやはり、母は自然に亡くなったものとしか思えないんです」

「どうしてそう思うんですか、ミスター・キャヴェンディッシュ?」

「母は死ぬしばらく以前から、ストリキニーネ入りの強壮剤を飲んでいたんですよ」

「なんと！」検死官は声をあげた。

陪審員たちが、興味津々に目を向ける。

「たしか、ストリキニーネという薬物は、しばらく摂取を続けていると体内に蓄積し、それが死を招いた例もいくつかあったはずです。また、今回たまたま母が服用量を誤り、大量摂取してしまった可能性もあるのでは？」

「故人が死亡当時、ストリキニーネを服用していたという事実は、いまここで初めて明らかにされました。貴重な証言に感謝しますよ、ミスター・キャヴェンディッシュ」

だが、証言台に呼び戻されたウィルキンズ医師は、この可能性を一蹴した。

「ローレンス・キャヴェンディッシュ氏のご意見は、まずありえないものと考えていいでしょう。どんな医師であっても、この点では一致するはずです。たしかに、ストリキニーネは体内に蓄積することがある毒物ですが、こんな形の突然死を引き起こすことはありません。長い時間をかけて体内に蓄積するうちに、さまざまな慢性症状が現れるため、わたしが気づかないはずはないのです。とうていありえない話ですよ」

「では、もうひとつの可能性についてはどうです？　イングルソープ夫人が、うっかり過剰摂取してしまったとは考えられませんか？」

「三倍、あるいは四倍の量を服用してしまったとしても、それが死につながることはありません。イングルソープ夫人はいつも、タドミンスターの《クーツ薬局》でかなりの量をまとめて買っていましたがね。まるまるひと壜をほぼ服《の》んでしまわないかぎり、検死解剖であれだけの分量のストリキニーネが検出されることはないんです」

「それでは、夫人が亡くなった原因として、強壮剤を考慮する必要はないと？」

「ええ、まったく。仮定からして馬鹿げています」

　前に質問したのと同じ陪審員が、薬局で調合を誤ったとは考えられないかと尋ねた。

「それはもちろん、起きうる事故のひとつです」医師は答えた。

　だが、次に証言台に立ったドーカスが、この可能性をも打ち消した。その強壮剤は、けっして新しく調合されたものではなかったのだ。それどころか、亡くなった当日に服用したのが、その壜に残った最後の一服だったという。

　強壮剤が死因となった説はこうして消え、検死官はさらに審問を続けた。当夜、女主人の鳴らすけたたましい呼鈴でドーカスが起こされ、続いて屋敷じゅうの人間が起こされるに至った経緯について、この小間使から詳細な証言を引き出す。そして、その前日の午後に起きたという口論に、審問の焦点は移っていった。

　ドーカスの証言は、ポワロとわたしがすでに聞いた内容とほとんど変わりなかったので、ここでくりかえすことはしない。

　次に証人となったのは、メアリ・キャヴェンディッシュだった。まっすぐに背筋を伸ばして立ち、低いながら明瞭な、どこまでも抑制の効いた声だ。検死官の質問に答え、いつものように朝四時半に目覚まし時計の音で起きたこと、着替えていると、何か重いものが倒れる音がして驚いたことを語る。

「それは、ベッドの脇にあったテーブルでしょうね」検死官が言葉をはさむ。

「わたしは部屋の扉を開けました」メアリは続けた。「耳をすましていると、しばらくして呼鈴がけたたましく鳴り、ドーカスが走ってきて、夫を起こしたんです。わたしたちはみなで義母の部屋に入ろうとしたんですが、扉には鍵がかかっていて――」

証言をさえぎり、検死官が口を開いた。

「そのあたりについては、わざわざ話していただくにはおよびません。それから何があったのかは、すでにみなさんの証言がありますからね。おうかがいしたいのは、その前日、あなたが漏れ聞いたという口論のことです」

「わたしが?」

その言葉には、どこか傲然《ごうぜん》とした響きがあった。メアリは片手を襟もとへやり、かすかに首をかしげながら、ふわりとしたレースを直す。それを見ていて、わたしはつい思わずにはいられなかった――〝時間稼ぎだ!〟と。

「そうです。聞いたところによると」検死官はおちついた口調で先を続けた。「そのとき、あなたが腰かけて本を読んでいたというベンチは、書斎のフランス窓のすぐ外にあったそうですね。ちがいますか？」

こんな話は初耳だ。わたしは横目で様子をうかがったが、どうやらポワロも初めて聞いたように見える。

ごくわずかな間、ほんのかすかなためらいの後、メアリは答えた。

「ええ、そうでした」

「その窓は開いていましたね？」

メアリの顔から、いくらか血の気が引くのがわかった。

「はい」

「それでは、書斎の中の会話が聞こえなかったはずはありませんね。ましてや、夫妻は怒りに声を荒らげていたんですから。実のところ、ホールよりもあなたがいた位置のほうが、ふたりのやりとりははっきりと聞こえたはずです」

「そうかもしれません」

「それでは、あなたが漏れ聞いた口論の内容を話していただけますか？」

「わたし、本当に何も憶えていないんです」

「ふたりの声が聞こえなかったというんですか？」

「いえ、たしかに声は聞こえました。でも、何を話していたのか、内容まではわかりません」頰にかすかな赤みが差す。「ご夫妻の内々の会話を立ち聞きする趣味はありませんから」

だが、検死官は簡単には引き下がらなかった。

「それでは、何ひとつ憶えてないというんですか、キャヴェンディッシュ夫人？　ひとことも？　これが内々の会話だと気づいたのは、それなりの言葉を耳にしたからではないんですかね？」

メアリはしばし間をおき、考えこんでいるように見えたが、そのおちつきぶりは傍目《はため》にはまったく変わらなかった。

「そうですね、たしかイングルソープ夫人が――正確には憶えていないんですが――夫婦間の醜聞が表沙汰になるとか、そんな言葉を口にしていました」

「なるほど！」検死官は満足げな顔になり、椅子に背を預けた。「それは、ドーカスが聞いた内容と一致しますね。それにしても、キャヴェンディッシュ夫人、それが内々の会話だと気づいたのに、あなたはその場を離れなかったんですか？　あえて、そこにとどまったわけですね？」

視線を上げたメアリの黄褐色の瞳が、一瞬ぎらりと光った。不躾《ぶしつけ》なほのめかしを畳みかけてくる、この小柄な法律家を、いっそ八つ裂きにしてやりたいという思いに駆られたにちがいない。だが、その口調は依然としておちついていた。

「ええ。あそこはとても居心地がよかったので。読んでいた本に、すっかり集中していましたし」

「ほかに何か、話していただけることはありますか？」

「ありません」

メアリの証言は終わったが、検死官が心から満足しているようには見えなかった。本当はまだ隠していることがあるのではないかと、ひそかに疑っているにちがいない。

次に、村の売店で働いているエイミー・ヒルが証言台に立ち、十七日の午後、スタイルズ荘の庭師見習い、ウィリアム・アールが遺言用紙を一枚買っていったと明かした。

続いてウィリアム・アールとマニングが呼ばれ、証人として書類に署名したことを証言する。その時刻は、マニングによると四時三十分ころということだったが、ウィリアムはもう少し早かったのではないかと述べた。

そして、シンシア・マードックの番がやってきた。もっとも、話すべきことはほとんどなかったようだ。メアリ・キャヴェンディッシュに起こされるまで、悲劇にも気づかず眠っていたのだから。

「テーブルが倒れた音は聞いていないんですね？」

「ええ。ぐっすり眠りこんでいたんです」

検死官は口もとをほころばせた。

「良心にとがめなきものはよく眠る、というとおりですね。ありがとう、ミス・マードック。以上です」
「ミス・ハワード、証言台へ」
そこでイヴリン・ハワードが披露したのは、十七日の夜に書かれたイングルソープ夫人からの手紙だ。ポワロとわたしは、当然ながら事前に見せてもらっていたが、今回の悲劇について、新たな情報を明らかにしてくれるような内容ではなかった。以下に、その写しを載せる。

エセックス州スタイルズ荘

七月十七日

大切なイヴリン
もう喧嘩はやめにしませんか？　愛する夫について、あなたが口にした言葉はなかなか許す気になれないけれど、それでも、わたしはもうおばあさんだし、あなたのことが大好きだから。

あなたの親友
エミリー・イングルソープ

July 17th

Styles Court

Essex

My dear Evelyn

Can we not bury the hatchet? I have found it hard to forget the things you said against my dear husband but I am an old woman & very fond of you

Yours affectionately

Emily Inglethorpe

この手紙は陪審に回され、誰もが目をこらして精読した。

「残念ながら、さほど重要な情報はないようですね」検死官はため息をついた。「この日の午後に何があったかは、何も語られていませんから」

「こんなに明々白々な話もないでしょ」ミス・ハワードはそっけなく答えた。「わたしの気の毒な友人は、自分が欺《あざむ》かれていたことにやっと気づき、この手紙を書いたんですよ！」

「しかし、そんなことは何も書いてありませんが」検死官は指摘した。

「それはね、自分がまちがっていたなんて、エミリーは絶対に認めたくなかったからですよ。友人のことは、わたしにはよくわかってます。エミリーは、わたしに戻ってほしかった。でも、わたしの指摘が図星だったなんて認めたくない。だから、遠まわしな言いかたをしたの。そういう人は多いわよ。そんなやりかた、わたしは嫌いだけれど」

ウェルズ氏がかすかに口もとをほころばせる。陪審の中にも、笑みをこらえきれない顔がいくつか見られた。どうやらイヴリン・ハワードは、この界隈ではかなりの有名人らしい。

「とにかく、こんな茶番は時間の無駄よ」陪審席の隅から隅まで、蔑むような目を走らせながら、ミス・ハワードは続けた。「しゃべって——しゃべって——またしゃべってばかり！　真実なんか、誰もがとっくに知ってるのに——」

手に負えなくなる前にと、検死官はあわててさえぎった。

「ありがとう、ミス・ハワード、質問は以上です」

証人がおとなしくしたがったのを見て、検死官は安堵《あんど》の吐息をついたことだろう。

そして、ついに本日の山場がやってきた。薬局の店員、アルバート・メイスが証人として呼ばれる。

必死の形相でわたしたちのもとへ駆けこんできた、顔色の悪い青年だ。検死官の質問に答え、メイスは自分が資格を持つ薬剤師ではあるが、前任の店員が軍に召集されたため、つい最近この薬局で店員として働くようになったのだと説明した。

人定尋問が終わると、検死官は本題に入った。

「ミスター・メイス、あなたは最近、その薬物をあつかう権限を持っていない人間に、ストリキニーネを販売しましたか？」

「はい」

「それはいつです？」

「この前の月曜の夕方です」

「月曜？　火曜ではなく？」

「ええ、十六日の月曜でした」

「いったい誰に売ったのか、聞かせてもらえますか？」

水を打ったように、場内が静まりかえる。

「はい。イングルソープ氏でした」

無表情のまま身じろぎもせず坐っていたアルフレッド・イングルソープに、その場の全員が視線を向けた。青年の唇から決定的な言葉が漏れた瞬間、イングルソープはかすかに身体をぴくりとさせた。椅子から立ちあがるのではないかとも思われたが、結局はそのまま動かない。だが、その顔にはいかにも驚いたというような、真に迫った表情が浮かんでいる。

「それはたしかですか?」厳しい声で、検死官が尋ねた。

「まちがいありません」

「あなたはいつも、こうしてストリキニーネを見境なく誰にでも販売しているのですか?」

可哀相な青年は、検死官に怖い顔でにらまれ、目に見えて縮こまった。

「いえ、まさか、そんな――もちろん、そんなことはしていません。ただ、ほかならぬお屋敷のイングルソープ氏だったので、めったなことはあるまいと思ったんです。犬を殺すのに使うというお話でした」

わたしは同情を禁じえなかった。〝お屋敷〟をつい優遇してしまうのは自然な人情というものだろう――なにしろ、もしかしたら地元の名士が《クーツ薬局》で買うのをやめ、これからは自分の働く薬局を贔屓《ひいき》にしてくれるかもしれないのだから。

「誰であれ、毒物を購入するときには、店の台帳に署名することになっているのではありませんか?」

「はい、イングルソープ氏の署名もいただきました」

「その台帳は、ここに持ってきていますか?」

「はい」

青年は台帳を取り出した。さらに厳しい言葉をいくつか浴びせた後、検死官は気の毒なメイス氏を下がらせた。

みなが息を殺し、静まりかえって見まもる中、続いてアルフレッド・イングルソープが証言台へ呼ばれる。処刑台の輪縄がいまにも自分の首に掛かろうとしていることが、この男には本当にわかっているのだろうか?

検死官はいきなり本題に踏みこんだ。

「今週月曜の夕方、あなたは犬を殺すという理由で、ストリキニーネを購入しましたか?」

どこまでもおちつきはらった口調で、イングルソープは答えた。「いいえ、そんなことはしていません。スタイルズ荘では、犬を飼っていませんからね。外に牧羊犬は一匹いますが、いまもぴんぴんしていますよ」

「それでは今週月曜、アルバート・メイスからストリキニーネを購入したことを、あなたは完全に否認するんですね?」

「ええ、そうです」

「それでは、これもあなたの書いたものではないと？」

アルフレッド・イングルソープの署名のある台帳を、検死官は手渡した。

「ええ、わたしの署名ではありません。筆跡がまったくちがいますからね。お見せしますよ」

イングルソープはポケットから古い封筒を取り出すと、そこに署名をし、陪審に渡した。たしかに、台帳の署名とは似ても似つかない。

「それでは、メイス氏の証言について、あなたならどう説明しますか？」

アルフレッド・イングルソープは眉ひとつ動かさない。

「メイス氏が人ちがいをしたんでしょうね」

検死官は一瞬ためらったが、やがて尋ねた。

「ミスター・イングルソープ、これは形式上お尋ねしなくてはならないのですが、七月十六日、月曜の夕方に、どこにいたのか聞かせていただけますか？」

「実を言うと――憶えていないんですよ」

「それはおかしいですね、ミスター・イングルソープ」検死官はぴしりと指摘した。「よく考えて」

イングルソープは頭を振った。

「どうにも答えられないんですよ。散歩に出たんじゃないかと思います」

「どちらの方向へ？」

「本当に憶えていないんです」

検死官の表情が、さらに険しくなる。

「同行した人はいましたか？」

「いいえ」

「散歩の途中に出会った人は？」

「いません」

「それは残念ですな」そっけない口調で、検死官は告げた。「その時刻にあなたがストリキニーネを購入しに店に来たのはまちがいないと、メイス氏は証言しているんですがね。そのときご自分がどこにいたのかを明かしていただけないとなれば、あなたがそれについての証言を拒否していると、こちらは考えざるをえないんですよ」

「そう考えたいのなら、お好きにどうぞ」

「発言は慎重に、ミスター・イングルソープ」

ポワロはひたすら気を揉んでいた。

「やれやれ！　逮捕《サクレ》されたくてたまらないのですかな、あの大馬鹿ものは」

明らかに、イングルソープは自ら心証を悪くするようなことばかり発言している。何の裏付けもなくただ否認したところで、子どもだって信じまい。とはいえ、検死官はさっさと次の質問に移り、ポワロは深く安堵の吐息をついた。

「火曜の午後、あなたはご夫人と議論をしましたか？」

「申しわけないが」検死官の言葉をさえぎり、アルフレッド・イングルソープは口を開いた。「何か誤解があるようだ。わたしは愛しい妻と口論などしていません。根も葉もない作り話ですよ。その日の午後、わたしはずっと屋敷を留守にしていたのでね」

「それを証言してくれるかたはいますか？」

「わたしが証言しているじゃありませんか」イングルソープは傲然と言いかえした。

検死官は相手にしなかった。

「あなたがご夫人と言いあらそっているところを聞いたと、ふたりの証人がはっきりと証言しているんですがね」

「そのふたりが何か聞きまちがえたんでしょう」

わたしはとまどうばかりだった。こんなにも自信たっぷりに、あわてず騒がず話すイングルソープを見ていると、こちらの自信がぐらついてくる。ポワロのほうを見やると、その顔には、わたしにはとうてい理解しがたい勝利の色が浮かんでいる。ここに至って、ようやくポワロもアルフレッド・イングルソープの有罪を確信するに至ったのだろうか？

「ミスター・イングルソープ」検死官は呼びかけた。「ご夫人が亡くなる間ぎわに口にした言葉がここで再現されたのを、あなたも聞きましたね。あれはどういう意味だったのか、説明できますか?」

「もちろん、できますとも」

「ほう?」

「ごく単純なことですよ。部屋は薄暗かった。バウアースタイン博士は背丈も体格もわたしと似ていますし、同じようにあごひげも生やしているでしょう。薄暗いうえ、ひどく苦しんでいたんですから、可哀相な妻がわたしと博士を見まちがえたのも無理はない」

「なるほど!」ポワロがひとりごちた。「たしかに、そうとれなくもないな」

「それが真実だったと思いますか?」わたしはささやいた。

「そうは言っていませんよ。ただ、なかなかよくできた仮説なのはまちがいない」

「あなたは妻の最後の言葉を、わたしへの告発だと思っているようですが」――イングルソープはさらに続けた――「それどころか、あれはわたしを求め、呼びかける言葉だったんですよ」

検死官はしばし考え、やがてまた口を開いた。「ミスター・イングルソープ、たしかあの夜、あなたは自らコーヒーを注ぎ、ご夫人のところへ運んだんでしたね?」

「ええ、たしかにわたしが注ぎました。だが、妻のところに運んではいません。そうするつもりだったんですが、友人が玄関に訪ねてきたので、いったんカップをホールのテーブルに置いたんです。数分後、ホールに戻ってきてみたら、カップはもうそこにはありませんでした」

　この証言が真実なのか、それとも嘘なのかはわからない。だが、どちらにしろ、イングルソープにとって不利な状況なのは変わらないと、わたしは見てとっていた。ホールのテーブルに置く前にも、毒を入れる時間はたっぷりあったのだから。

　そのとき、ふいにポワロがわたしを軽くひじで突き、扉の近くに坐っているふたりの男たちを示した。ひとりは小柄でどこか険があり、浅黒く、イタチに似た顔立ちだ。もうひとりは背が高く、色白だった。

　いったい誰なのかと、わたしは目で尋ねた。ポワロはこちらの耳に口を寄せ、ささやいた。

「あの小柄なほうが誰か、わかりますか？」

　わたしはかぶりを振った。

「あれはロンドン警視庁のジェイムズ・ジャップ警部——ジミー・ジャップですよ。もうひとりも、同じくロンドン警視庁の人間でね。なかなか展開が早いですな、わが友よ」

　ふたりの男を、わたしはしげしげと見つめた。これといって、警察官らしいところは見あたらない。言われなければ、きっと夢にも思わなかったことだろう。

　いまだ警察官たちを観察していたそのとき、わたしはふいに現実に引き戻された。陪審の評決が出たのだ。

「ひとり、あるいは複数の人間による謀殺と認める」

## 7 ポワロ、恩義に報いる

連れ立って《登塔者の紋章亭》を出ると、ポワロはわたしの腕に軽く触れ、脇へ引っぱっていった。何をしたいのかは、すぐにわかった。ロンドン警視庁のふたりを待つのだ。数分の後、ふたりが姿を現すと、ポワロはすぐに歩みより、小柄なほうに声をかけた。

「ひょっとして、わたしをお忘れかもしれませんな、ジャップ警部」

「おやおや、ミスター・ポワロじゃありませんか！」警部は声をあげた。それから、連れの男をふりむく。「ミスター・ポワロのことは、前にもお話ししたことがありましたね？こちらとは、一九〇四年にいっしょに捜査をしましてね——例のアバークロンビー偽造事件ですよ——ほら、ブリュッセルにまで犯人を追いかけていった。ああ、いい時代でしたね、ムーシュー。それから、《男爵》と呼ばれたアルタラの事件も憶えてますか？　まさに、あなたでなけりゃつかまえられない悪党でしたよ！　ヨーロッパの半分くらいの警察の包囲網を、次々と突破してのけたんだから。だが、そんな悪党も、アントワープに逃げこんだところで、ついにわれわれに逮捕されたってわけです——ここなるポワロ氏のおかげでね」

思い出話は和気あいあいと、どこまでも続く。そばに近づいたわたしを、ポワロはジャップ警部に紹介してくれた。警部のほうはお返しに、連れのサマーヘイ警視をわたしたちに引きあわせる。

「おふたりがここに何をしにいらしたのかは、あらためて尋ねるまでもないようですな」と、ポワロ。

わかっているといわんばかりに、ジャップは片目をつぶってよこした。

「お察しのとおりですよ。まあ、実に単純な事件ではありますが」

しかしながら、ポワロの返答は真剣そのものだった。

「その点については、わたしは逆の意見ですが」

「またまた、ご冗談を！」サマーヘイが初めて口を開く。「これほど明白な事件もそうはありますまい。現行犯で取り押さえられたも同然ですよ。よくもまあ、あれほど愚かな真似ができたものだ！」

だが、ジャップは真剣な視線をポワロに注ぎはじめていた。

「まあまあ、そう熱くならずに、サマーヘイ」冗談めかして制する。「ほら、わたしとこちらのム－シュ－は、前にもごいっしょしてますからね――実のところ、ほかの誰が何を言おうと、こちらの判断にわたしは一目置いてるんです。わたしの勘ちがいでなけりゃ、どうやら何かすばらしい切り札を持ってるんでしょう。ちがいますか、ムーシュー？」

ポワロはにっこりした。

「それなりの結論には達しましたよ――おっしゃるとおり」

サマーヘイは腑に落ちない顔をしていたが、ジャップは依然としてポワロの様子を仔細に観察している。

「つまり、こういうことなんですよ。いまの時点では、われわれはこの事件を外側からしか見てなくてね。こうした事件では、警視庁は不利な立場にあるんです。ほら、検死審問を経て、ようやくこれが自然死ではない、殺人事件だとわかるわけですからね。事件発生直後に現場を見ることができるかどうか、そこで大きく変わるんですが、その点、ミスター・ポワロはわれわれに先んじておられる。実のところ、現場に居あわせた医師が状況を的確に判断し、検死官を通して知らせてくれなかったら、われわれはこの検死審問にさえ立ち会えなかったくらいでね。だが、あなたは最初から現場を見ることができたんだから、きっと何かこまごまとした手がかりも見つけてるんでしょう。検死審問の証言を聞くかぎり、イングルソープ氏が妻を殺したのは火を見るより明らかで、そうじゃないなんてあなた以外の誰かが匂わせようもんなら、わたしは鼻で笑ってやったでしょうよ。本件はあの男による謀殺だと、今回の陪審がいきなり評決しなかったことが、むしろ意外なくらいでね。あの検死官がいなかったら、また話は別だったんでしょうが――あまり踏みこみすぎないよう、陪審を抑えてたように見えたな」

「とはいえ、ひょっとして、あなたがたはイングルソープ氏の逮捕令状をすでにお持ちなのではありませんか」ポワロはかまをかけた。

それまで生き生きとした感情の動きを見せていたジャップの顔が、ふいに公務員ならではの、人を寄せつけない無機質な仮面に変わる。

「そうかもしれませんし、そうでないかもしれません」そっけない答えだ。

ポワロはそんなジャップ警部に、気遣わしげな視線を向けた。

「わたしはひどく心配しているのですよ、イングルソープ氏が逮捕されるようなことがあってはならないと」

「そうでしょうな」皮肉をこめて、サマーヘイがつぶやく。

ジャップはおどけて、いかにも困った顔をしてみせた。

「もう少し、ちゃんと説明してもらえませんかね、ミスター・ポワロ？　ほんのわずかなほのめかしだっていい――ほかならぬあなたからご教示いただけるんならね。あなたは現場を見てきたんだし――警視庁としても、下手を打つのは避けたいですからね」

ポワロは重々しくうなずいた。

「まさに、わたしもそう思っていたのですよ。そう、このことだけはお話ししておきましょうか。その令状を使い、イングルソープ氏を逮捕したとします。しかし、それによってあなたがたが称賛されることはない――夫への容疑は、たちまち晴れてしまうからです。これ、このとおり《コムサ》！」そう言いながら、小気味よく指を鳴らしてみせる。

ジャップは真剣な顔になったが、サマーヘイは信じるものかというように鼻を鳴らした。わたしはといえば、あまりのことに声も出ないほど驚いていた。ポワロの頭がどうかしてしまったとしか思えなかったからだ。

ジャップはハンカチを取り出すと、額の汗をそっと拭った。

「そう聞いてしまうと、あえて強行はできませんな、ミスター・ポワロ。あなたのご意見を信じたいが、いったいどういうつもりかと、上層部からはやいのやいの言われることでしょう。せめて、その根拠をもう少しでも話してもらえませんかね？」

ポワロはしばし考えた。

「いいでしょう」やがて、ようやく口を開く。「正直なところ、本当は明かしたくないのですよ。手の内を見せてしまうことになりますからね。さしあたってはこのまま、秘密裡《ひみつり》に動きたかったのです。しかし、あなたのおっしゃることも至極もっともだ――とっくに現役を引退したベルギーの警察官の言葉など、何の後ろ盾にもなりはしますまい！　アルフレッド・イングルソープを、けっして逮捕してはいけない。わたしがこう言明していたことは、ここにいるわが友ヘイスティングズもよく知っています。さて、そうなると、ジャップ、すぐにスタイルズ荘に出かけますか？」

「ええ、三十分以内には。まずは検死官と医師に会うことになってましてね」

「それはよかった。行くときは、ついでに声をかけてください——村の外れの家です。わたしもごいっしょしますよ。スタイルズ荘に着いたら、イングルソープ氏自身か、あるいは本人が拒否したなら——それもありえますね——このわたしが、氏に対する容疑を立証できない、納得のいく理由を説明しますよ。これでどうです？」

「かまいませんとも」ジャップは勇んでうなずいた。「警視庁としてはあなたに感謝するほかはないんですが、実を言うと、わたしはさっきの関係者たちの証言に、何か穴があろうとはとうてい思えなくて。まあ、それでも、あなたの推理はいつだってみごとに的中しますからな！　ではまた、ムッシュー」

ふたりの刑事は歩き去った。サマーヘイのほうは、依然としてせせら笑うような表情を浮かべている。

「さてと、わが友よ」わたしが何も言えずにいるうちに、ポワロは高らかに呼ばわった。「きみのご意見は？　やれやれ《モン・デュー》！　審問ではずいぶんとはらはらさせられましたよ。まさか、あの男がいっさい答えを拒否するほど強情っぱりだとは。どう考えても愚かな戦略ですよ」

「うーん。愚かさというより、別の理由があるんじゃないでしょうか。だって、あの男が本当に有罪だとしたら、黙秘する以外に身を守るすべがありますか？」

「もっと巧みな手など、無数にありますよ」ポワロの声が高くなる。「いいですか、もしもわたしがこの事件の犯人だとしたなら、まことしやかな説明を七通りはひねり出してみせますね！　イングルソープ氏の押し黙り戦法より説得力のある話を！」

これには、わたしも笑い出さずにはいられなかった。

「ああ、ポワロ、あなたなら七十通りだってひねり出せますとも！　だが、さっきの刑事たちにああは言ってみたものの、あなただってまさか本気で、いまだにアルフレッド・イングルソープの無実を信じているわけではないんですよね？」

「いまだに信じていて、何がおかしいのです？　何も変わってはいないじゃありませんか」

「だって、出そろった証言を聞いたら、争う余地なんてどこにもありませんよ」

「そう、争う余地がなさすぎるのですよ」

わたしたちは《リーストウェイズ・コテージ》の門をくぐり、いまやすっかり見慣れた階段を上った。

「そう、そうなのです。争う余地がなさすぎる」まるでひとりごとのように、ポワロはくりかえした。「実際の証言というものは、たいてい曖昧で、いろいろ足りないところがあるのです。裏付けをとらなくてはならないし――選別もしなくてはならない。だが、今回の事件はまるで、出来合いの見本のように最初からきれいにまとまっている。いや、わが友よ、これらの証言は精巧に作りこまれているのです――精巧すぎて、化けの皮がはがれることになりましたがね」

「どうしてそう思うんですか？」

「どうしてかというと、あの男に不利な証言が、どれも漠然として具体性に欠けていたら、論破するのはかえって難しいものなのですよ。だが、どうやら犯人は心配性で、水も漏らさぬ緊密な証言網を作りあげた。この場合、どこか一ヵ所を崩してやれば、イングルソープの容疑はきれいに晴れるのです」

わたしは黙りこんだ。しばらくして、ポワロはまた口を開き、先を続けた。

「こんなふうに考えてみてください。ここにひとりの男がいて、そう、仮に、妻の毒殺を目論んでいるとする。ここまでの人生を、小利口な才覚で渡ってきた人間です。つまり、それなりに知恵が回るのはたしかなのですよ。けっして、ただの愚かものではない。さて、そんな男なら、いったいどうやって計画を遂行するか？　いきなり村の薬屋へ出向き、堂堂と本名を名乗って、たちまち嘘とわかる犬の作り話をでっちあげてストリキニーネを購入する。だが、その夜すぐに使うわけではない。実際に使用するのは、妻とひどい喧嘩をしてからのことです。屋敷じゅうの人間に知れわたるような大喧嘩だったため、当然ながら、みなが疑惑の目をその男に向けるようになる。だが、男は自分の身を守るための材料を、何ひとつ準備していませんでした——薬局の店員が証言台に立つのがわかっていながら、あやふやなアリバイひとつ用意していなかったのです。ふん、馬鹿馬鹿しい！　ここまで愚かな人間なぞ、どこを探してもいませんよ！　自分から絞首台に上りたいと願うような、頭のたがの外れた人間でもなければね！」

「それでも――やっぱりわからないな――」わたしは切り出した。

「わたしにだってわかりませんよ。いいですか、わが友《モ・ナミ》、わたしも頭を抱えているのです。わたし――このエルキュール・ポワロが！」

「でも、もしあの男が無実だと信じているのなら、ストリキニーネを買った件はどう説明できるんですか？」

「ごく簡単なことです。あの男はストリキニーネを買ってはいない」

「でも、メイスは客の顔を見ているんですよ！」

「いいですか、メイスが見たのは、イングルソープ氏のような黒いあごひげを生やし、イングルソープ氏のような眼鏡をかけ、イングルソープ氏のよく着るような目立つ服装をした男です。おそらくは遠くから見かけたことしかない相手の顔を、はっきり見分けられるはずはないでしょう。ご存じのとおり、メイスはこの村に来てほんの二週間しか経っていないし、イングルソープ夫人のほうは、主にタドミンスターの《クーツ薬局》を贔屓《ひいき》にしているのですからね」

「じゃ、あなたの考えでは――」

「わが友《モ・ナミ》よ、わたしがこの事件で重大な点をふたつ指摘したのを憶えていますか？　ひとつめはいまは関係ないとして、もうひとつのほうを」

「アルフレッド・イングルソープがいかにも奇妙な服装をし、黒いあごひげを生やしたうえ、眼鏡をかけていること」わたしはポワロの以前の言葉をくりかえした。

「そのとおり。では、たとえばジョンやローレンス・キャヴェンディッシュに、何ものかが成りすますとしましょう。人々は簡単に騙されるでしょうか？」

「いや、難しいでしょう」わたしは考えながら答えた。「もちろん、役者か何かなら――」

だが、わたしの考察を一顧だにせず、ポワロは先を続けた。

「では、なぜ難しいのか？　教えてあげましょう、わが友よ、そのふたりはどちらもきれいにひげを剃っているからです。明るい昼日中にそのふたりに成りすまそうとしたら、天才的な役者でも連れてこないといけませんし、そもそも最初から目鼻立ちが似た人間でなくては無理でしょう。しかし、アルフレッド・イングルソープに成りすますなら、話は別です。あの服装、あのあごひげ、そして目もとを隠すあの眼鏡――どれも、イングルソープ氏の外見の特徴ですね。さて、犯罪を目論む人間が、まず考えることは？　疑いが自分にかからないようにすること、そうではありませんか？　では、そのためにもっとも適切な方法は？　ほかの誰かに容疑をかけることです。今回は、うってつけの人間が手近にいました。もともと、イングルソープ氏はみなに疑われやすい素地がありましたね。何かが起きれば、みなが先走ってあの男を疑ったことでしょう。その流れをさらに確実にするために、何かわかりやすい証拠が必要だった――たとえば、毒薬を買っているところを見た、というような。それがイングルソープ氏のような、外見に独特の特徴がある人間なら、真似をするのはけっして難しいことではありません。同じような服を着て、同じあごひげを生やし、同じ眼鏡をかけていたら、これはイングルソープ氏ではないなどと、いったい誰が疑うというのです？」

「そうかもしれませんね」ポワロの雄弁さに、わたしは圧倒されるばかりだった。「しかし、だとしたら、月曜の夕方六時に本当はどこにいたか、どうしてイングルソープは話そうとしないんでしょうか？」

「まったく、どうしてでしょうな」ポワロの口調が、いくらか冷静になる。「さすがに逮捕されたら話すでしょうが、わたしとしては、そこまで事態を悪化させたくはないのですよ。自分の置かれた立場の深刻さを、あの男に理解させてやらなくては。もちろん、あれだけ沈黙を続けるということは、何か不名誉な事情が隠れているのでしょう。妻を殺してはいないにしても、あの男が悪党であるのはまちがいない。殺人とは別に、何か隠しておきたいことを抱えこんでいるのですよ」

「というと、どんなことを？」わたしはもの思いに沈んだ。いまはポワロの意見にうなずくほかはないが、あんなにも明快に組み立てられていた推理こそが正解にちがいないという思いも、心のどこかに残ってはいる。

「見当もつきませんか？」ポワロはにっこりした。

「ええ。あなたにはわかっているんですか？」

「まあね、しばらく前にひとつ思いついたことがあって――調べてみたら、そのとおりでしたよ」

「わたしには話してくれなかったんですね」つい、恨みがましい口調になってしまう。

申しわけないというように、ポワロは両腕を広げてみせた。

「許してください、わが友《モ・ナ・ミ》よ、きみはこの推理にあまり乗り気ではなかったようでしたからね」そして、熱のこもった目でわたしを見すえる。「どうですか――あの男をなぜ逮捕してはならないのか、いまとなっては、きみにもわかりましたね？」

「まあ、なんとか」わたしはあやふやに答えた。実のところ、アルフレッド・イングルソープの運命がどうなろうと、さして関心はなかったのだ。あんな男は、少しばかり脅しつけてやっても罰は当たるまい。

そんなわたしを真剣な目で見つめていたポワロは、やがてため息をついた。

「それはそうと、わが友よ」話題を変える。「イングルソープ氏の件はともかく、この審問で出た証言を、きみはどう思いましたか？」

「そうですね、だいたい予想どおりでしたよ」

「奇妙に思えた証言はひとつもなかった？」

頭にふとメアリ・キャヴェンディッシュが浮かんだが、それは口に出さずにおいた。

「奇妙というと、どんなふうに？」

「そうですね、たとえばローレンス・キャヴェンディッシュ氏の証言です」

話がそれて、ほっとする。

「ああ、ローレンス！　いえ、とくに何も思いませんでしたよ。あの男はいつだって、あんなふうに神経質なんです」

「母親の死は自ら服《の》んでいた強壮剤の毒が蓄積したものではないかと、意見を述べていたでしょう。あれを奇妙だとは思いませんでしたか？——ねえ《アーン》？」

「いえ、別に思いませんでしたよ。もちろん、医師たちには一笑に付されていましたがね。それでも、素人ならそんな疑問を抱いたって不思議はないでしょう」

「しかし、ムッシュー・ローレンスは素人ではありませんよ。医学を学び、医師の資格もとっていると、きみが話してくれたじゃありませんか」

「ああ、そうでしたね。まったく気づきませんでしたよ」わたしは意表を突かれた。「奇妙だな」

ポワロはうなずいた。

「そもそもの最初から、ムッシュー・ローレンスのふるまいはどうにも奇妙でした。屋敷のほかの住人たちと異なり、唯一ストリキニーネ中毒の症状に気づいて当然の知識を持っていながら、家族の中でひとりだけ、これは自然死だという説にしがみついていましたよね。これがムッシュー・ジョンだったら、わたしにも理解はできたでしょう。専門知識を持っているわけではないし、もともと想像力の乏しい性格ですからね。しかし、ムッシュー・ローレンスとなると――これはおかしい！　さらにきょうは、愚にもつかないと自分でもわかっているはずの仮説を、あんなふうに出してきたわけです。これは当然、いろいろ考えずにはいられませんよ、わが友《モ・ナミ》！」

「たしかに、どうにも筋が通りませんね」わたしもうなずくしかなかった。

「それに、キャヴェンディッシュ夫人も気になります」ポワロは続けた。「こちらも、知っていることをすべて話してはいないようですね！　あの女性の態度を、きみはどう思いましたか？」

「どう解釈すればいいのかわからないんですよ。メアリがアルフレッド・イングルソープをかばうなんて、まさかそんなはずはない。でも、どうしてもそう見えてしまうんです」

　ポワロはうなずきながら考えこんでいた。

「そう、おかしな話です。ただ、ひとつだけたしかなのは、キャヴェンディッシュ夫人は〝内々の会話〟とやらを、かなりのところまで漏れ聞いていたということですよ、自分では認めたくないようですがね！」

「とはいえ、他人の話を立ち聞きするなんて、ほかならぬメアリがするとは思えませんよ！」

「たしかにね。ただ、夫人の証言からひとつわかったことがあります。わたしはまちがっていました。ドーカスは正しかった。あの午後に起きたというイングルソープ夫妻の口論は、わたしが思っていたよりも早い時間、ドーカスの言うとおり四時ごろのできごとだったのですよ」

わたしはいぶかしげな目をポワロに向けた。どうして口論の時刻にこんなにもこだわっているのか、依然としてさっぱりわからない。

「そう、きょうは奇妙な点が山ほど見つかったというわけです」ポワロは続けた。「次はバウアースタイン博士ですが、まだ夜も明けない時間だというのに普通に身支度をして、いったい外で何をしていたんでしょうね？　そのことに誰も触れないのが、わたしには不思議でなりませんよ」

「博士はたしか、不眠症じゃなかったかと」われながらあやふやな答えだ。

「それはすばらしい説明でもありますが、同時にひどくお粗末な説明でもありますね」と、ポワロ。「どんなことにも都合よく応用できるものの、何の裏付けにもならないからです。われらが切れ者のバウアースタイン博士からは、けっして目を離さないようにしなくては」

「ほかにもまだ、おかしな証言がありましたか？」わたしはつい、皮肉な口調になった。

「わが友《モ・ナミ》よ」ポワロは重々しく答えた。「誰かが真実を語っていないことに気づいたら

——注意しないと！　わたしがよっぽどの勘ちがいをしていないかぎり、きょうの検死審問で何も隠さず、何もごまかさずに証言した人間はたったひとり——多くても、せいぜいふたりというところでしたね」

「ちょっと待ってくださいよ、ポワロ！　そりゃ、ローレンスやキャヴェンディッシュ夫人はそうかもしれませんよ。でも、ジョンは——それにミス・ハワードは、まちがいなく真実を語っていたはずでしょう？」

「ふたりとも真実を語っていたと、そう思いますか、わが友よ？　ひとりなら同意しますが、ふたりともはね——！」

その言葉に、わたしはなんとも不愉快な衝撃を受けていた。ミス・ハワードの証言は、さほど重要な内容ではなかったとはいえ、あんなにも明快で率直だったではないか。あれが真実かどうかなど、露ほども疑っていなかったのに。とはいえ、ポワロの頭脳に、わたしが絶大の信頼を置いているのもたしかだ——たまに、わたしがこっそり胸の内で評するとおり、〝救いがたい強情っぱり〟の面が顔をのぞかせないかぎりは。

「本気でそう思っているんですか？」わたしは尋ねた。「わたしの見るところ、ミス・ハワードはどこまでも正直な人間に思えますがね——こちらが居たたまれなくなるくらいに」

ポワロがこちらに投げてよこした奇妙な目つきがどういう意味なのか、わたしにはどうにも測りかねた。どうやら何かを言おうとして、寸前で思いとどまったように見えたが。

「シンシア・マードックだってそうですよ」わたしは続けた。「不誠実なところなんて、あの娘にはかけらもないんだから」

「そのとおり。ただ、イングルソープ夫人の隣の部屋で寝ていたのに、何の音も聞かなかったというのは気になりますね。キャヴェンディッシュ夫人のほうは、屋敷の反対側の棟にいたのに、テーブルが倒れる音をはっきりと耳にしているのですよ」

「まあ、あの娘は若いですからね。ぐっすり眠っていたんでしょう」

「なるほど、そうでしたな！　名うての寝ぼすけというところですか！」

ポワロのその言いかたが、わたしにはどうにも引っかかってならなかった。だが、まさにその瞬間、扉を鋭く叩く音が響く。窓から外を見おろすと、玄関前にはふたりの刑事が立ち、わたしたちが出てくるのを待っていた。

ポワロは帽子をつかみ、口ひげを勢いよくひねると、目に見えない埃《ほこり》を袖から払い落とした。それから、ついてくるようわたしに合図して階段を下り、刑事たちといっしょにスタイルズ荘へ向かう。

ロンドン警視庁からふたりの刑事が訪ねてきたのを目《ま》のあたりにして、屋敷の人々は衝撃を受けたにちがいない——とりわけ、ジョンは。もちろん、あの検死審問の後では、それが時間の問題だということもわかってはいただろう。それでも、刑事たちが実際に現れたいま、逃れようもない現実を突きつけられた気分になったはずだ。

ポワロは道々、ジャップと低い声で打ち合わせをしていた。屋敷に着くと、ジャップは召使を除く屋敷の住人たち全員に、居間に集まってほしいと要請する。どういうことなのか、わたしにはわかっていた。これからポワロが、ご自慢の推理を存分に披露するのだ。

だが、わたしとしては、けっして楽観的な気分にはなれなかった。ポワロは自分なりに充分な理由があって、イングルソープの無実を信じているのだろうが、サマーヘイのような人間はきっと、具体的な証拠を出せと迫るだろう。はたして、ポワロがそんなものを持っているのかどうか。

しばらくしてみなが居間に集まると、ジャップが扉を閉めた。ポワロは礼儀正しく、ひとりひとりに椅子を勧める。全員の視線が、ロンドン警視庁のふたりに注がれていた。これが悪い夢などではなく、まぎれもない現実なのだと、このとき初めてみなが思い知ったのだろう。これまで、たしかに新聞ではこうした事件を読んできたが——いまや、自分たち自身がそんな舞台に立たされてしまった。明日には、英国じゅうの新聞にこんな見出しが華々しく掲げられるのだろう。

エセックスで不可解な悲劇

資産家の婦人、毒殺される

記事にはスタイルズ荘や〝検死審問から退席する家族〟の写真が添えられる――こんな絶好の機会に、村の写真家が腕をこまねいているはずもない。そんな記事はこれまで何度となく目にしてきた――しょせん他人ごとにすぎない、自分とは関係のない話。だが、いまやこの屋敷で殺人事件が起きてしまったのだ。目の前には〝本件の捜査を担当する刑事たち〟がいる。そうした記事を彩るどぎつい煽《あお》り文句の数々が頭を駆けめぐるうち、ポワロが話の口火を切った。

この集まりを仕切るのが刑事たちのどちらかではなく、ポワロだったことに、誰もがいささか驚いたにちがいない。

「紳士淑女のみなさん《メダム・アンド・メッシュー》」これから講演を始める名士のように、ポワロは一同にお辞儀をした。「きょうはお話があって、ここにお集まりいただきました。お話というのは、アルフレッド・イングルソープ氏にかかわることです」

イングルソープはひとりだけ、みなからわずかに離れて坐っていた――それはおそらく、誰もが無意識のうちに自分の椅子をいくらか遠ざけたからだろう。自分の名が出たのを聞き、その顔にかすかな驚きが浮かぶ。

「ミスター・イングルソープ」ポワロは本人に呼びかけた。「この屋敷はいま、ひどく暗い影に覆われています――殺人事件という影に」

イングルソープは悲しげに頭を振った。

「家内も気の毒に」口の中でつぶやく。「可哀相なエミリー！　なんと怖ろしいことだ」

「いいですか、ムッシュー」ポワロは鋭い口調で切りこんだ。「この事件のどこが――あなた自身にとって――怖ろしいのか、あなたはまだ気づいておられないようだ」それでも相手がぴんときていないのを見て、さらに踏みこむ。「ミスター・イングルソープ、あなたはいま、重大な危険にさらされているのですよ」

ふたりの刑事が、そわそわとおちつかないそぶりを見せる。〝これからあなたが口にする言葉は、何であれあなたの不利な証拠として使用されることがあります〟という、あのよく知られた警告が、いまにもサマーヘイの口から飛び出しそうだ。ポワロは続けた。

「わかっていただけましたか、ムッシュー？」

「いいえ。いったい、どういうことなんですか？」

「つまり」ポワロはゆっくりと言葉をつないだ。「妻を毒殺したという容疑が、あなたにかかっているのです」

あまりの直截な言いように、息を呑む音がみなの口からかすかに漏れる。

「そんな、まさか！」そう叫び、イングルソープは立ちあがった。「よくもまあ、そんなひどいことを！　わたしが――愛するエミリーを毒殺するだなんて！」

「わたしの見るところ」ポワロは厳しい目をイングルソープに向けた。「検死審問でのあなたの証言が、まさに自分にとって不利な証拠となることを、あなたはまだ理解しておられないようですね。ミスター・イングルソープ、いまわたしがお話ししたことを頭に置いて、それでも月曜の夕方六時に本当はどこにいたのか、話していただけないのですか？」

うめき声をあげると、アルフレッド・イングルソープはまた椅子に身体を預け、両手で顔を覆ってしまった。ポワロはかたわらに歩みより、その姿をじっと見おろす。

「さあ、話して！」厳しい口調だ。

ようやく心を決めたように、イングルソープは顔を覆っていた手を下ろした。そして、のろのろとではあるがきっぱりと、かぶりを振ってみせる。

「話さないつもりなのですか？」

「ええ。あなたの言うような怖ろしい疑いをわたしにかける人間が存在するなんて、とうてい思えないんですよ」

「よろしい《ソワ》！　それなら、わたしが代わりにお話ししましょう」

アルフレッド・イングルソープは、はじかれたようにふたたび立ちあがった。

「あなたが？　いったい、何を話せるというんだ？　知っているはずがないのに――」その言葉が、ふいに途切れる。

ポワロはこちらに向きなおった。「紳士淑女のみなさん《メダム・アンド・メッシュー》！　わたしがお話ししますよ！　聞いてください！　わたし、エルキュール・ポワロは、月曜の夕方六時に薬局に入り、ストリキニーネを購入した人物がイングルソープ氏ではなかったことを、ここに断言します。

なぜなら、まさにその日の六時、イングルソープ氏はレイクス夫人を近くの農場から自宅へ送りとどけていたからです。六時、あるいは六時少しすぎに、ふたりがいっしょにいるところを見たと誓う証人を、五人はそろえることができますよ。そのうえ、みなさんもご存じかもしれませんが、レイクス夫人の自宅である農場は、村から少なくとも四キロは離れています。イングルソープ氏のアリバイに、疑問の余地はありません！」

## 8　新たな疑惑

一瞬、凍りついたような沈黙が広がる。おそらくは、わたしたちの中でいちばん驚きの度合いが少なかったジャップが、真っ先に口を開いた。

「いやあ」大声を張りあげる。「たいしたものですな！　おみごとです、ミスター・ポワロ！　あなたの見つけた証人たちは、みなだいじょうぶなんでしょうね？」

「ほら《ヴォワラ》！　一覧にまとめておきましたよ――名前と、住所と。もちろん、確かめていただかなくてはいけませんが、何も問題はないでしょう」

「あなたが言うならまちがいない」ジャップは声を落とした。「あなたには感謝するばかりですよ。うかうかと逮捕していたら、とんでもない騒ぎになるところでしたな」そして、イングルソープに向きなおる。「それにしても、ちょっとお訊きしたいんですがね。いったい、どうしてそれを検死審問の場で言わなかったんです？」

「どうしてかは、わたしが説明しますよ」ポワロが割って入った。「実はある噂が広がっていて――」

「悪意に満ちた、でたらめもはなはだしい噂ですよ」怒りに震える声で、アルフレッド・イングルソープがさえぎった。

「それで、こんなときに不謹慎な醜聞を蒸しかえされたくはないと、イングルソープ氏は願っていたのです。そうですね？」

「まさに、そのとおりですよ」イングルソープはうなずいた。「可哀相なエミリーがまだ安らかに地中で眠りについてもいないというのに、またしてもそんな嘘八百を広められたくはないと思ったって、当然のことじゃありませんか？」

「しかし、ここだけの話ですがね」と、ジャップ。「わたしなら、どんな噂を立てられようとも、殺人容疑で逮捕されるよりはましだと思いますよ。あえて言わせてもらえば、亡き奥方もきっと同じお考えだったでしょうに。そもそも、もしもこのミスター・ポワロがいなかったら、とっくにあなたを逮捕してましたよ、まちがいなくね！」

「たしかに、わたしは愚かなことをしてしまった」イングルソープはつぶやいた。「だが、あなたはご存じないんですよ、警部、わたしがどんな悪意にさらされ、中傷されつづけてきたか」そう言いながら、恨みがましい目でイヴリン・ハワードをちらりと見やる。「さて、今度は」ジャップはジョンのほうを向き、てきぱきと切り出した。「お母上の使っていた寝室を見せていただきましょうか。それから、召使たちの話も聞きたいと思ってます。わざわざ案内していただくにはおよびませんよ。こちらのミスター・ポワロにお願いしますから」

屋敷の住人たちが居間を出ていくと、ポワロはわたしをふりかえり、二階へついてくるよう手真似で示した。階段を上りきったところでわたしの腕に手をかけ、脇へ引っぱっていく。

「あちらの棟へ急いで。あそこに立っていてください——あの羅紗《らしゃ》張りの扉の脇に。わたしが戻ってくるまで、動かないでくださいよ」そして、あたふたと向きを変えると、ふたりの刑事たちの後を追った。

いったいこれは何のためだろうといぶかりながら、わたしは言われたとおり、羅紗張りの扉の脇に立った。この場所をわざわざ選んで、見張りに立つ意味とは？　目の前の廊下に、注意ぶかく目をこらす。ふと、あることが頭に浮かんだ。シンシア・マードックは別として、ほかの全員の寝室はこちらの左棟にある。そのことに、何か関係があるのだろうか？　誰かが来たり、出ていったりするのを見はるため、わたしはここにいるのかもしれない。わたしは忠実に持ち場を守っていた。ただ、時がすぎていく。誰も来ない。何も起こらない。

ポワロがようやく戻ってきたのは、たっぷり二十分は経ったころだった。

「ここから動かなかったでしょうね？」

「もちろん、岩のようにここを守っていましたよ。何も起きませんでしたが」

「なるほど！」ポワロは安心したのか、それともがっかりしたのだろうか？「何も見てはいないんですね？」

「ええ」

「でも、ひょっとして何か聞こえてきたんじゃありませんか？　どすんという大きな音とか——どうです、わが友《モ・ナミ》よ？」

「聞こえませんでしたよ」

「本当に？　いや、実を言うと、自分でも腹立たしいのですがね！　いつもはそこまで不器用ではないのに。ちょっとした身ぶりをしただけなんですよ」——ポワロの〝ちょっとした〟身ぶりがどんなものか、目に浮かぶようだ——「そうしたら、左手を動かしたはずみにね、ベッドの脇のテーブルを倒してしまって！」

いささか子どもっぽいまでに恥ずかしがり、うなだれているポワロの姿を見て、わたしはあわてて慰めにかかった。

「そんなに気にしないで。たいしたことじゃないでしょう？　階下で大勝利を収めた興奮が、まだ残っていただけのことですよ。いや、本当に、われわれ全員が度肝を抜かれましたからね。イングルソープとレイクス夫人との間には、われわれの想像以上にいろいろとあるんでしょうね、あの男があれだけ頑としてしゃべらなかったところを見ると。さて、次は何をするんです？ ロンドン警視庁のふたりはどこへ？」

「一階で召使たちから聞きこみをしていますよ。これまでに発見したものはすべて見せました。ジャップにはがっかりしましたよ。秩序立った方法論というものがない！」

「おや！」わたしは窓の外に目をやった。「バウアースタイン博士が来ましたよ。あの男について、あなたの考えは当たっているんじゃないかな。どうも好きになれない男です」

「頭の切れる人物ですよ」もの思いに沈みながら、ポワロはつぶやいた。

「切れすぎて怖ろしいくらいにね！ 火曜日に惨憺《さんたん》たる恰好で現れたのを見たときには、実を言うと胸がすきましたよ。あんな見ものはなかったな！」博士がどんな姿だったかを、わたしはこと細かにポワロに話してきかせた。「まさに案山子《かかし》そっくりでしたよ！ 頭からつま先まで、すっかり泥にまみれてね」

「じゃ、実際にその姿を見たのですね？」

「ええ。もちろん、博士は屋敷に上がりたがりませんでしたがね——ちょうど夕食の後で——イングルソープ氏がぜひにと勧めたんです」

「何ですって！」ポワロは乱暴にわたしの両肩をつかんだ。「火曜の夜、バウアースタイン博士がここに来たのですか？　この屋敷に？　それなのに、きみはわたしに何も言いませんでしたね。どうして話してくれなかったのですか？　どうして？　いったい、どうして？」

驚くほどの逆上ぶりだ。

「ねえ、ポワロ」わたしはどうにかなだめようとした。「まさか、あなたがそんなことに関心があるとは思わなかったんですよ。そんなことが重要だなんて知らなかったし」

「重要？　こんなに重要なこともありませんよ！　じゃ、バウアースタイン博士は火曜の夜、ここにいたのですね――殺人の起きた夜に。ヘイスティングズ、わかりませんか？　この事実で、すべてが変わるのですよ――すべてがね！」

こんなにもポワロがとりみだしているところは、これまで見たことがなかった。わたしの肩から手を離すと、今度は上の空で蠟燭《ろうそく》を二本ほどまっすぐに直しながら、口の中でつぶやく。「そう、これですべてが変わる――すべてが」

ふいに、ポワロは心を決めたようだ。

「行きましょう《アロン》！　こうなったら、すぐに行動しないと。キャヴェンディッシュ氏はどこです？」

ジョンは喫煙室にいた。ポワロはまっすぐ歩みより、口を開く。

「ミスター・キャヴェンディッシュ、タドミンスターに重要な用件があるのです。新しい手がかりに関することで。車を貸していただけませんか？」

「喜んで。すぐに出発ですか？」

「ええ、よければ」

ジョンは呼鈴を鳴らし、車を玄関に回すよう言いつけた。十分後には、わたしたちは屋敷の庭園を抜け、タドミンスターに向けて街道を走っていた。

「ねえ、ポワロ」諦めの境地に達しつつ、わたしは尋ねてみた。「いったいどういうことなのか、そろそろ教えてもらえませんか？」

「いいですか、わが友《モ・ナミ》、これはかなりのところまで、きみ自身で推理できるはずですよ。もちろん、いまやイングルソープ氏を外して考えるとすると、全体の構図はがらりと変わって見えます。新たに見えてきた問題と、あらためて向かいあうことになるわけです。あの毒薬を購入したかもしれない人々のうちから、いまやひとりが除外されました。捏造《ねつぞう》された手がかりを、われわれが見破りましたからね。今度は、ほんものの手がかりを探さなくては。あの月曜の夕方、きみとテニスをしていたキャヴェンディッシュ夫人をのぞいて、屋敷の住人のうちの誰でもイングルソープ氏に変装できたということは、すでに確認してあります。さらに、コーヒーのカップをホールのテーブルに置いたという、イングルソープ氏の証言もありましたね。検死審問のときには、誰も注意をはらわなかった——しかし、いまとなってはまったく別の意味を持つ重要な証言です。そのコーヒーを最終的にイングルソープ夫人のところへ運んだのは誰なのか、あるいはコーヒーが置かれている間にホールを通ったのは誰なのか、それをつきとめなくてはなりません。きみの話から、ホールのコーヒー・カップに近づかなかったと言いきれる人間はたったふたり——キャヴェンディッシュ夫人、そしてマドモワゼル・シンシアのみです」

「ええ、そうなりますね」わたしはひそかに心が軽くなるのを感じていた。メアリ・キャヴェンディッシュが疑われるなんて、そんなことはけっして起きてはならない。

「アルフレッド・イングルソープの濡れ衣を晴らすため、わたしは考えていたよりも早く手の内をさらすはめになってしまったのですよ。わたしがあの男を疑っていると思わせておけば、犯人は警戒を解いたでしょうに。今後、犯人ははるかに注意ぶかくなるでしょう。ええ——はるかにね」ふいに、ポワロはこちらに向きなおった。「聞かせてください、ヘイスティングズ、きみ自身は——誰かを疑ったりはしていませんか？」

わたしはためらった。正直に言うなら、突拍子もなく馬鹿げているとわかっていながらも、今朝から一度か二度、ある思いつきが頭をかすめたのだ。どうかしていると一蹴しても、頭の隅に引っかかったまま離れようとしない思いつき。

「疑うというほどのことではないんですが」わたしはぼそぼそとつぶやいた。「あまりにも突飛《とっぴ》だし」

「話してごらんなさい」ポワロは励ました。「恥ずかしがることはありませんよ。心のうちをさらけ出して。直感は大切にしなくてはね」

「じゃ、話します」思いきってぶちまける。「馬鹿げているのはわかっているんですが——どうも、ミス・ハワードが何か隠しているんじゃないかという気がして！」

「ミス・ハワードが？」

「ええ——笑われるでしょうが——」

「とんでもない。笑うはずがないでしょう？」

「どうしても、そんな気がしてしまうんです」ぎこちない口調で、わたしは続けた。「あの女性をこれまで容疑者の列から除外してきたのは、屋敷から離れたところにいたという、ただそれだけの理由ですよね。でも、考えてみれば、たった二十五キロ足らずの距離なんですよ。車だったら、三十分もあれば着くでしょう。殺人の起きた夜、ミス・ハワードはスタイルズ荘から遠く離れた場所にいたと、そう決めつけてしまっていいものでしょうか？」

「それはだいじょうぶですよ、わが友」思いもかけず、ポワロはそう答えた。「決めつけてかまいません。わたしがとった最初の行動のひとつは、ミス・ハワードの勤める病院に電話をかけることだったのです」

「それで、どうだったんですか？」

「ミス・ハワードはもともと火曜午後の勤務だったのですが——思いがけず患者がどっと

搬送されてきてしまい――そのまま夜勤にも入ると快く申し出てくれたので、病院側としてはありがたく受けたのだそうです。だから、それについては心配はいりませんよ」

「そうだったんですか！」わたしはいささか困惑していた。「実を言うと、ミス・ハワードのイングルソープに対する敵意があまりに激しすぎる気がして、それで、つい疑念が湧いてしまったんですよ。あの男を陥れるためなら、どんなことでもするんじゃないかと思えて。それに、焼かれた遺言状の件も、ミス・ハワードは何か知っているような気がするんです。ひょっとして、イングルソープを厚遇するという前の遺言状とまちがえて、あの女性が新しいほうを燃やしてしまったのかも。いつだって、イングルソープに対してはおそろしく辛辣《しんらつ》ですからね」

「ミス・ハワードの敵意は異常なほど激しいと、そう思うのですね？」

「ええ――そうですね。あまりに敵意をむき出しにするんですよ。この点についてだけは、ちょっと正気を失っているんじゃないかと思うくらいに」

ポワロは勢いよくかぶりを振った。

「いやいや、それはきみの見立てちがいですよ。ミス・ハワードはけっして愚かしくもなければ、正気を失ってもいません。心身ともに健康で、分別のあるすばらしい英国人ですよ。まさに、絵に描いたような健全な人物です」

「だとしても、イングルソープへの憎しみは常軌を逸していましたよ。わたしの頭に浮かんだのは――自分でも、馬鹿げているのはわかっているんですが――ミス・ハワードがあの男を毒殺しようとして――何かの手ちがいで、夫人のほうに毒を飲ませてしまったのではないか、という思いつきでした。まあ、どうしてそんなことが起きうるのか、まったく想像もつかないんですがね。何もかも、途方もなく馬鹿げていてありえないのはわかっています」

「とはいえ、きみの言うことにも一理ありますよ。無実が論理的に証明できて、心底から納得がいくまでは、誰であれ容疑者のひとりだと考えておくのが賢いやりかたですからね。さて、ミス・ハワードが故意にイングルソープ夫人を毒殺した可能性を、最初から考えない理由は何ですか?」

「だって、あんなにも献身的に尽くしていたのに!」わたしは叫んだ。

「まったく、きみという人は!」ポワロは苛立《いらだ》たしげに叫んだ。「子どものような理屈を言わないでくださいよ。老婦人を毒殺するようなことができる人間なら、献身的に尽くすふりだって、いくらでもやってのけられるでしょう。いや、いまは別の視点から考えてみなくては。アルフレッド・イングルソープに対するミス・ハワードの敵意が、常軌を逸するほどに激しすぎるという、きみの見立てはまさにそのとおり。しかし、そこからまちがった方向へ推理を進めてしまっているのです。この点については、わたし自身もそれなりの推理を組み立てていて、当たっているにちがいないと感じてはいるのですが、いまはまだ話さずにおきましょう」しばし口をつぐみ、やがて先を続ける。「さて、わたしの推理手法に沿うなら、ミス・ハワード犯人説にはひとつ、いまだ打ち消すことのできない反証があります」

「というと？」

「イングルソープ夫人の死によって、ミス・ハワードに何らかの利益があるとは思えないのですよ。殺人には必ず動機があるものですからね」

わたしは考えてみた。

「ひょっとして、イングルソープ夫人がミス・ハワードを厚遇する遺言を作成していた可能性は？」

ポワロはかぶりを振った。

「でも、あなたも同じことを弁護士のウェルズ氏にほのめかしていたのに」

ポワロの口もとに笑みが浮かぶ。

「あれにはそれなりの理由があったのですよ。実際に想定している人物の名前を、あそこで出したくはなくてね。その人物と置きかえられる立場の人間として、ミス・ハワードの名を代わりに出しただけなのです」

「それでも、イングルソープ夫人がそんな遺言を作成していたって不思議はないですよね。ひょっとしたら、亡くなる前日の午後に作成した遺言というのは——」

だが、ポワロがあまりにきっぱりとかぶりを振るのを見て、わたしは口をつぐむしかなかった。

「それはちがいます、わが友よ。あの遺言については、わたしもそれなりに考えていることがなくはありません。ただ、ひとつだけ言えるのは――あれは、けっしてミス・ハワードを厚遇する内容ではありませんでした」

そこまで言われると、わたしも引き下がるしかない。この点についてポワロがなぜこんなに自信たっぷりなのか、まったく理解できなかったが。

「なるほど」ため息をつき、先を続ける。「それでは、ミス・ハワードは容疑者から外しましょう。そもそも、わたしがあの女性を疑うようになったのは、あなたのせいでもあるんですよ。検死審問でのミス・ハワードの証言について、あなたがあんなことを言ったから」

ポワロはきょとんとした。

「検死審問の証言？　いったい、何を言いましたっけ」

「憶えていないんですか？　真実を述べていると疑いのない証人として、わたしがミス・ハワードとジョン・キャヴェンディッシュを挙げたときですよ」

「ああ――あれか――そうですね」ポワロはいささかまごついていたが、すぐに態勢を立てなおした。「ところで、ヘイスティングズ、ひとつ頼みたいことがあるのですが」

「喜んで。どんなことですか？」

「今度ローレンス・キャヴェンディッシュとふたりだけになる機会があったら、こう伝えてほしいのです。〝ポワロから言付けがあります——余分のコーヒー・カップを探し出せば、もう安心して眠れますよ〟とね。何も加えず、何も省《はぶ》かず、このまま伝えてください」

「〝余分のコーヒー・カップを探し出せば、もう安心して眠れますよ〟——これでいいですか？」さっぱりわけがわからないまま、言われたとおりくりかえす。

「すばらしい」

「でも、これはどういう意味なんですか？」

「ああ、それはきみが自分で探り出してください。材料はそろっていますからね。ただ、このとおりをローレンスに伝えて、どう答えるか様子を見るんです」

「なるほど——なんだか、おそろしく謎めいた話ですね」

タドミンスターに着くと、ポワロは車を分析化学研究所へ向かわせた。

そこで身軽に車から降りると、建物の中へ入っていく。ほんの数分で、ポワロはまた車に戻ってきた。

「これでよし、と。わたしの用事は済みましたよ」

「いったい何をしてきたんです？」わたしは知りたくてたまらなかった。

「分析してほしいものがありましてね」

「ええ、でも、何を？」

「寝室の鍋から採取したココアを」

「でも、あれはもう分析したはずですよ！」驚きのあまり、つい高い声になる。「バウアースタイン博士が検査させているし、あなた自身、ココアにストリキニーネが入っていた可能性を笑い飛ばしていたじゃありませんか！」

「バウアースタイン博士が検査をさせていたのは知っています」ポワロのほうは、静かな口調だ。

「それなら、どうして？」

「まあ、あらためて検査をしてほしい理由ができた、それだけですよ」

それっきり、この件についてはひとこともポワロから引き出すことはできなかった。

ココアをめぐり、ポワロがとったこの行動は、わたしにはどうにも理解できなかった。理由も理屈も、何ひとつ思いあたらない。とはいえ、一時は危うくなったポワロへの信頼も、アルフレッド・イングルソープの濡れ衣をみごとに晴らした顛末《てんまつ》を見たいま、ふたたび揺るぎないものとなっていた。

イングルソープ夫人の葬儀が執りおこなわれたのは、その翌日のことだった。月曜になって、遅い朝食をとりに一階へ下りていくと、ジョンがわたしを脇に呼び、昼前にイングルソープ氏が屋敷を出ていくことになったと告げた。身の振りかたが決まるまでは、《登塔者の紋章亭》に滞在するのだという。

「あの男ともようやくお別れかと思うと、本当にほっとするよ、ヘイスティングズ」いつもながら率直に、ジョンは続けた。「イングルソープのしわざだと思いこんでいたときには、ずいぶん嫌な思いをさせられたものだが、だからって、いまのほうがましだなどと言う気はさらさらないね。あの男につらく当たってしまったと、みな気がとがめているからな。いや、たしかに、ずいぶんひどいあつかいをしてしまったんだよ。当初は、ほかに犯人が存在しようとは思えなかったしね。あんなふうに結論に飛びついてしまったことを、責められる人間はいないだろうよ。だが、まあ、それが誤解だったとわかったいま、過ちを償わなくてはならないと思うと、なんとも気分が重くてね。無実だったからといって、あの男を好きになれるわけではさらさらないからな。まったく、こんなに気まずい状況もあるまいよ！　イングルソープが機転を利かせ、自分から出ていくことにしてくれたのは、こちらとしちゃありがたいかぎりだ。スタイルズ荘は母の所有ではなかったからね、あの男のものにならなくて本当によかったよ。あの男がこの屋敷の主人になるなんて、考えただけでもぞっとするね。母の金なら、どうぞお持ちください、というところさ」

「でも、お屋敷の維持にもずいぶんかかりますよね？」わたしは尋ねた。

「まあ、それはだいじょうぶだ。そりゃ、相続税はとんでもない額になるだろうが、父の遺した収入の半分は、この屋敷とともにわたしのものとなるし、ローレンスも当分はここに住みつづけるだろうから、あいつも自分の分は出してくれるさ。もちろん、最初はかなりきついだろう。前にも話したとおり、もともといまはかつかつの状態だったしな。とはいえ、こうなれば、支払いも多少は待ってもらえる」

イングルソープとの別れが近づき、誰もがほっとしたおかげで、朝食の席の和やかだったことといったら、あの悲劇から初めてといってもいいだろう。シンシアは若いおかげか、衝撃が後を引くこともなく、すっかり以前どおりの明るさをとりもどしていた。なぜかふさぎこんだまま神経を尖らせているローレンスをのぞき、全員が口数は少ないながら朗らかで、希望に満ちた新たな日々の始まりを喜んでいたのだ。

当然ながら、新聞はどれも、あの悲劇の話題で持ちきりだった。どぎつい煽《あお》り文句の並ぶ見出し、あちこちに挿入される家族それぞれの経歴、遠まわしな当てこすり、警察はすでに手がかりをつかんでいるという、お定まりの締めくくり。遺族への配慮などかけらもない。これは、たまたま世間の話題が少ない時期だったせいもあるだろう。戦局がちょうど膠着《こうちゃく》状態にあった折、上流階級で起きた事件に新聞が飛びついたのも無理はない。《スタイルズ荘の怪事件》は、まさに世間の話題をさらうできごとだったのだ。

キャヴェンディッシュ家の人々にとって、これが頭の痛い事態だったのは言うまでもない。屋敷はつねに、記者たちに取り囲まれていた。いくら取材を断っても、カメラを手に村や庭園内に張りこんで、家族の誰かが不用意に通りかかるのを待ち受けているのだ。わたしたちはみな、世間の視線を痛いほど浴びながら暮らしていた。口の堅いロンドン警視庁の刑事たちは油断のない目を光らせ、ひっきりなしに屋敷を出入りしては、あちこち調べ、聞きこみを続けている。これから捜査がどう展開するのか、わたしたちに知るすべはなかった。すでに解決の糸口はつかんでいるのか、それともこのまま迷宮入りになってしまうのだろうか？

朝食が終わると、ドーカスが何やら意味ありげな顔で近づいてきて、少しばかり話があるという。

「かまわないよ。どんなことかな、ドーカス？」

「ええ、たいしたことじゃないんですが。ひょっとして、あのベルギーの旦那さまと、きょうもお会いになりますよね？」わたしはうなずいた。「ほら、あの旦那さまは以前、奥さまかお屋敷の誰かが、緑色のドレスを持ってないかとお尋ねになったでしょう？」

「ああ、そうだったね。見つかったのか？」ふいに興味をかきたてられる。

「いえ、そうじゃないんです。ただ、ふと思い出したんですけど、ぼっちゃまがたが」――ジョンとローレンスは、いまだドーカスにとっては〝ぼっちゃま〟なのだ――「〝仮装箱〟と呼んでらした箱がありましてね。玄関側の屋根裏です。大きな収納箱で、古い衣装やら、仮装用の衣装やら、どっさり詰まってるんですよ。もしかして、あの中に緑色のドレスも交じってやしないかと思いついたんです。よかったら、あのベルギーの旦那さまにお知らせいただけたら——」

「喜んで伝えるよ、ドーカス」わたしは約束した。

「ありがとうございます。あの旦那さまは、本当にご立派な紳士でいらっしゃいますね。ロンドンから来て、あちこち突《つつ》きまわしたり、訊きまわったりしてるふたりの刑事さんたちとは、品格というものがちがいます。わたし、もともとあまり外国人は好きじゃないんですけど、あそこに住んでおられるベルギーのかたたちは、そこらの外国人とちがってすばらしく勇敢なんだと、新聞に書いてありました。たしかに、あんな言葉づかいのお上品な紳士には、そうはお目にかかれません」

愛すべきドーカスよ！　実直な顔で一心にこちらを見あげているその姿こそ、近年めずらしくなりつつある古き良き召使の見本だと、わたしはあらためて思わずにいられなかった。

さっそくこのことを知らせなくてはと、わたしはすぐに村へ向かった。だが、屋敷をめざしていたポワロと途中でばったり出会い、ドーカスの話を伝える。

「おお、褒むべきかなドーカス！　では、その箱を調べてみましょう、ただ——まあ、いいか——とにかく、調べてみなくては」

手近なフランス窓から、わたしたちは屋敷に入った。誰もいないホールから、まっすぐ屋根裏に上がる。

たしかに、そこには巨大な収納箱があった。真鍮《しんちゅう》の鋲《びょう》がちりばめられた、昔ながらの美しい箱で、ありとあらゆる種類の衣装がぎっしりと詰まっている。

ポワロは無雑作に、中身のすべてを床にぶちまけていった。色味のちがう緑の生地もひとつふたつ目についたが、ポワロはかぶりを振るばかりだ。そのそぶりはどこか冷淡で、まるでたいしたものが見つかるはずはないと決めこんでいるように見える。だが、ふいにポワロは大声をあげた。

「何があったんです？」

「これを見て！」

箱はもうほとんど空になっていたが、底にひとつ、いかにも立派な黒い付けあごひげが残っていた。

「いやはや！」ポワロが声を漏らした。「これはこれは！」手にとってひっくり返し、じっくりと調べる。「新品ですね。そう、まっさらの品だ」

一瞬ためらった後、その付けひげをまた箱に戻し、上からほかの衣装を元のように詰めこむと、ポワロは軽快な足どりで階下に向かった。まっすぐに食器室へ向かうと、ドーカスがせっせと銀器をみがいているところだった。

まずはフランスふうに丁寧な朝の挨拶をしてから、ポワロは本題に入った。

「あの収納箱を調べてみたよ、ドーカス。よく知らせてくれたね。たしかに、すばらしい衣装がそろっていた。あの中の衣装は、しょっちゅう使われているのかね?」

「いえ、最近はあまり。ぼっちゃまがたがたまに〝仮装の夕べ〟を開くときくらいで。本当に楽しい会なんですよ。ローレンスさまときたら、もう、おかしいったらないんです! あのかたがペルシャの――チャーだったかしら――あちらの王さまをそう呼ぶらしいんですけど、そんな扮装で階段を下りていらした夜のことは、一生忘れられません。紙で作った大きな刃物を手に持って、こんなことを言うんですよ。『心せよ、ドーカス。うやうやしく余に仕えよ。ここなるは余の研ぎすまされし偃月刀《えんげつとう》、よもや余の不興を買うことあらば、ひと太刀《たち》に首を刎《は》ねるぞ!』なんて。ミス・シンシアはアパッシュ団員とやらに扮して――たしか、フランスのならずもののことでしたよね。あれはまさに見ものでした。あんな可愛らしいお嬢さまが、怖ろしげなならずものに化けてしまうんですから。誰が見たって、まさかお嬢さまとは気がつかないでしょう」

「さぞかし楽しい一夜だったろうね」ポワロはにこやかに相づちを打った。「ペルシャの王《シャー》さまに扮したときは、ミスター・ローレンスはあの収納箱の立派な黒いあごひげを付けたのかな?」

「ええ、あごひげを付けておいででしたよ」ドーカスはにっこりした。「忘れませんとも、その付けひげを作るからと、わたしの黒い毛糸を二綛《ふたかせ》も借りていかれたんですから! 遠くから見れば、ほんものそっくりにできてましたよ。でも、あの箱にそんな立派なあごひげが入ってたなんて、まったく存じませんでした。そちらのあごひげは、きっとつい最近どこかで買われたのでしょうね。赤毛のかつらも入ってましたけど、ほかには人の毛らしきものはなかったはずです。ひげを生やしたいときには、たいていコルクの炭で描いてたんですよ――ただ、あれは落とすのが手間でね。一度、ミス・シンシアが黒人の扮装をなさったことがあったんですが、あれはもう、後でたいへんな思いをされてましたよ」

「つまり、あの黒いあごひげについては、ドーカスは何も知らないということですね」またホールに戻りながら、ポワロは考えこんでいた。

「あのあごひげが、例のあれだと思いますか？」好奇心を抑えきれず、わたしはささやいた。

ポワロがうなずく。

「でしょうね。はさみで形を整えてあったのがわかりましたか？」

「いいえ」

「そう、イングルソープ氏のひげそっくりに切りそろえてあったのですよ。切りくずの毛が一、二本、ひげに引っかかっていました。ヘイスティングズ、この事件はおそろしく巧みに仕組まれていますよ」

「いったい、誰があの収納箱に入れたんでしょう？」

「誰か、すばらしく頭の切れる人物ですよ」ポワロは淡々と答えた。「この屋敷の中で、付けひげがけっして目を惹かない場所を選んだわけですからね。ええ、すばらしく頭が切れるようです。しかし、こちらはさらにその上を行かなくてはならない。こちらの頭が切れることをけっして相手に悟られぬよう、さらに頭を働かせなくてはならないのです」

わたしは無言でその先を待った。

「だからこそ、わが友《モナミ》よ、きみはわたしの大いなる助けとなってくれるでしょう」

この賛辞に、わたしはすっかりいい気分になった。自分の真価をポワロに理解してもらえていないのではないかと、これまで何度となく不安になっていたのだ。

「そう」ポワロは考えこむような目でわたしを見つめ、先を続けた。「きみは得がたい存在です」

ここまでは本当に嬉しかったというのに、次の言葉にわたしはがっかりすることとなった。

「屋敷の中に、誰か味方を作る必要があるのですよ」ポワロはあれこれ思いをめぐらせているようだ。

「わたしがいるじゃありませんか」懸命に訴える。

「ええ、だが、きみだけでは足りないのでね」

傷ついたことを、わたしは隠そうとしなかった。それを見て、ポワロがあわてて言葉を継ぐ。

「誤解させてしまったようですね。きみがわたしの捜査に協力していることは、みなに知られているでしょう。ほしいのは、われわれと無関係に見える味方なのです」

「ああ、なるほど。ジョンはどうです？」

「いや、やめておきましょう」

「たしかに、あまり頭の切れる人間とはいえませんからね」わたしも考えこんだ。

「おお、ミス・ハワードが来た」ふいに、ポワロは声をあげた。「あの女性こそ適任でしょう。もっとも、イングルソープ氏の容疑を晴らしたことで、わたしは嫌われているでしょうがね。それでも、頼んでみましょうか」

あごを軽くしゃくるという、あまり礼儀正しいとはいえない態度で、ミス・ハワードは少しばかり話をしたいというポワロの申し出を受けた。

こぢんまりとした《午前の間《モーニング・ルーム》》に入り、ポワロが扉を閉める。

「それで、ムッシュー・ポワロ、ご用件は？」ミス・ハワードは苛立たしげに急《せ》かした。

「言うなら早く言って。忙しいの」

「憶えていらっしゃいますか、マドモワゼル、以前あなたにご助力をお願いしたことを？」

「ええ」ミス・ハワードはうなずいた。「喜んで、とお返事しましたよ――アルフレッド・イングルソープを絞首刑にするためなら、と」

「なるほど！」ポワロは真剣な目で相手を見つめた。「ミス・ハワード、ひとつお訊きしたいことがあります。どうか、正直な答えを聞かせてください」

「嘘はつかない性分です」と、ミス・ハワード。

「では、お訊きします。あなたはいまだに、イングルソープ夫人を毒殺したのは夫だと信じているのですか？」

「どういう意味？」鋭い口調だ。「あなたのご立派な説明に、わたしが少しでも心を動かしたと思ったら大まちがい。薬局でストリキニーネを買ったのはあの男じゃなかった、そそれは認めましょう。だから、何？　やっぱり蠅取紙を水に浸して毒を抽出したのかも。わたしが最初に言ったようにね」

「だとしたら、抽出されるのは砒素《ひそ》ですよ――ストリキニーネではなく」ポワロは穏やかに指摘した。

「それがどうしたの？　砒素だって、可哀相なエミリーを亡きものにするには充分だったはず。あの男がやったと確信してるんだったら、手段なんてどうでもいいでしょう」

「そのとおり。確信しているなら、ね」ポワロは静かに続けた。「では、質問の形を変えましょうか。イングルソープ夫人を毒殺したのは夫だと、あなたは本当に、心底から信じたことがありますか？」

「たまげたわね！」ミス・ハワードは叫んだ。「あの男は悪党だって、あなたにもくりかえし話さなかった？　ベッドの中で妻を殺しかねない男だって。わたしはいつだって、あの男を忌《い》み嫌ってきたじゃないの！」

「たしかに」と、ポワロ。「まさに、それがわたしのちょっとした思いつきの裏付けとなったのですよ」

「ちょっとした思いつきって？」

「ミス・ハワード、このわたしの友人が屋敷に着いた当日、あなたが交わした会話を憶えていますか？　友人が教えてくれたのですが、わたしはあなたの語ったという言葉を聞いて感銘を受けましてね。もしも犯罪が起きて、あなたの愛する誰かが殺されてしまったら、たとえ証明はできなくとも、犯人が誰なのかはきっと直感でわかるはずだと。そんな発言をしたことは、記憶にありますか？」

「ええ、憶えてますとも。心からそう思ってますよ。あなたはきっと、くだらないと考えてるのよね？」

「とんでもない」

「だって、アルフレッド・イングルソープが犯人だというわたしの直感に、あなたは見向きもしないじゃないの」

「ええ」ポワロはそっけなく答えた。「それは、イングルソープ氏が犯人だと、あなたの直感が本気で信じているわけではないからです」

「なんですって？」

「そういうことですよ。あなたはあの男が犯人だと信じたがっている。あの男なら、きっとやりおおせる、と。しかし、あなたの直感は、犯人はあの男ではないと告げているのです。それどころか——その先を聞きたいですか？」

ミス・ハワードはまじまじと、魅入られてしまったかのようにポワロを見つめながら、手をわずかに動かして先を促した。

「あなたがなぜイングルソープ氏にそんなにも敵意を燃やすのか、その理由をお話ししましょうか？ それは、あなたが信じたいと思うことを信じるため、必死に努めてきたからです。あなたの直感が別の誰かの名をささやくのを、聞くまいとし、黙らせようとして——」

「ちがう、ちがう、ちがう！」ミス・ハワードは叫び、押しとどめるように両手を振りあげた。「そんなことを言わないで！ お願い！ そんなの嘘よ。本当のはずがないもの。どうしてそんな、とんでもない——怖ろしいことが——頭に浮かんだのかわからない！」

「わたしの言うとおりでしょう、ちがいますか？」ポワロが尋ねる。

「ええ、そうね。わたしの心が読めるなんて、魔術師みたい。でも、そんなはずはない——こんな怖ろしいこと、本当のはずがないから。犯人はアルフレッド・イングルソープに決まってる」

ポワロは重々しく頭を振った。

「そのことは、もう訊かないで」ミス・ハワードは続けた。「なぜって、何も話せないから。こんなこと、自分でも認めるつもりはないの。こんな思いつきが浮かぶなんて、わたしがどうかしてるのよ」

ポワロは満足げにうなずいた。

「もう、何もお訊きしませんよ。思ったとおりだったと確認しただけで充分です。それに――わたしもまた、直感していることがあるのでね。これからは、共通の目的めざして協力していきましょう」

「手を貸せとは頼まないでね、それは無理な話だから。この件では、わたしは指一本――指一本だって動かすつもりは――」言いかけて口ごもる。

「そう言いながらも、あなたはきっと手を貸してくださるでしょう。わたしからは何もお願いしませんが――それでも、あなたはわたしの味方となる。ご自分の意志とはかかわりなくね。わたしがあなたに願うただひとつのことを、きっとしてくださるはずですよ」

「それは何?」

「油断なく目を光らせることです!」

イヴリン・ハワードは頭を垂れた。

「そう、たしかに、そうせずにはいられない。わたしはいつも油断なく目を光らせてきた――自分がまちがってることを、いつも願いながら」

「もしもわれわれがまちがっていたら、それはめでたいことじゃありませんか。そうなれば、わたし自身、誰よりも喜びますよ。しかし、もしもわれわれが正しかったとしたら？　もしもわれわれが考えているとおりだったら、ミス・ハワード、あなたは誰の側に立つのですか？」

「わからない、わからないけれど――」

「さあ、しっかりして」

「いっそ、何もなかったことにしてもいいでしょ」

「なかったことにはできません」

「でも、エミリー自身――」そこで、言葉が途切れる。

「ミス・ハワード」ポワロは重々しく呼びかけた。「あなたともあろう人が」

ふいに、ミス・ハワードは両手に埋めていた顔をあげた。

「そうね」静かに告げる。「いまのはイヴリン・ハワードらしくなかった！」そして、誇りたかく頭をもたげた。「イヴリン・ハワードともあろうものが！　正義の側に立つべき人間なのに！　たとえ、どんな犠牲をはらうことになろうとも」そう言いはなつと、きっぱりとした足どりで部屋を出ていく。

「そう」その後ろ姿を見送りながら、ポワロは口を開いた。「あれこそ頼りになる味方ですよ。あの女性にはね、ヘイスティングズ、知恵と勇気のどちらもが備わっているのです」

わたしは返事をしなかった。

「直感とは、実に不思議なものですな」ポワロはつぶやいた。「説明もできないが、無視もできない」

「あなたとミス・ハワードは、自分たちだけで話をどんどん進めていたようですが」わたしは冷ややかに指摘した。「わたしがまったく理解できないまま取り残されていたことには、まるで気づいていないようですね」

「えっ？　本当にわからなかったのですか、わが友《モナミ》よ？」

「ええ。わたしにも説明してくださいよ」

しばしの間、ポワロはわたしをじっと見つめていた。だが、驚いたことに、やがてきっぱりとかぶりを振る。

「いや、説明はせずにおきますよ、わが友」

「えっ、ちょっと待ってくださいよ、どうしてですか？」

「秘密を守るのには、ふたりがちょうどいいからです」

「しかし、ずいぶんひどい仕打ちじゃありませんか、ほかならぬわたしに隠しごとをするなんて」

「隠しごとなどしていませんよ。わたしの知っている事実は、きみもすべて知っているのですからね。そこから、きみも自分で導き出すことができるはずです。今回の件は、ひらめきがものをいいますね」

「それでも、聞かせてもらえればどんなにありがたいか」

ポワロはわたしを鋭い目でじっと観察し、またしてもかぶりを振った。

「やれやれ、きみという人は」悲しげな口ぶりだ。「直感が備わっていないのですな」

「ついさっきは、頭が切れることが大切だと言ったじゃありませんか」わたしは言いかえした。

「そのふたつは、しばしば切り離せないものなのです」謎めかした口調で、ポワロが答える。

事件とはまったく無関係なやりとりに思えたので、わたしはもう返事もしなかった。次に何か興味ぶかい、重要な発見をしたら——できるに決まっている——今度はわたしひとりの胸に収めておこう。そして、最後にはポワロも驚かせる結果を出してやるのだ。ときには、自分の存在をくっきりと印象づけなくてはいけないときもある。

## 9　バウアースタイン博士

ポワロからの言付けをローレンスに伝える機会は、あれからいまだ見つからずにいた。

だが、友人にあそこまで上からものを言われ、腹立ちが収まらないまま芝生にぶらぶらと出てみると、ちょうどクロケー用の芝生の上で、いかにも年季の入ったボールをふたつ、さらに年季の入った槌《つち》で漫然と打っているローレンスに出くわす。

いまこそ言付けを伝える絶好の機会にちがいない。これを逃すと、伝言係の使命までもポワロに取りあげられてしまいそうだ。言付けの意味はさっぱりわからなかったものの、その言葉を聞いたローレンスの反応を見て、いくつか巧みな質問もぶつけてやれば、きっと何かつかめるにちがいない。そんなわけで、わたしは声をかけた。

「探していたんですよ」これは真実ではなかったが。

「ぼくを?」

「ええ。実は、あなたに言付けを預かっていて——ポワロから」

「どんな?」

「あなたとふたりだけのときに話してくれと言われていたんです」いかにも秘密めかして声を落とし、横目でじっとその顔を見つめる。わたしはもともと、意味ありげな雰囲気を演出するのは得意なほうなのだ。

「なるほど」

浅黒い憂鬱《ゆううつ》げなローレンスの顔には、何の変化もなかった。これからわたしが何を言うのか、多少なりとも心当たりはあるのだろうか?

「ポワロはこう言っていました」さらに声を落とす。「〝余分のコーヒー・カップを探し出せば、もう安心して眠れますよ〟と」

「いったい、どういう意味なんだろう？」わたしを見つめたローレンスの顔には、まぎれもない驚きが浮かんでいた。

「何も思いあたりませんか？」

「いや、まったく。きみは？」

わたしもかぶりを振るほかはなかった。

「〝余分のコーヒー・カップ〟というのは何かな？」

「さあ」

「コーヒー・カップのことを調べたいなら、ドーカスか、ほかのメイドの誰かに尋ねたほうがいい。そういうものの管理はあれらの仕事だからね、ぼくではなく。コーヒー・カップのことなんて、ぼくは何も知らないんだから。ああ、うちにある未使用の逸品のことなら話は別だ。ロイヤルウースターの骨董《こっとう》でね。きみはこういうものに詳しくはないんだったっけか？」

わたしはかぶりを振った。

「それは惜しいね。古い磁器の逸品は――手にとるだけで、いや見るだけでも、このうえない喜びが心にあふれるというのに」

「じゃ、ポワロには何と伝えておきましょうか？」

「何のことだかさっぱりわからない、と。ちんぷんかんぷんもいいところだよ」

「わかりました」

屋敷のほうへ戻りかけたわたしを、ローレンスはふいに呼びとめた。

「その、さっきの言付けの最後は何だったかな？　もう一度、聞かせてもらえるかい？」

「〝余分のコーヒー・カップを探し出せば、もう安心して眠れますよ〟だそうです。これがどういう意味なのか、本当に何も思いあたるふしはないんですか？」わたしは食いさがった。

ローレンスはかぶりを振った。

「いや」考えこみながら続ける。「わからない。そうだな――わかったらいいんだが」

そのとき、屋敷から食事どきを告げる銅鑼《どら》の音が響き、わたしたちはいっしょに食堂へ向かった。ポワロはジョンから昼食をいっしょにと誘われて、すでにテーブルについている。

暗黙のうちに、誰もがあの悲劇に触れるのを避けていた。食卓の話題に上るのは、戦争のこと、そのほか世間のあれこれについて。だが、チーズとビスケットの皿が回され、ドーカスが食堂を出ていくと、ふいにポワロはメアリ・キャヴェンディッシュに向かって身を乗り出した。

「いやなことを思い出させてしまったら、本当に申しわけないのですが、マダム、実はちょっとした思いつきがありまして」――ポワロにとって、いまや〝ちょっとした思いつき〟という言葉は万能の決まり文句となっているらしい――「ひとつかふたつ、あなたに質問させていただきたいのです」

「わたしに？　かまいませんが」

「ご親切に感謝しますよ、マダム。それでは質問を。マドモワゼル・シンシアの寝室からイングルソープ夫人の寝室へ入る扉ですが、あれはかんぬき錠がかかっていたというお話でしたね？」

「ええ、たしかにかんぬきがかかっていました」いささか驚いたらしい顔で、メアリは答えた。「検死審問でもそう証言しましたけれど」

「かんぬき錠が？」

「ええ」わけがわからないという表情だ。

「つまり」ポワロは説明にかかった。「その扉はただ鍵がかかっていたというだけではなくて、たしかにかんぬき錠がかかっていたのですね？」

「ああ、そういうこと。ごめんなさい、それはわかりません。かんぬき錠がかかっていたと言ったのは、扉に鍵がかかっていて開かなかったからです。でも、たしかあの部屋の扉は、どれも内側からかんぬき錠がかけてあったのが確認されたんじゃなかったかしら」

「とはいえ、あなたの知るかぎりでは、あの扉はただ鍵がかけてあっただけかもしれない、というわけですね」

「ええ、そうなります」

「では、マダム、あなたがイングルソープ夫人の寝室に入ったとき、あの扉にかんぬき錠がかけてあったかどうかは、実際には見ていないということですか？」

「ええ――でも、かかっていたはずですけれど」

「でも、実際に見たわけではない？」

「はい。わたし――そちらは見なかったから」

「いや、ぼくは見ましたよ」ふいにローレンスが割って入った。「たまたまそっちに目をやったんですが、たしかにかんぬき錠がかかってました」

「ああ、それならこの件はこれで」ポワロはいかにもしょんぼりした様子に見えた。

わたしはいい気分にならずにいられなかった。今回ばかりは、ポワロの〝ちょっとした思いつき〟も不発に終わったようだ。

昼食が終わると、ポワロは家まで送ってくれないかと声をかけてきた。わたしはどこか冷ややかな態度で、それに応じた。

「わたしに怒っているのですね？」庭園を歩きながら、ポワロは心配そうに尋ねた。

「いえ、まったく」冷たく答える。

「それならよかった。心がすっかり軽くなりましたよ」

これは心外な答えだった。わたしの冷たい態度に気づいてほしいと願っていたからだ。それでも、わたしのこの当然の苛立《いらだ》ちをなだめようと、心のこもった言葉をかけてもらったことで、いくらか胸も収まってきた。そろそろ口調を和らげることにしよう。

「例の言付けを、ローレンスに伝えましたか？」

「何と言っていました？　まったくわけがわからないというふうでしたか？」

「ええ。あなたが何を伝えようとしたのか、見当もつかないようでした」

これを聞いて、ポワロはさぞかしがっかりするだろうと思っていた。だが、驚いたことに、思っていたとおりだ、本当によかったという返事が戻ってきたではないか。それでも、その理由は意地でも訊くものかと、わたしは心に決めた。

ポワロは、今度は話題を変えてきた。

「きょうの昼食に、マドモワゼル・シンシアの顔が見えませんでしたね。どうしたのでしょうか？」

「また病院ですよ。きょうから仕事に戻ったんです」

「ああ、あのお嬢さんはすばらしい働きものですね。そのうえ、あんなに可愛らしい。イタリアで、よくあんなお嬢さんを描いた絵を目にしましたよ。あのかたの働いているという病院の調剤室も、ぜひ見たいものですね。わたしにも見せてもらえるでしょうか？」

「きっと、喜んでみせてくれますよ。こぢんまりとしていながら、なかなかおもしろい場所でね」

「勤務は毎日ですか?」

「毎週水曜が休みで、土曜は午前中だけ、昼食には屋敷に戻っていますよ。休みといったらそれだけですが」

「憶えておきましょう。最近は女性もすばらしい働きぶりですね。そのうえ、マドモワゼル・シンシアは頭が切れる――ええ、本当に賢い女性ですよ、あの可愛いお嬢さんは」

「たしかに。かなり難しい試験に通らないと就けない職業でしょうし」

「まちがいありません。なんといっても、きわめて責任の重い仕事ですからね。きっと、かなり毒性の強い薬品もあつかっているのでしょう?」

「ええ、わたしも見せてもらいましたよ。小さな鍵付きの戸棚に保管してありました。あつかいには細心の注意が必要でしょうね。調剤室を出るときには、必ず戸棚の鍵を持っていくそうです」

「なるほど。その戸棚は窓のそばですか?」

「いえ、窓とは反対側でした。なぜです?」

ポワロは肩をすくめた。

「ふと気になってね。それだけですよ。寄っていきませんか?」

気がつくと、もうポワロの住まいに着いていた。

「いや、きょうはこのまま帰りますよ。遠回りをして、森の中を歩いていくつもりです」

スタイルズ荘は、すばらしく美しい森に囲まれている。開けた庭園を歩いて突っ切った後に、ひんやりした空気を楽しみながら木立の間をそぞろ歩くのはいい気分だった。風はそよりとも吹かず、鳥たちのさえずる声も遠くかすかだ。しばらく歩いたところで、ふと巨大なブナの古木の根もとに腰をおろす。こうしていると、誰に対しても優しく温かい気持ちになってくる。ポワロの馬鹿げた秘密主義さえ許せてしまえそうだ。わたしを包むこの世界は、なんと安らかなのだろう。ふと、あくびがこみあげてくる。

殺人事件のことを考えても、どこか非現実的で、遠い世界の話のようだ。

またしても、あくび。

おそらく、あんな事件は実際に起きてはいないのだ。もちろん、悪い夢に決まっている。ローレンスがアルフレッド・イングルソープをクロケーの槌で撲殺した、これが現実なのだ。ジョンがあんなに騒ぎたてているのは、なんとも馬鹿げた話ではないか。ほら、また叫んでいる――「そんなことは絶対に許さない！」

わたしはびっくりして目を覚ました。

ふと気がつくと、こんなに気まずい状況があるだろうか。ほんの三、四メートルという距離に、ジョンとメアリのキャヴェンディッシュ夫妻が向かいあって立ち、どうやら喧嘩しているようなのだ。さらに、ふたりともわたしの存在に気づいていないらしい。わたしが動いたり、声をあげたりするより早く、先ほどわたしを夢から覚めさせたあの言葉を、ジョンがまたしても口にした。

「言っているだろう、メアリ。そんなことは絶対に許さない」

メアリの冷ややかな、それでいて透きとおった声が答える。

「あなたにわたしの行動をとやかく言う資格があるの？」

「村じゅうの噂になるぞ！　わたしの母は土曜に埋葬されたばかりだというのに、きみがあの男と遊び歩いているようではな」

「あら」メアリは肩をすくめた。「あなたが気にするのは、村の噂だけなのね！」

「そういうことじゃない。わたしはもう、あの男に目の前をうろうろされるのにうんざりなんだ。そもそも、あいつはポーランド系ユダヤ人じゃないか」

「ユダヤの血がちょっとばかり入っていたからって、それが何だというの。いくらかおもしろみを添えてくれる存在じゃない」――メアリは夫を見すえた――「ありきたりな英国人男性の鈍感な間抜けさにね」

その瞳には炎が燃えあがり、声は氷のように冷えきっている。ジョンの顔に、さっと血の気が上ったのも不思議はない。

「メアリ！」

「何？」冷ややかな声音が変わることはない。

ジョンの声からも、説きふせようとする熱が消えた。

「つまり、わたしがこれだけ言っても、バウアースタインと会うのをやめないというんだな？」

「そうしたいときにはね」

「わたしに逆らうのか？」

「いいえ、でも、わたしの行動をとやかく言う権利は、あなたにはないはずよ。わたしが賛成できないおつきあいを、あなたはしていないのかしら？」

ほんの一歩、ジョンは後ずさった。顔の血の気がゆっくりと引いていく。

「どういう意味だ？」震える声で尋ねる。

「わかっているくせに」メアリは静かに答えた。「わかっていないはずはないわよね、わたしが誰とつきあおうと、あなたに指図する権利がないことは」

ジョンは懇願するような目を向けた。その顔には、傷ついた表情が浮かんでいる。

「権利がない？　わたしに権利がないというのか、メアリ？」かすれた声で問いかけると、ジョンは両手を差しのべた。「メアリ――」

ほんの一瞬、メアリの心は揺らいだように見えた。その表情も和らいだかに見えたが、ふいにまた、乱暴に背を向ける。

「ないわ！」

歩き去ろうとする妻を、ジョンは弾かれたように追いかけ、腕をつかんだ。

「メアリ」――その声は、いまやひどく低い――「きみは、バウアースタインという男を愛しているのか？」

メアリはためらった。ふいに、その顔に奇妙な表情がよぎる。ひどく年老いたような、それでいて永遠の若さを感じさせるような。エジプトのスフィンクスが微笑んだとしたら、こんな表情になったかもしれない。

静かに夫の手を振りほどくと、肩ごしにふりかえって口を開く。

「そうかもね」そして、立ちすくんだまま石のように動かないジョンを残し、メアリはその小さな空き地から足早に去っていった。

わたしは足を踏み出し、わざと枯れ枝が折れる音を響かせた。ジョンがふりかえる。幸い、わたしがいま通りかかったばかりだと信じてくれたらしい。

「やあ、ヘイスティングズ。あのちびっこい御仁《ごじん》を無事に家まで送りとどけてきたんだね？　いや、実に風変わりな人物だな！　だが、本当に有能な男なのかい？」

「現役時代には、警察でも最高の刑事のひとりと言われていたんですよ」

「なるほど、そう称されるからには、ちゃんとした裏付けがあるんだろうな。それにしても、なんといまいましい世の中だ！」

「そう思いますか？」

「そりゃそうさ、当然だろう！　そもそもの最初に、あの怖ろしい事件が起きただろう。そしてロンドン警視庁の人間が、まるでびっくり箱の人形のように、自由自在に屋敷を出入りする始末だ。次に何が起きるのか、まったく予測がつかないよ。英国じゅうの新聞にどぎつい見出しが躍っているし——記者なんて連中は、つくづくろくでもない人種だな！　今朝など、番小屋の外にぎっしり詰めかけて、門の内側をのぞいていたよ。マダム・タッソーの蠟人形館《恐怖の部屋》よろしき見世物を、無料で見物してやろうってところかな。図々しいにもほどがある、そう思わないか？」

「元気を出して、ジョン！」なだめるように声をかける。「こんなこと、いつまでも続きませんよ」

「どうだかね。騒ぎが鎮まるころには、われわれはみな、顔を上げて表を歩けなくなるだろうよ」

「また、そんな。悪いほうに考えすぎですよ」

「考えたくもなるさ、どこへ行くにも汚らわしい記者どもにつけまわされたり、ぽかんと口を開けた間抜け面《づら》の見物人に囲まれたりしたらね！　だが、いちばん怖ろしいのはそこじゃない」

「というと？」

ジョンは声を低めた。

「きみは考えてみたことはないかな、ヘイスティングズ――わたしにとっては悪夢のような問いなんだが――犯人は誰なのか、と。これは事故にちがいない、そう思いこもうとしたことだって何度もあったよ。というのも――つまり――あんなことができたのは誰なんだ？　いまやイングルソープの容疑が晴れて、ほかの候補は誰もいない。そう、ほかには誰もいないんだ――つまり、われわれのうちの誰か、ということになる」

たしかに、これは誰にとっても悪夢にちがいない！　われわれのうちの誰かだって？　まさにそのとおり、そう考えるほかはないが、もしかしたら――

新しい思いつきが、ふいにひらめいた。取り急ぎ、頭の中でその考えを吟味する。ポワロの謎めいた行動、ほのめかし――すべてがぴったりと合致するではないか。この可能性をこれまで考えてもみなかったなんて、間が抜けているにもほどがある。とはいえ、わたしたち全員にとって、これは救いとなってくれそうだ。

「いや、ジョン、われわれのうちに犯人がいるはずはありませんよ。そうでしょう？」

「わかっているよ、だが、ほかに誰がいるというんだ？」

「わかりませんか？」

「ああ」

わたしは注意ぶかく周囲を見まわすと、そっと声を低めた。

「バウアースタイン博士ですよ！」

「ありえない！」

「そんなことはありませんよ」

「だが、母を亡きものにして、いったいあの男にどんな利益がある？」

「それはわかりませんが」わたしは認めた。「しかし、これだけは言っておきましょう――ポワロもそう考えていますよ」

「ポワロが？　本当に？　どうしてわかった？」

あの悲劇の夜、バウアースタイン博士が屋敷を訪れたと知ったときのポワロの興奮ぶりを、わたしはジョンに話してきかせた。そして、最後につけくわえる。

「ポワロは二度くりかえしましたよ――〝これですべてが変わる〟とね。それを聞いて、わたしもずっと考えていたんですよ。ご存じのように、玄関ホールのテーブルにコーヒー・カップを置いたと、イングルソープは証言しましたよね。そう、バウアースタインが訪ねてきたのは、ちょうどそのときだったんですよ。だとしたら、イングルソープに案内されてホールを通ったとき、そのついでに何かをカップに入れることもできたんじゃないでしょうか？」

「うーむ」と、ジョン。「それはかなり危険な手だな」

「ええ、でもありうる話ですよ」

「それに、あそこに置いてあったのが母のカップだと、どうしてバウアースタインにわかる？　いや、残念だが、それは理屈が通らないよ」

　しかし、わたしはさらに別のことに思いあたっていた。

「そうですね、それはそのとおり。でも、そんな手口じゃなかったんです。まあ、聞いてください」そして、ポワロがココアの標本を採取しておいて、それを検査に出したことを話した。

　それを途中でさえぎり、ジョンが口を開く。

「だが、待ってくれ、あれはバウアースタインがすでに検査させたんじゃなかったか？」

「ええ、そう、そこなんですよ。ついいましがたまで、わたしも気づいていなかったんです。わかりませんか？　バウアースタインが検査させた――そこが問題なんです！　もしもバウアースタインが犯人なら、標本を普通のココアとすり替えて検査に出すなんて、こんな簡単なことはありません。ストリキニーネが検出されないのも当然ですよ！　それなのに、誰ひとりとしてバウアースタインを夢にも疑っていなかったし、別の標本で検査をしなおすことも考えなかったんです――ポワロ以外には」その意味をあらためて嚙みしめながら、わたしはつけくわえた。

「なるほど、だが、ストリキニーネの苦みをココアでは隠せないという話もあっただろう？」

「ああ、あれはバウアースタインがそう言ったというだけのことですよね。ほかにも、いろいろな可能性が考えられます。なにしろ、毒理学の世界的権威のひとりと称される人物で——」

「何の世界的権威だって？　もう一度いいかな」

「毒物については誰よりも詳しいとされているんです」わたしは言いなおした。「つまり、たとえば、あの博士は味のしないストリキニーネを開発したのかもしれませんよね。あるいは、使われたのはそもそもストリキニーネではなく、似たような症状を引き起こす別の毒物だったのかもしれない」

「ふむ、なるほど、そうかもしれないな」と、ジョン。「だが、考えてみると、あの男はどうやってココアに近づいたんだ？　ココアはずっと二階にあったのに」

「それはそうですね」これは、しぶしぶ認めざるをえない。

だが、そのときふいに、怖ろしい思いつきが頭をよぎった。同じことにジョンが思いあたらないよう、ただ祈るしかない。わたしはそっと横目で様子をうかがった。困惑した顔で眉をひそめているジョンを見て、深く安堵《あんど》の吐息をつく。なぜなら、わたしの頭をよぎったのは——バウアースタイン博士には共犯がいたのかもしれない、ということだったからだ。

だが、まさか、そんなことが！　メアリ・キャヴェンディッシュのような美しい女性が、殺人などという犯罪に手を染めるはずがない。とはいえ、美女と毒薬は、古くから連想される組みあわせではある。

さらに、わたしが屋敷に到着した最初の日、お茶を飲みながら交わした会話のこと、毒薬は女の武器だともとられかねないことを口にしたときの、メアリの瞳のきらめきを思いかえさずにはいられない。あの運命の火曜の夜、あの人はあんなにも張りつめた様子だったではないか！　ひょっとしたら、イングルソープ夫人はメアリとバウアースタインの関係に気づき、ジョンに話すと脅したのだろうか？　夫に暴露されるのを怖れ、メアリが犯行におよんだのだとしたら？

ふいに、ポワロとイヴリン・ハワードの謎めいた会話が記憶によみがえる。ふたりが話していたのは、ひょっとしてこのことだったのだろうか？　信じたくないとイヴリンが苦悩していた、怖ろしい可能性。

そう考えれば、すべてつじつまが合う。

何もなかったことにしたいと、ミス・ハワードがほのめかしたのも無理はない。途中で呑みこんだ言葉の続きも、いまなら推測がつく。〝でも、エミリー自身――〟そうつぶやいたミス・ハワードに、わたしはいまさら共感していた。キャヴェンディッシュ家の名に泥を塗られるくらいなら、イングルソープ夫人もきっと、復讐など遂げずにおいてかまわないと思うのではなかろうか。

「それだけじゃない」ジョンの声にはっとわれに返り、わたしは後ろめたい気持ちになった。「きみの考えにうなずけない理由は、ほかにもあるんだ」

「というと？」ココアに毒を混入した手口から話がそれ、ほっとしながら尋ねる。

「そもそも、検死解剖を行うべきだと主張したのはバウアースタインだったじゃないか。もしも犯人なら、そんなことをする必要はないだろう。ウィルキンズのほうは、心臓発作で納得していただろうしな」

「たしかに」思わずあやふやな口調になる。「でも、そうともかぎりませんよ。長い目で見たら、こっちのほうが安全だと判断したのかもしれない。後になって、誰かが何か言い出すかもしれないでしょう。そうなったら、内務省が遺体の発掘を命じないともかぎらない。後から事実が明らかになったら、バウアースタインは苦しい立場に追いこまれます。あれだけ名声の高い専門家が心臓発作と誤診したなんて、誰も信じてはくれませんよ」

「なるほど、それはありうるな」ジョンは認めた。「それでも、あの男にどんな動機があったかわかれば、もっとすっきりするんだが」

わたしは恐怖におののいた。

「とはいえ、いまの話なんて、まったくの空振りかもしれませんしね。それから、くれぐれもここだけの話にしておいてくださいよ」

「ああ、もちろん――誰にも言わないよ」

そのまま雑談をしながらそぞろ歩き、やがて小さな門を抜けると庭園に入る。すぐ近くから話し声が聞こえてきた。わたしがこの屋敷に到着した日と同じく、あのカエデの巨木の下でみながお茶を楽しんでいたのだ。

シンシアが病院から戻ってきたので、わたしはその隣に椅子を置き、ポワロが調剤室を見学したがっていることを伝えた。

「ええ、喜んで！　来てくださったら嬉しいわ。本当に、お茶をごいっしょできる日だといいわね。いつがいいか、直接うかがってみなくちゃ。本当に、好きにならずにいられないかただもの。たしかに、ちょっと変わっているけれど。いつだったか、わたしのネクタイに留めてあったブローチを、外して留めなおしさせられたの。曲がっているようですね、って言われて」

わたしは声をあげて笑った。

「あの男は、まっすぐに異常にこだわるんだ」

「そうなのね」

それから一、二分、わたしたちは無言のままだったが、やがてシンシアはちらりとメアリ・キャヴェンディッシュを見やると、声を低めた。

「ねえ、ミスター・ヘイスティングズ」

「えっ？」

「お茶がすんだら、ちょっとお話があるの」

シンシアがメアリに投げた視線を見て、わたしは考えずにいられなかった。このふたりの女性は、あまり気持ちの通いあう間柄ではないらしい。シンシアはこれからどうなるのだろう、そんな思いが初めて頭をよぎる。イングルソープ夫人はシンシアについて、これといって何も遺してはやらなかったようだが、ジョンとメアリはこのまま屋敷にとどまるよう言ってきかせるにちがいない——少なくとも、戦争が終わるまでは。ジョンがこの娘を心から可愛がっているのは、わたしも知っている。出ていくとなったら、きっと悲しむことだろう。

いったん屋敷に戻ったジョンが、また姿を現した。いつもは温厚な顔が、めずらしく怒りにゆがんでいる。

「あのいまいましい刑事たちときたら！　いったい何を探しているんだか。すべての部屋に入りこんで——何もかも裏返し、ひっくり返していったよ。まったく、たまったもんじゃない！　われわれがみな留守をしていた隙を突かれたんだ。次にジャップに会ったら、びしっと言ってやらないとな！」

「みんな、興味本位の野次馬よ」ミス・ハワードがうなる。

警察の連中も、ちゃんと仕事をしているところを見せなくてはならないだろうからね、とローレンス。

メアリ・キャヴェンディッシュは口をつぐんだままだった。

お茶が終わると、わたしはシンシアを散歩に誘い、ぶらぶらと森へ歩いていった。

「話というと？」木立に囲まれ、誰にものぞかれないであろう場所まで来ると、わたしは尋ねた。

シンシアはため息をつくと、その場にすとんと坐りこみ、帽子を脱いだ。枝の合間から射しこむ陽光が、赤褐色の髪を揺らめく黄金色に染める。

「ミスター・ヘイスティングズ、あなたはいつも本当に親切で、そのうえもの知りでしょう」

シンシアはなんと魅力的な娘なのだろうという思いが、ふいに胸にあふれる。メアリよりよっぽど魅力的だ。あちらは、そんなことを言ってくれたためしがない。

「それで？」シンシアがためらっているのを見て、わたしはそっと先を促した。

「相談に乗っていただきたくて。わたし、これからどうしたらいいのかしら？」

「これから？」

「ええ。ほら、エミリーおばさまはいつも、先のことは心配しなくていいからと言ってくださっていたの。でも、忘れてしまったのか、それともまだ亡くなるとは思っていらっしゃらなかったのか——とにかく、わたしには何も遺してくださらなくて。いったい、これからどうすればいいのか。わたし、すぐにここを出ていくべきかしら？」

「とんでもない！　みな、きみにいてほしいと願っているさ」

シンシアはしばしためらい、小さな手で草をむしっていた。やがて、口を開く。「キャヴェンディッシュ夫人はそうじゃないわ。わたしのことを嫌っているもの」

「きみを嫌っている？」仰天して、わたしは大声をあげた。

シンシアはうなずいた。

「ええ、そうよ。どうしてかわからないけれど、わたしのことが我慢ならないみたい。あの人だって同じよ」

「いや、それはちがうよ」わたしは優しく声をかけた。「それどころか、ジョンはきみのことを本当に可愛がっているんだ」

「ああ、そうね――ジョンはね。わたしが言ったのは、ローレンスのこと。もちろん、ローレンスがわたしを嫌っていようといまいと、そんなことはどうでもいいの。ただ、そうは言っても、誰にも愛されないってつらいことよ、ね？」

「そんなことはない、みんなきみを愛しているよ、シンシア」わたしは懸命に言ってきかせた。「きみは誤解しているんだよ。ほら、ジョンもいるし――ミス・ハワードだって――」

どこか憂鬱げに、シンシアはうなずいた。「そうね、ジョンにはよくしてもらっているわね。それに、もちろんイーヴィは、あんなふうにぶっきらぼうだけれど、ハエにだってひどいことはできない人だから。でも、ローレンスは、どうしても仕方ないときにしか話しかけてこないのよ。メアリときたら、わたしには社交辞令さえ口にする気はないみたい。イーヴィには屋敷に残ってほしがっていて、そうお願いもしているけれど、わたしにはちがうの――それで――わたし、どうしたらいいのかわからなくなっちゃって」そう言うと、この可哀相な娘はわっと泣き出した。

このとき、わたしはいったい何に衝き動かされたのだろうか。そこに坐り、陽光に髪をきらめかせていたシンシアの美しさかもしれない。あるいは、例の悲劇とまったく何の関係もないであろう人間と会えた安堵だろうか。それとも、この若く孤独な娘を見て、ただただ純粋に胸が痛んだせいとも思える。とにかく、わたしは前に身を乗り出すと、娘の小さな手をとり、ぎこちなく切り出した。

「わたしと結婚してほしい、シンシア」

はからずも、わたしのこの言葉は涙を止める何よりの特効薬となったようだ。シンシアはふいに身体を起こし、手を引っこめると、荒々しさのこもった口調で答えた。

「馬鹿なことを言わないで！」

わたしはいささか傷ついた。

「馬鹿なことなんて言ってはいないよ。わたしの妻となってもらえないかと、正式に申しこんでいるんだ」

あろうことか、シンシアは勢いよく笑い出し、わたしのことを「おかしな人」と呼んだ。

「あなたって、本当に優しいかたね。でも、本心ではそんなこと望んでいないのは、自分でもわかっているはずよ！」

「本心から望んでいるさ。わたしはいま、ちゃんと――」

「いま言ったことなんて忘れて。あなたは本気でそんなことを望んではいないし――それはわたしも同じだから」

「なるほど、それじゃ、話は終わりだな」わたしはこわばった声で答えた。「しかし、別に笑うようなことは何もなかったはずだよ。求婚に滑稽《こっけい》なところなどないだろう」

「そうね、たしかに」と、シンシア。「次は、きっと誰かが承知してくれるわよ。それじゃ、もう行くわね。あなたのおかげで、本当に元気が出たわ」

そして、最後にもう一度こらえきれない笑いを爆発させると、木立の間に姿を消す。

そもそも根本的に、何もかもがうまくいかなかったと、わたしはしみじみいまの会話をふりかえった。

ふと、村まで足を運び、バウアースタインの住まいを訪ねてみようかと思いつく。あの男の動向には、誰かが目を光らせておくべきだろう。自分が疑われているのではないかという疑念をあの男が持ちはじめているのだとしたら、それを打ち消しておくのも賢明な手だ。わたしの人当たりのよさを、ポワロはいつも頼りにしてくれているではないか。そんなわけで、わたしはバウアースタイン博士が住んでいるという、《空室あり》の札が窓に差しこんである小さな家を訪れて、玄関の扉を叩いた。

　年老いた婦人が扉を開ける。

「こんにちは」わたしは明るく声をかけた。「バウアースタイン博士はご在宅ですか？」

　老婦人はまじまじとこちらを見つめた。

「聞いていなさらんかね？」

「というと？」

「博士のことだよ」

「博士がどうしたんです？」

「ついに召されちまってね」

「召された？　亡くなったんですか？」

「いや、警察に召されたんだよ」

「警察に！」わたしはあえいだ。「逮捕されたということですか？」

「ああ、そうだよ、それでね――」

　これ以上は、もう聞いている間も惜しい。一刻も早くポワロを見つけなくてはと、わたしは村の通りを走った。

# 10　逮　捕

　まったく腹立たしい話だが、ポワロは家にいなかった。わたしのノックに応え、扉を開けてくれたのは年老いたベルギー人で、ポワロはロンドンへ出かけたという。

　驚きのあまり、わたしは押し黙るほかはなかった。いったい、ロンドンなどへ何をしに行ったのだろう？　急に思いたって出かけたのか、それとも、ほんの数時間前にわたしと別れたときには、すでにロンドン行きは決まっていたのだろうか？

　そんなもやもやを抱えつつ、わたしはスタイルズ荘へ戻るべく歩きはじめた。ポワロがいないとなると、これからいったいどうしたらいいのだろう。この逮捕を、わが友人は見越していたのだろうか？　どう考えても、今回の逮捕の後ろには、ポワロがいるとしか思えない。とはいえ、こんな疑問はここで考えたところで答えは出まい。それより、さしあたってわたしは何をすべきなのだろう？　スタイルズ荘に帰りついたら、この逮捕のことをみなに話すべきなのか、それとも黙っていたほうがいい？　そんな迷いが生まれたのは、自覚こそなかったものの、メアリ・キャヴェンディッシュのことが気になっていたからだろう。バウアースタイン博士が逮捕されたと知れば、メアリはひどい衝撃を受けるのではないだろうか。こうなると、共犯の疑いなど、当面は捨てておいてかまうまい。メアリがこの事件にかかわっているはずはないのだ——かかわっていたら、当然それらしきことがわたしの耳にも入ってきていただろうから。

もちろん、バウアースタイン博士の逮捕を永遠にメアリから隠しておけるわけではない。明日には、すべての新聞にその記事が載ることだろう。それでも、自分の口から告げることにはためらいがあった。こんなときにポワロがいてくれたら、どうすべきか意見を聞けただろうに。いったい何を血迷って、こんな不可解な時期にわざわざロンドンへ出かけてしまったのだろう？

わたしはいつしか、ポワロの頭脳をすばらしく高く評価するようになっていたらしい。ポワロにそれとなく示唆されなかったら、博士を疑うなど夢にも思わなかったことだろう。そう、まちがいなく、あの小男は頭が切れる。

いろいろ考えた後、わたしはジョンにこのことをうちあけ、みなに話すかどうか判断をまかせることにした。

この知らせを聞いて、ジョンは大きく口笛を吹いた。

「いやはや、驚いたな！　つまり、きみが正しかったというわけか。あのときは、まさかと思っていたよ」

「たしかに、とうてい信じられませんよね。しかし、おちついてじっくり考えてみると、これですべて説明がつくんですよ。さて、これからどうしましょうか？　言うまでもなく、明日には世間に知れわたることとなりますが」

　ジョンは考えこんだ。

「悩むのはよそう」ややあって口を開く。「いまは何も言わなくていいさ。その必要もない。きみの言うとおり、明日には世間に知れわたるんだから」

　だが、驚くではないか、翌朝早くに一階へ下り、はやる心で新聞を開いてみると、逮捕を知らせる記事はどこにもなかったのだ！《スタイルズ荘毒殺事件》については、埋め草めいた囲み記事が一本あっただけで、ほかには何も見あたらない。どうにも不可解ではあるものの、おそらくは何らかの理由で、ジャップ警部が新聞に知らせずにおいたのだろう。そうなると、続いて別の誰かが逮捕される可能性も出てくるわけで、わたしにはそれが気がかりだった。

　朝食を終えたらさっそく村を訪ねていって、ポワロがまだ帰っていないか確かめようと、わたしは心を決めていた。だが、屋敷を出るより早く、おなじみの顔が窓からのぞき、おなじみの声が聞こえてきた。

「おはよう《ボンジュール》、わが友《モ・ナミ》」

「ポワロ！」わたしは安堵《あんど》の叫びをあげ、両手で友人をつかまえると、部屋へ引きずりこんだ。「誰かの顔を見て、こんなにも嬉しいと思ったことはありませんよ。例の件は、ジヨン以外、まだ誰にも話してはいません。これでよかったでしょうか？」

「わが友よ、きみがいったい何の話をしているか、さっぱりわからないのですがね」

「バウアースタイン博士の逮捕ですよ、言うまでもなく」

「ほう、バウアースタインは逮捕されたのですね？」

「知らなかったんですか？」

「まったくの初耳ですよ」言葉を切り、しばらくしてつけくわえる。「それでも、まあ、驚きはしませんが。なんといっても、ここは海岸から六キロ半しか離れていませんからね」

「海岸？」わたしはぽかんとした。「いったい、この件と何の関係があるんです？」

ポワロは肩をすくめた。

「それは一目瞭然でしょう！」

「わたしにはさっぱり。自分がどうにも鈍いのはわかっていますが、海岸までの距離と、イングルソープ夫人が殺害された事件と、いったいどんな関係があるというんですか？」

「そんなものはありはしませんよ、当然ながら」ポワロはにっこりした。「いま話していたのは、バウアースタイン博士の逮捕の件です」

「でも、博士はイングルソープ夫人殺害の容疑で逮捕されたわけで――」

「何ですって？」仰天したらしく、ポワロは大声をあげた。「バウアースタイン博士がイングルソープ夫人殺害の容疑で逮捕された？」

誰からそんな話を聞いたんです、いったい「ええ」

「ありえませんよ！　冗談にもほどがある！　いったい誰からそんな話を聞いたんです、わが友よ？」

「誰かから聞いたわけじゃないんですが」わたしは白状した。「でも、博士は実際に逮捕されたんですよ」

「ええ、それはありそうなことですね。ただ、容疑は諜報活動でしょう」

「諜報活動？」わたしは息を呑んだ。

「まさに」

「イングルソープ夫人毒殺ではなくて？」

「われらが友人のジャップ警部が、頭がどうかしてしまったのでなければね」ポワロは穏やかな口調だ。

「でも——でも、あなたもわたしと同じく、博士を疑っていると思っていたのに」

ポワロがこちらに投げた視線には、どうしてまたそんなことをと不思議がりながらわたしを哀れむ気持ち、そしてあまりの荒唐無稽さにあきれる気持ちがこもっていた。

「そうすると、つまり」わたしは時間をかけて、この新しい現実を受け入れようとしていた。「バウアースタイン博士はスパイだったと？」

ポワロはうなずいた。

「きみは疑ってもみなかったのですか？」

「夢にも思いませんでしたよ」

「ロンドンの有名な研究者が、こんな辺鄙《へんぴ》な村に住みついて、しかも真夜中にちゃんとした恰好であたりを何時間も歩きまわったりしていたというのに、おかしいとも思わなかった？」

「ええ」わたしは認めるしかなかった。「ちらりとも頭に浮かびませんでした」

「あの博士はね、言うまでもなくドイツ生まれなのですよ」ポワロは思いをめぐらせているようだった。「この国で長いこと開業しているうちに、誰の目にもすっかり英国人に見えていたようですが。帰化したのは十五年前だとか。すばらしく頭の切れる男ですよ——ユダヤ人ですしね、当然でしょう」

「あの悪党が！」わたしは憤然と叫んだ。

「それはちがいますね。むしろ、立派な愛国者です。どれだけの危険を顧みず身を賭していたか、考えてもごらんなさい。わたし自身としては、尊敬すべき人物だと思っていますよ」

だが、ポワロのそんな哲学的見解に、わたしはとうてい共感できなかった。

「しかし、あの男はメアリ・キャヴェンディッシュと連れ立って、さんざんそのへんを歩きまわっていたんですよ！」怒りをこめて訴える。

「そうですね。おそらく、あの女性をうまく利用していたのですよ。世間がふたりの仲を疑って噂しているかぎり、博士がどれほど奇妙な行動をとろうと、疑問に思われることはないでしょうから」

「それでは、あの男は心からメアリを大切に思っていたわけではなかったんですね？」わたしは真剣に尋ねた――実のところ、この話の流れを考えると、いささか真剣すぎたかもしれない。

「それはもちろん、わたしがどうこう言えることではありませんが、ただ――わたし個人としての考えを聞きたいですか、ヘイスティングズ？」

「ぜひ」

「そう、では――キャヴェンディッシュ夫人のほうこそバウアースタイン博士のことを、いま現在もこれまでも、まったく気にかけていませんでしたよ！」

「本当にそう思いますか？」嬉しさを隠しきれずに尋ねる。

「まず、まちがいはありませんね。理由もお話ししましょう」

「というと、どんな？」

「あの女性の心には、別の男性がいるからですよ、わが友《モ・ナミ》」

「ええっ！」つまり、どういうことなのだろう？　思わず知らず、幸せな温もりが胸に広がる。こと女性に関しては、わたしはけっして自惚《うぬぼ》れの強い人間ではない。とはいえ、そう言われてみれば思いあたるふしがないでもなかった。そのときはさほど真剣にはとらえなかったものの、ひょっとして、あれはそういう意味だったのかと――

楽しい想像をどこまでもくりひろげていたわたしは、ふいに入ってきたミス・ハワードのせいでわれに返った。そそくさと周囲に目を配り、ほかに誰もいないことを確かめると、ミス・ハワードは古ぼけたクラフト紙を折りたたんだものを取り出した。それをポワロに渡し、何やら謎めいた言葉を――「衣装簞笥《だんす》の上に」とささやくと、また足早に部屋を出ていく。

ポワロはあわててその紙を開くと、満足げな叫び声をあげた。そして、紙を広げてテーブルに置く。

「見てごらんなさい、ヘイスティングズ。このイニシャルは何でしょうね――Jか、それともLか？」

それはそこそこの大きさの紙で、長いことどこかに置きっぱなしになっていたかのように、埃《ほこり》にまみれていた。だが、ポワロの目を惹いたのは、そこに貼ってあるラベルだ。上部には有名な舞台衣装専門店《パークスンズ》のスタンプが捺してあり、宛先には〝エセックス州スタイルズ・セント・メアリ、スタイルズ荘、（ポワロが指摘したイニシャル）・キャヴェンディッシュさま〟とある。

「Tかもしれないし、Lかもしれない」一、二分その文字を見つめた後、わたしは答えた。

「Jではありませんね」

「よかった」ポワロはまた、紙を元どおりに畳んだ。「わたしもきみと同じ意見ですよ。Lですね、まちがいない！」

「この紙はどこから持ってきたんですか？」わたしは興味が抑えきれなかった。「何か重要な意味があるんですね？」

「まあ、それなりにね。わたしの考えの裏付けとなる品です。どこかにあるだろうと推測して、ミス・ハワードに探してもらっていたのですよ。このとおり、みごとに見つかりましたね」

「さっきの〝衣装簞笥の上に〟とは、どういう意味だったんですか」

「そのままですよ」間髪をいれず答えが返ってくる。「衣装簞笥の上にあったのを見つけたのです」

「クラフト紙の置場としては、ずいぶん変わっていますね」わたしは考えこんだ。

「そんなことはありません。クラフト紙や段ボール箱を片づけておくのに、衣装簞笥の上は持ってこいの場所ですよ。わたしの衣装簞笥の上にも、そんなものが置いてあります。きっちり片づいて、視界に入りませんからね」

「ポワロ」わたしは真剣に切りこんだ。「今回の事件について、もう目星はついたんですか？」

「ええ——とりあえず、犯行の手口はわかったのではないかと思っています」

「そうなんですね！」

「残念ながら、その仮説を裏付ける証拠がなくてね、ただ——」ふいに勢いよくわたしの腕をつかみ、ホールへ引っぱっていきながら、ポワロは興奮のあまりフランス語で呼ばわった。「マドモワゼル・ドーカス、マドモワゼル・ドーカス、ちょっといいかね《アン・モマンシル・ヴ・プレ》」

その騒ぎに驚いて、ドーカスがあたふたと食器室から飛び出してくる。

「ドーカス、ひとつ思いついたことがあってね——ちょっとした思いつきが——もしもこれが証明されたら、またとない好機となるのだ！　いいかね、月曜にだよ、火曜ではなく、あの悲劇の前日の月曜に、イングルソープ夫人の呼鈴に何か問題が起きはしなかったかね？」

ドーカスはひどく驚いた顔をした。

「ええ、おっしゃるとおりだったんです、旦那さま——いったい、どこから聞きつけなさったのか存じませんが。おそらくネズミか何かが、紐を食いちぎってしまったんでしょう。火曜の朝には修理させましたけど」

有頂天の長い叫びをあげながら、ポワロはまた《午前の間》へ戻った。

「結局、上《うわ》っ面《つら》の証拠を求めたところで意味がない——そう、論理を組み立てるだけで充分なのです。しかし人間とは弱いもので、こうして正しい道を進んでいるとわかれば、それが慰めになるのですね。ああ、わが友よ、わたしはもう、できないことなど何もないような気分ですよ。さあ、走ろう！　跳ぼう！」

まさにその言葉どおり、ポワロは走り、跳びはね、長い窓の外に広がる芝生をぴょんぴょんと遠ざかっていく。

「あのちっちゃくて風変わりなあなたのお友だちは、いったい何をしているの？」後ろから声がした。ふりむくと、すぐそこにメアリ・キャヴェンディッシュが微笑んでいる。わたしも笑みを返した。「いったい、どうしてしまったのかしら？」

「実を言うと、わたしにもわからないんですよ。ドーカスに何か呼鈴のことを尋ねていたんですが、どうやらその答えに有頂天になったらしくて、ああしてはしゃいでいるんです！」

メアリは声をあげて笑った。

「おかしなかたね！　あのまま門を飛び出していってしまいそう。きょうはもう戻っていらっしゃらないの？」

「さあ。あの男が次に何をするつもりなのか、もう推測するのも諦めましたよ」

「あのかた、まるで頭のたがが外れてしまっているようにも見えるけれど」

「正直なところ、なんとも言えませんね。ときには本当におかしくなってしまったにちがいないと思うんですが、いくら何でもひどすぎると思った瞬間、そのおかしさにはちゃんと理由があることがわかるんです」

「なるほどね」

笑ってはいるものの、今朝のメアリはどこか考えに沈んでいるように見えた。その面持《おもも》ちは沈痛で、悲しげにさえ見える。

わたしはふと、この機会にシンシアの話を持ちかけてみようと思いついた。なかなか気くばりの利いた切り出しかたをしたと思ったのだが、まだたいして何も言わないうちに、メアリから一方的に話を打ち切られてしまう。

「あなたは他人のために弁を振るうのがお上手なのね。それはまちがいないけれど、ミスター・ヘイスティングズ、今回はその才能も使いどころがないみたい。シンシアがわたしから意地悪をされるなんて、そんな心配はいっさい無用よ」

誤解しないでほしいと、わたしは口ごもりながら弱々しく訴えようとした――だが、またしても話をさえぎられたうえ、そこからメアリがあまりに思いがけないことを話しはじめたため、シンシアとその悩みのことは、さしあたって頭から吹き飛んでしまった。

「ミスター・ヘイスティングズ、あなたから見て、わたしと夫は幸せそうな夫婦だと思う?」

わたしはすっかり意表を突かれ、それは自分がとやかく言う筋合いではないというようなことを、もごもごと口の中でつぶやいた。

「そう」メアリは淡々とした口調だ。「あなたがとやかく言える筋合いだろうとなかろうと、これだけはお話ししておくけれど、わたしたちはけっして幸せではないの」

わたしは何も言わなかった。まだ話の続きがあるのだろうと察したからだ。

メアリはややうつむいたまま、ゆっくりとした足どりで部屋の中を行ったり来たりした。その一歩ごとに、華奢《きゃしゃ》でしなやかな身体がゆらゆらと揺れる。やがて、ふいに立ちどまると、メアリはわたしの目を見あげた。

「あなたはわたしのことを、何もご存じないでしょう? わたしがどんな身の上で、ジョンと結婚する前は何をしていたか——何ひとつ。そうね、いまここでお話ししましょう。あなたを聴罪司祭だと思って。あなたは優しいかただという気がするし——ええ、まちがいなく優しいわ」

こんなことを言われ、本当はもっと心躍ってもよかったのかもしれない。だが、わたしの脳裏には、シンシアがまさにこんなふうに悩みをうちあけてきた記憶がよみがえっていた。そもそも、聴罪司祭とはかなり年齢を重ねた人間の役割であって、けっして若い男に重ねるべきものではないのに。

「わたしの父は英国人でした」メアリは続けた。「でも、母はロシア人だったの」

「ああ、それでわかりましたよ——」

「えっ?」

「あなたには、いつもどこか異国ふうの――みなとは異なる雰囲気があると思っていたんです」

「母はとても美しい人だったそうよ。実際のところは知らないの、憶えていなくて。母は、わたしがごく小さいころに亡くなってしまったから。痛ましい事故というのかしら――睡眠薬を誤って過剰摂取してしまったらしい、と聞いているけれど。真相がどうあれ、父はすっかり悲嘆に暮れていたんですって。それからまもなく、父は領事館で働くようになって。どこの国へ赴任しても、父はわたしを連れていったの。二十三歳になるころには、ほとんど世界じゅうを回っていたんじゃないかしら。本当に素敵な暮らしだった――わたし、楽しくてたまらなかったわ」

口もとに笑みを浮かべ、メアリは天井を仰ぎ見た。きっと、かつての幸せだった日々を思いかえしているのだろう。

「でも、そのころ父が亡くなって。財産といえるものはほとんどなくて、わたしはヨークシャーにいた年老いた伯母たちのところへ行くしかなかったの」思い出し、身震いする。「わたしのような育ちかたをした娘にとって、それがどんなにぞっとするような暮らしだったか、あなたはきっとわかってくださるわね。窮屈で、単調で、頭がどうかしてしまいそうだった」しばし言葉を切り、やがて、これまでとはちがう口調でメアリはつけくわえた。「そんなとき、わたしはジョン・キャヴェンディッシュに出会ったの」

「そうだったんですね」

「伯母たちの目から見れば、ジョンはわたしにとって、これ以上は望めないほどの結婚相手だったのよ、わかるでしょう。でも、正直なところ、わたしにとって大切なのはそこじゃなかった。とうてい耐えられないほどの単調な日々を送っていたわたしにとって、ふいに目の前に、そこから逃げ出す道が開けたような気がしたのよ」

わたしが無言のままなのを見て、メアリはややあって先を続けた。

「誤解しないでね。そのことは、ジョンにも正直に話したの。あなたのことはとっても好きだし、これからさらに好きになっていきたいと思っているけれど、世間で言う〝恋に落ちた〟というのとはちがう、と。それでもかまわないとあの人は言ってくれて、それで――わたしたちは結婚したの」

長い間があった。メアリの眉間《みけん》に、かすかなしわが寄る。まるで、過ぎ去った日々を真摯《しんし》にふりかえっているかのように。

「たぶん――きっと――あの人も、最初はわたしのことが好きだったはず。でも、わたしたちはあまり相性がよくなかったのかもしれない。結婚してすぐといっていいくらいに、もうふたりの心は離れはじめてしまったの。わたしにだって誇りがあるから、けっして認めたくはないけれど、これは本当のことなのよ――あの人は、すぐにわたしに飽きてしまったのね」

わたしは思わず、それを否定するような声を出してしまったのだろう。そんな慰めは、すぐさまはねつけられた。「あら、本当よ、わかっているの！　いまはもう、そんなことはどうでもいいのだけれど――わたしたちはもう、お互い別の道を歩むしかないのだから」

「どういう意味です？」

メアリは静かに答えた。

「わたしはもう、スタイルズ荘を出ていくということ」

「あなたとジョンは、もうここには住まないんですか？」

「ジョンは住むかもしれないけれど、わたしはもう無理」

「ジョンと別れる？」

「ええ」

「でも、どうして？」

長い沈黙の後、返ってきたのはこんな答えだった。

「きっと――手に入れたいからよ――自由を！」

それを聞いたとき、わたしの目の前にはさえぎるもののない広野、人の手が触れたことのない原生林、誰も存在さえ知らない大地の光景が浮かんだ――メアリ・キャヴェンディッシュのような人間にとって、自由とはどんな意味を持つものなのか、わたしが悟った瞬間だ。文明に汚されたことのない、けっして人に慣れない野山の鳥のような、誇りたかい野生動物を見るような視線を、わたしはついついメアリに向けてしまっていたのかもしれない。その唇から、小さな叫びが漏れた。

「あなたにはわからない、わからないのよ——このいまいましい屋敷に、わたしがどんなふうに閉じこめられていたか！」

「わかりますよ、でも——でも、どうか早まった行動だけは」

「早まった行動！」わたしの分別くささをあざ笑うように、メアリはおうむ返しした。

そのとき、とっさになぜあんなことを言ってしまったのだろう、いっそ舌を嚙み切ってしまいたいほど、わたしはすぐに後悔した。

「バウアースタイン博士が逮捕されたことは知っていますよね？」

その瞬間、メアリの顔に浮かんだ冷ややかな表情は、まるで仮面のようにすべての感情を覆い隠してしまった。

「今朝、ジョンが親切にわざわざ知らせてくれたわ」

「その、あなたはどう思いました？」消え入りそうな声で尋ねる。

「何について？」

「博士の逮捕についてです」

「いったい、どう思えばご満足？　どうやら、あのかたはドイツのスパイだったらしいわね。庭師からそう聞いたと、ジョンが言っていたわ」

その顔も、声もあまりに冷たく、何の感情も読みとれない。博士のことが気になっているのか、それとも本当にどうでもいいのだろうか。

メアリは一、二歩わたしから遠ざかり、花瓶のひとつに手を触れた。

「すっかり枯れてしまったわね。新しい花を活《い》けないと。そこを通していただけるかしら──ありがとう、ミスター・ヘイスティングズ」そう言うと、冷ややかな軽い会釈をし、静かな足どりでフランス窓から庭へ出ていく。

こうなると、やはりメアリはバウアースタインに特別な感情を抱いてはいなかったのだろう。こんなにも冷ややかな無関心ぶりは、とうてい演技とは思えない。

その翌日、午前中にはポワロは姿を見せなかったし、警察の人間も訪ねてこなかった。だが、昼どきになって新たな証拠が届いた──むしろ、証拠が存在しなかった知らせ、とでもいうべきだろうか。イングルソープ夫人が亡くなった夜に書いた四通めの手紙の行方は、懸命の捜査にもかかわらず、杳《よう》として知れなかった。何の成果も上がらないまま、いつか何かのはずみで真相が明らかになることを願いつつも、すでに捜査を打ち切っていたのだ。まさかその真相が、この日二度めの郵便配達により、書簡という形で届けられるとは。差出人はフランスの楽譜出版社で、イングルソープ夫人からの小切手はたしかに受けとったものの、残念ながらご希望のロシア民謡の楽譜集は見つかりませんでしたという内容だった。イングルソープ夫人が悲劇の夜に書いた手紙から、事件の真相をつきとめることができるのではないかという最後の希望も、こうなると諦めざるをえまい。

もうすぐお茶の時間というころ、わたしはこの残念な知らせをポワロに知らせようと村まで足を運んだが、うんざりすることに、またしても友人は家を留守にしていた。

「またロンドンへ行ってしまったんですか？」

「いやいや、ムッシュー、列車でタドミンスターに出かけると言っていましたよ。〝お若いお嬢さんの調剤室を見学する〟とかで」

「馬鹿なことを！」わたしは思わず叫んだ。「あの娘は水曜は休みだと、あれだけ言っておいたのに！　わかりました、それでは明日の午前中に屋敷へ来てほしいと伝えてもらえますか？」

「ええ、必ず、ムッシュー」

だが、翌日になっても、ポワロが来る気配はない。わたしは腹を立てはじめていた。わたしたちに対して、これはあまりに感じの悪いふるまいではないだろうか。

昼食が終わると、ローレンスがわたしを脇に呼び、ポワロに会いにいく予定はないかと尋ねた。

「ありませんね。用事があるなら、向こうから会いにくるでしょう」

「そうか！」ローレンスは迷っているようだった。何かおそろしく緊張し、それでいて興奮している様子に、わたしは好奇心をそそられた。

「何があったんですか？　もしも重要なことなら、喜んで知らせに行きますよ」

「たいしたことじゃないんだが、ただ――そうだな、もし行ってくれるなら、ぜひこう伝えてほしい」――声を落とし、そっとささやく――「余分のコーヒー・カップを見つけた気がする、とね！」

あの謎めいたポワロの言付けを、わたしはすっかり忘れかけていたが、こうなると好奇心が俄然むくむくと頭をもたげてくる。

ローレンスからそれ以上は聞き出せなかったので、わたしは意地を張るのをやめることにして、あらためて《リーストウェイズ・コテージ》へポワロに会いに出かけていった。

今回は、扉を開けたベルギー人も笑顔でわたしを迎えてくれた。ムッシュー・ポワロなら、いらっしゃいますよ。では、二階へ上がってかまいませんか？　そんなやりとりの後、わたしは友人の自室へ向かった。

ポワロはテーブルに向かって坐り、両手で頭を抱えていた。わたしが入っていくと、あわてて立ちあがる。

「どうしたんですか？」わたしは気づかった。「まさか、具合が悪いわけじゃありませんよね？」

「いえいえ、とんでもない。ただ、きわめて重大なことを決断しようとしていたのですよ」

「というと、犯人をつかまえるかどうかですか？」わたしは冗談めかして尋ねた。

驚いたことに、ポワロは重々しくうなずいた。

「〝言うべきか、言わざるべきか、それが問題だ〟――英国の偉大なシェイクスピアの台詞《せりふ》のとおりですよ」

これはもう、わざわざ引用の誤りを訂正している場合ではあるまい。

「まさか、本気じゃありませんよね？」

「本気も本気ですとも。なぜかというと、すべてのことがこの一点にかかっているからです」

「というと？」

「ある女性の幸せですよ、わが友《モナミ》」真剣な口調だ。

わたしはもう、どう答えたらいいのかわからなかった。

「いまこそ、そのときではあるのですが」考えに沈みながら、ポワロは続けた。「どうすべきか、わたしはどうしても決められずにいるのです。なにしろ、これは非常に大きなものがかかった勝負ですからね。このわたし、エルキュール・ポワロ以外に、こんな大勝負に出られる人間はおりますまい！」いかにも誇らしげに、自分の胸をとんとんと叩いてみせる。

せっかくの大見得に敬意を表し、余韻に浸る時間をいくらか置いてから、わたしはローレンスの言付けを伝えた。

「それはそれは！」ポワロは叫んだ。「余分のコーヒー・カップが見つかった、と。すばらしい。きみの友人、憂鬱《ゆううつ》げな面持ちのムッシュー・ローレンスは、見かけよりも優秀な頭脳の持ち主ですよ！」

わたし自身はローレンスの頭脳をさほど高く買ってはいなかったが、ここはあえて反論せずにおき、その代わり、せっかくシンシアの休みを教えてあげたのに忘れていたんですね、とひかえめに指摘した。

「そうなのですよ。まったく、こうもの憶えが悪いとは。とはいえ、もうひとりの若いお嬢さんから、とても親切にしてもらいましてね。わたしががっかりしているのを気の毒がって、調剤室のすべてを丁寧に案内してくれたのです」

「ああ、なるほど、それならよかった。今度はシンシアの勤務日に、またお茶をご馳走になりにいかないといけませんね」

それから、イングルソープ夫人の手紙に返事が来た件をポワロに話す。

「それは残念ですな。あの手紙については、ずっと希望を持っていたのですがね。だが、そう、そんなものを当てにすべきではなかった。この事件は、あくまで内側から解明すべきものなのです」ポワロは人さし指で額を叩いてみせた。「この灰色の脳細胞でね。〝すべ《アッ》てはここの働きしだい《プ・トゥー・ゼム》〟――英語でよく聞く言いまわしですね」それから、ふいにこう尋ねる。「きみは指紋に詳しいですか、わが友よ？」

「いいえ」いささか不意を突かれて、わたしは答えた。「同じ指紋がふたつとないことだけは知っていますが、それ以上のことは何も」

「それで合っていますよ」

ポワロは小さな引き出しの鍵を開け、何枚かの写真を取り出すと、それをテーブルに並べた。

「1、2、3と番号を振っておきました。それぞれを観察して、気がついたことを教えてくれませんか?」

わたしは三枚の写真をじっくりと眺めた。

「どれも、ずいぶん拡大してあるんですね。1はおそらく男性の指紋でしょう――親指と人さし指の。2は女性ですね、こちらはかなり小さいし、いろいろな点で1とはまったくちがっています。3は」――しばらく間をおき、考えてから先を続ける――「いくつもの指紋が入り交じっていますが、でも、ここのやつはまちがいない、1と同じ指紋です」

「ほかの指紋に重なっていますよね?」

「そうですね」

「それでも、まちがいありませんか?」

「ええ、たしかに、これと1は同じ指紋です」

ポワロはうなずくと、おちついた手つきで写真をわたしから受けとり、また引き出しに入れて鍵をかけた。

「きっと、今回もいつもと同じく、何も説明してはもらえないんでしょうね？」わたしは尋ねてみた。

「とんでもない。1はムッシュー・ローレンスの指紋です。2はマドモワゼル・シンシア。この二枚は事件とは関係ありません。単に、照合するために用意したものです。だが、3はいささか事情が込みいっていましてね」

「というと？」

「見てのとおり、これはかなり拡大した写真です。写真全体が、ぼんやりとにじんでいるのがわかるでしょう。わたしが使った特殊な器具や、専用の粉末についての説明は省《はぶ》きます。警察で一般的に行われる処置なんですが、たとえどんなものに付着した指紋であっても、この手順を踏めばたちまち写真に撮ることができるのですよ。さて、わが友よ、いまお見せした指紋ですが――これがいったい何に付着していたのか、それをこれからお話ししましょう」

「ぜひ聞かせてください――なんだか、すごくおもしろそうな話じゃありませんか」

「いいですとも《エ・ビヤン》！　3の写真は、とある小さな壜の表面を拡大したものです。その壜は、毒物専用戸棚に保管してありました。調剤室の戸棚ですよ、タドミンスターにある赤十字病院のね――こんなふうに少しずつ真相を明かしていく童謡がありましたね、『ジャックの建てた家』だったかな」

「なんということだ!」わたしは叫んだ。「でも、どうしてそんなところに、ローレンス・キャヴェンディッシュの指紋が残っていたんでしょう? あの調剤室を訪ねた日だって、あの男は毒物専用戸棚には近寄らなかったのに」

「それが、そうじゃなかったのですよ!」

「まさか、ありえませんよ! われわれはずっといっしょにいたんですから」

ポワロはかぶりを振ってみせた。

「いいえ、わが友よ、きみたちはまちがいなく、しばし離れていたはずです。いっしょにいたのなら、バルコニーに出ていらっしゃいとムッシュー・ローレンスを呼ぶ必要はありますまい」

「ああ、忘れていましたよ」わたしは認めた。「でも、本当にわずかな時間だったんです」

「その長さでも充分だったのですよ」

「何をするのに充分だったというんですか?」

ポワロの笑みが、いっそう謎めいて見える。

「かつて医学を修めた紳士が、ごく自然な興味と好奇心を満足させるのに」

わたしはポワロの視線をとらえた。その目はいかにも満足げだが、何を考えているのか読みとれない。立ちあがり、鼻歌をうたいはじめた友人を、わたしはいぶかしげな目で見まもった。

「ポワロ、その問題の小壜には、いったい何が入っていたんですか？」

ポワロは窓の外に視線をやった。

「ストリキニーネ塩酸塩ですよ」肩ごしにそう答えると、またしても鼻歌をうたいつづける。

「なんということだ！」わたしは小さな声でつぶやいた。驚きはない。予期していたとおりの答えだったからだ。

「調剤室では、純粋なストリキニーネ塩酸塩を必要とすることはめったにありません——たまに錠剤に使うくらいでね。たいていの薬には、薬局方に記載されたストリキニーネ塩酸塩の溶液が使われるのです。だからこそ、あの日の指紋が誰にも触れられないまま残っていたのですよ」

「その壜の写真を、どうやって撮ったんですか？」

「バルコニーから帽子を落としましてね」ポワロはあっさりと答えた。「その時間は、病院関係者以外、階を下りてはいけないことになっていたのです。さんざん遠慮したのですが、マドモワゼル・シンシアの同僚のかたが、わたしのために帽子をとりにいってくださったのですよ」

「それじゃ、あの壜から何が見つかるかわかっていたんですか？」

「いえ、とんでもない。ただ、きみの話を聞いて、ムッシュー・ローレンスが毒物の戸棚に近づいた可能性もあると考えただけです。浮かびあがった可能性は、立証できるか、それとも排除できるかを確かめないとね」

「ポワロ、そんなふうにおどけてみせても、わたしは騙されませんよ。これは、きわめて重大な発見じゃありませんか」

「それは、まだなんとも言えません。ただ、ひとつ気づいたことがあります。きみも、きっと気づいているはずですよ」

「何のことですか？」

「ほら、この事件にはあまりに多くのストリキニーネが登場してくることですよ。これで、もう三度めです。最初は、イングルソープ夫人の強壮剤に入っていたというストリキニーネ。次は、スタイルズ・セント・メアリの薬局で、メイス氏が処方箋なしに売ったというストリキニーネ。そして今度は、屋敷の住人のひとりが手を触れたストリキニーネの登場というわけです。なんとまあ、混乱した状況ではありませんか。きみも知ってのとおり、わたしは混乱が嫌いなのですよ」

　わたしが返事をする前に、この家に住むベルギー人のひとりが部屋の扉を開け、顔を出した。

「玄関にご婦人がいらしてますよ。ミスター・ヘイスティングズにご用だとか」

「ご婦人が?」

わたしははじかれたように立ちあがった。ポワロもわたしの後に続き、ふたりで狭い階段を下りていく。玄関に立っていたのは、メアリ・キャヴェンディッシュだった。

「知り合いのおばあさんの家を訪ねて、村に来ていたんです。あなたはムッシュー・ポワロのところだとローレンスから聞いていたから、ちょっと寄ってみたの」

「おやおや、マダム」と、ポワロ。「わたしを訪ねてくださったのだとばかり思っていましたよ!」

「よかったら、またこの次にお邪魔しますね」メアリはにっこりした。

「嬉しいですね。もしも聴罪司祭がご入用でしたら、マダム」――メアリはかすかにはっとした――「お忘れなく、ポワロおじさんがいつでもお役に立ちますよ」

いまの言葉に何か深い意味はあるのだろうかと探るように、しばしメアリはポワロをじっと見つめていた。やがて、ふいに視線をそらす。

「さあ、よかったらごいっしょに屋敷まで歩きませんか、ムッシュー・ポワロ」

「喜んで、マダム」

スタイルズ荘への帰り道、メアリはずっと、興奮したように早口でしゃべりつづけていた。まるで、ポワロの視線を意識しているかのように。

天気はいつのまにか崩れていて、まるで秋のような冷たく肌を刺す風が吹いていた。メアリはかすかに身震いし、黒いスポーツ・コートのボタンをしっかりと留めた。木立を吹き抜ける風は、まるで巨人のため息のような悲しげな音をたてている。

スタイルズ荘のどっしりとした玄関扉に歩みよったところで、わたしたちは何かよくないことが起きているのに気づいた。

わたしたちを迎えに、ドーカスが走りよってくる。すすり泣き、手を揉みしぼりながら。ふと視線を動かすと、ほかの召使たちは奥でお互いに身を寄せあい、目をこらし、耳をすましていた。

「ああ、奥さま！　ああ、奥さま！　いったい、なんと申しあげたらいいか——」

「何があった、ドーカス？」わたしはせっかちにさえぎった。「早く話してくれ」

「あの意地悪な刑事さんたちが来たんです。逮捕状を持って——キャヴェンディッシュさまが逮捕されてしまったんです！」

「ローレンスが逮捕された？」わたしは息を呑んだ。

ドーカスの目に、奇妙な表情が浮かぶ。

「いいえ、ちがうんです。ローレンスさまではなく——ジョンさまが」

後ろで鋭い叫び声があがった。メアリ・キャヴェンディッシュがぐったりとこちらに倒れかかってくる。ふりかえってその身体を抱きとめたわたしは、ポワロの目に静かな勝利の色が浮かんでいることに気づいた。

## 11　訴追側の主張

ジョン・キャヴェンディッシュによる継母殺害事件の公判が開かれたのは、それからおよそ二ヵ月後のことだった。

それまでの数週間についてはさほど語るつもりもないが、メアリ・キャヴェンディッシュのふるまいにはただただ感嘆と共感をおぼえるしかなかった、とだけ綴《つづ》っておこう。メアリは何の迷いもなく夫の側に立ち、ジョンが犯人なのではという疑いには目もくれず、夫を守るために全身全霊で闘っていたのだ。

その献身ぶりに心動かされたことを話すと、ポワロは考えぶかげにうなずいた。

「そうですね、あのご婦人は逆境にあってこそ、もっとも光り輝く気質の持ち主ですね。そういう場に立たされたとき、心のうちのもっとも愛情ぶかい部分、もっとも誠実な部分が表に出てくるのです。本来の気位の高さや嫉妬ぶかさを——」

「嫉妬ぶかさ？」

「ええ。あのかたが人並みはずれて嫉妬ぶかい女性だということに、きみは気づいていなかったのですか？　いま言いかけたように、逆境に立たされたとき、あのご婦人は本来の気位の高さや嫉妬ぶかさをかなぐり捨てるのですよ。ただご主人を守り、その行く手に立ちはだかる怖ろしい運命と戦うことだけを考えてね」

しみじみと語るポワロをじっと見つめていると、あの日の午後、言うべきか言わざるべきか悩んでいた姿が思い出される。〝ある女性の幸せ〟を気づかうポワロの優しさを思うと、友人がその決断を下さずにすんだことが、わたしには心から嬉しかった。

「いまでもとうてい信じられませんよ」わたしはつぶやいた。「ご存じでしょうが、ジョンが逮捕されたと知らされる寸前まで、わたしはてっきりローレンスが犯人だと思いこんでいたんですからね！」

ポワロはにやりとした。

「ええ、そのようでしたね」

「しかし、まさかジョンが！　わたしの旧友が！」

「どんな殺人者でも、きっと誰かの旧友なのですよ」悟ったような口調だ。「論理に感傷を混ぜてしまってはいけません」

「きっと、あなたも何らかの形で、わたしに真実をほのめかしてくれていたんでしょうね」

「ほのめかしはしませんでしたよ。きみの旧友だからこそ、やめておいたのです」

そんなふうに言われると、バウアースタインをポワロはこう見ているという、結果としてわたしの勘ちがいにすぎなかった見解を、せっせとジョンに伝えてきた記憶がよみがえり、冷や汗が出てくるのを感じる。余談ではあるが、バウアースタインは容疑が立証されず、無罪放免となった。まあ、今回はまんまと警察を出し抜きおおせ、諜報活動を行った罪で罰せられることはなかったとしても、今後はいままでのように自由に動き回ることはできないだろうが。

ジョンには有罪の判決が下るだろうかと、わたしはポワロに尋ねてみた。すると、驚くことに、まず無罪放免になるとみてまちがいない、という答えが返ってきたではないか。

「でも、ポワロ――」わたしは反論しようとした。

「ああ、わが友よ、証拠がないのだということは、きみにもさんざん言ってきたではありませんか。ある男が犯人であると知っていたとしても、それを証明するのはまた別の問題なのです。そもそも、この事件に関しては、証拠といえるようなものがほとんどないのですよ。それが、何より困ったところでしてね。わたし、このエルキュール・ポワロは真相を知っている、しかし鎖の最後の環《わ》が欠けているのです。この最後の環を見つけないと――」そこで口をつぐみ、重々しく首を振る。

「最初にジョン・キャヴェンディッシュを疑ったのは、いったいいつだったんですか？」

一、二分ほどの沈黙の後、わたしは尋ねた。

「きみはまったく疑ってみなかったのですか？」

「ええ、実のところ」

「でも、きみはキャヴェンディッシュ夫人と義母とのやりとりの一部を漏れ聞きましたよね。さらに、その内容について審問で尋ねられたとき、ふだんは率直な夫人があのときだけは言葉を濁しましたが、それでも疑いが心に兆《きざ》しませんでしたか？」

「ええ、まったく」

「ごく簡単な足し算にすぎないのですよ、もしもイングルソープ夫人と口論をしていたのが夫ではなかったとしたら――きみも憶えているでしょう、アルフレッドは検死審問で、あれは自分ではないと頑として言いはっていましたね――残るはジョンかローレンスということになるのですから。もしローレンスだとしたら、メアリ・キャヴェンディッシュのふるまいはどうにも説明がつかない。だが、ジョンだったと考えてみると、すべてが自然につじつまが合うのですよ」

「そうか」ふいに、いままで見えていなかったことがひらめく。「つまり、あの日の午後、イングルソープ夫人と口論をしていたのはジョンだったんですね？」

「そのとおり」

「あなたはずっと、そのことに気づいていたんですか？」

「もちろん。そう考えなければ、キャヴェンディッシュ夫人のふるまいは説明がつきませんからね」

「それなのに、ジョンは無罪放免になるというんですか？」

ポワロは肩をすくめた。

「それはそうでしょう。まずは警察裁判所で行われる予備審問ですが、ここでは訴追側の論告こそ聞けるものの、弁護士は被告人に、まちがいなく答弁を留保するよう勧めるはずです。つまり、ジョンの答弁を初めて耳にするのは、刑事裁判所で行われる公判の場ということになります。すると——ああ、ついでに言っておきますがね、わが友よ、わたしは出廷しませんよ」

「何ですって？」

「ええ、出廷はしません。表向き、わたしはこの事件と何の関係もないのですからね。鎖の最後の環を見つけるまでは、わたしは水面下で動くほかはありますまい。キャヴェンディッシュ夫人にはわたしのことを、あくまで夫の味方だと思っていてもらわなくてはならないのですよ、敵ではなくね」

「しかし、それはいささかやり口が汚いのでは」わたしは抗議した。

「そんなことはありませんよ。わたしたちが相手にしているのは、このうえなく頭が切れ、しかも悪辣《あくらつ》な相手ですからね、こちらもいっさい手加減なしでかからなくてはなりません——さもないと、敵はこちらの手からするりと逃げてしまうでしょう。だからこそ、わたしは注意ぶかく水面下で動かなくてはならないのですよ。すべての発見はジャップ警部によるもの、功績もすべてジャップのもの、それでいいのです。もしも、わたしが証言を求められるとするなら」——ポワロの笑みが広がる——「たぶん、被告人側の証人としてでしょうね」

わたしはとうてい自分の耳が信じられなかった。

「これは理にかなった話《アン・レーグル》でしてね」ポワロは続けた。「奇妙に聞こえるでしょうが、わたしは訴追側の論拠のひとつを覆す証言ができるのです」

「どんな証言ですか？」

「遺言状を燃やした件に関してね。あの遺言状を燃やしたのは、ジョン・キャヴェンディッシュではないのですよ」

何もかも、ポワロが言ったとおりとなった。警察裁判所の予備審問については、同じようなやりとりがえんえんと続くだけなので、ここでは詳しく触れない。ただ、ジョン・キャヴェンディッシュが答弁を留保し、正式に裁判にかけられたことだけは述べておこう。

九月には、われわれ全員がロンドンに居を移していた。メアリはケンジントンに家を借り、ポワロも身内のひとりとしてそこに迎えられたのだ。

わたしは陸軍省に勤めることとなり、一家の人々とはひんぱんに顔を合わせることができた。

一週間、また一週間とすぎるうち、ポワロの苛立《いらだ》ちは増すばかりだった。〝最後の環〟がいまだ見つからないのだ。わたしはひそかに、このまま見つからずに終わることを願っていた。ジョンに有罪判決が下されてしまったら、メアリはどうして幸せになれるだろうか？

九月十五日、ジョン・キャヴェンディッシュは《エミリー・アグネス・イングルソープ謀殺》の罪に問われ、中央刑事裁判所の被告人席から無罪を申し立てた。

ジョンの弁護にあたったのはサー・アーネスト・ヘヴィウェザー、高名な勅撰弁護士だ。同じく勅撰弁護士のフィリップス氏が、訴追側の冒頭陳述を行う。

この殺人は、綿密に計画された冷血きわまりない犯罪だと、フィリップス氏は述べた。自分を慈《いっく》しみ、心から信じてくれていた、実の母親以上の存在だったはずの女性を、継子が計画的に毒殺したのだから。被告人がまだ幼いころから、被害者は母親としての役割をはたしてきた。被告人とその妻はスタイルズ荘に住み、被害者の好意と心づかいに甘えて贅沢な暮らしを満喫してきたのだ。被告人とその妻にとって被害者は、愛情ぶかく寛大な恩人にほかならなかった、と。

そして、被告人がどれだけ道楽者で金遣いが荒いか、どれだけ経済的に行き詰まっていたか、さらには近隣に住む農場主の妻、レイクス夫人なる女性と不義の関係にあったことをも明らかにするため、三人の証人を召喚していると明かした。被害者である継母がこの事実を聞きつけ、亡くなる前日の午後に被告人をとがめた結果、ふたりは口論となって、そのやりとりの一部が使用人の耳に入ったのだという。さらにその前日、被告人は変装したうえで、村の薬局でストリキニーネを購入している。変装の理由は、被害者の夫、すなわち被告人が日頃から嫉妬の念をたぎらせていたイングルソープ氏に、この罪を着せようと考えてのことだった。幸いイングルソープ氏は、非の打ちどころないアリバイを証明済みである。

さらに訴追側の冒頭陳述は続く。七月十七日の午後、被告人である息子と口論をした直後、イングルソープ夫人は新たな遺言を作成した。翌朝、この遺言状は夫人の寝室の暖炉で焼却されていたのを発見されたが、後に明らかとなった証拠により、内容は被害者の夫を厚く遇するものであったと考えられる。被害者は結婚前、すでに夫に有利な遺言状を作成していたが——ここで、フィリップス氏は意味ありげに人さし指を振ってみせた——被告人はそのことを知らなかったらしい。古い遺言がいまだ存在しているにもかかわらず、被害者はなぜ新しい遺言を作成しようと考えたのか、その理由はわかっていない。被害者は老齢の女性であるため、ひょっとしたら古い遺言のことを失念していたのかもしれないし、あるいは——こちらのほうが可能性が高いが——ひょっとしたら結婚により古い遺言が失効したと考えていたのかもしれない。被害者から、そのような発言があったことも確認されている。女性というのは、ともすればあまり法律には詳しくないものなのだ。一年ほど前には、被害者は被告人に財産の大半を遺すという遺言を作成していた。事件の夜、被害者である継母に最後にコーヒーを渡したのが被告人だったことは、後に召喚する証人が明らかにする。その夜さらに遅くなってから、被告人は被害者の寝室を訪れ、入室してもいいかと尋ねたが、そのときに遺言状を焼却する機会を見出したのはまちがいない。被告人の知るかぎり、この遺言状さえ焼却してしまえば、自分が有利な内容の遺言状が有効となるはずだったのである。

被告人が逮捕されたのは、凶行の前日、村の薬局からイングルソープ氏と考えられていた人物が購入したストリキニーネと同一の薬壜が、ジャップ警部――きわめて優秀と名高い警察官である――の捜索により、被告人の自室から発見されたことによる。これらの動かしがたい事実が、被告人の有罪を証明する決定的な証拠となるか否かは、陪審員諸兄の判断に委ねられる。

賢明なる陪審員諸兄が、まさか有罪以外の判断を下すことはないと信じているとほのめかし、フィリップス氏は着席すると、額の汗を拭った。

訴追側が最初に喚問した証人たちは、検死審問のときとあまり変わらない顔ぶれだった。まずは医師が、証言として見解を述べる。

サー・アーネスト・ヘヴィウェザーは、反対尋問において証人を手厳しく攻撃することで英国じゅうにその名が知られているが、この証人にはふたつ質問をしただけだった。

「たしか、バウアースタイン博士、ストリキニーネは速効性の薬品ですよね？」

「そのとおりです」

「今回の事件で、なぜ効き目が現れるのがあれだけ遅くなったのか、その理由は説明できないのですね？」

「はい」

「質問を終わります」

メイス氏は訴追側弁護人から薬壜を渡され、村の薬局で〝イングルソープ氏〟に売ったものと同一であることを確認した。さらに問いつめられ、それまでイングルソープ氏と言葉を交わしたことはなく、遠くから見かけたことがあるだけだったことを認める。この証人に対して、反対尋問は行われなかった。

次にアルフレッド・イングルソープが証人として呼ばれ、毒物を購入したのは自分ではないと証言する。また、妻と口論をしたことも否定した。さらに何人かの証人が、それらの証言を裏付けた。

ふたりの庭師が遺言状に証人として署名したことを証言すると、次に呼ばれたのはドーカスだった。

〝ぼっちゃまがた〟にひたすら忠実なドーカスは、自分が聞いた口論の声がジョンだったはずはないと、頑として否定するばかりか、奥さまと書斎にいたのはイングルソープ氏にまちがいないと、一歩も譲ろうとはしなかった。被告人席のジョンの顔に、どこか切ない笑みがよぎる。弁護側にとってそこは争点ではないため、ドーカスのせっかくの勇敢な闘いぶりも何の役にも立たないことが、ジョンにはわかっていたのだろう。当然のことだが、夫に不利な証言を求めるため、メアリ・キャヴェンディッシュが証人として呼ばれるはずはなかった。

そのほかの件についていくつか質問を浴びせた後、フィリップス氏は尋ねた。

「今年の六月、《パークスンズ》からローレンス・キャヴェンディッシュ氏に小包が届いたのを憶えていますか？」

ドーカスはかぶりを振った。

「さあ、憶えがありません。届いたかもしれませんけど、ローレンスさまは六月にはしばらく屋敷を離れていらっしゃいましたから」

「留守中に届いたとしたら、その小包はどうなりますか？」

「お部屋に置いておくか、ローレンスさまの滞在先にお送りするかです」

「それは、あなたが？」

「いいえ。わたしは小包を玄関ホールのテーブルに置くことになってます。そこから先は、ミス・ハワードにおまかせしてます」

今度はイヴリン・ハワードが証言台に呼ばれ、ほかのことをいくつか質問された後、小包のことを尋ねられる。

「憶えてませんね。小包はたくさん来るので。それぞれがどうなったかなんて、とてもとても」

「ローレンス・キャヴェンディッシュ氏が滞在していたウェールズに送ったか、それとも氏の自室に置いたか、それも憶えていませんか？」

「滞在先に送ってはいないんじゃないかしら。送ったら、憶えてるはずなので」

「ローレンス・キャヴェンディッシュ氏宛てに届いた小包が、後に消えてしまったら、あなたは小包がなくなったことに気がつきますか？」

「気づかないでしょうね。誰かが送るなり届けるなりしてくれたんだろうと思うだけです」

「たしか、ミス・ハワード、このクラフト紙を見つけたのはあなたじゃありませんか？」

フィリップス氏が取り出したのは、スタイルズ荘の《午前の間》でポワロとわたしがじっくりと吟味した、あの埃《ほこり》っぽい包み紙だった。

「はい、そうです」

「どうしてこれを探したんですか？」

「この事件の捜査をお願いしたベルギー人の探偵さんに、探すよう頼まれたから」

「発見した場所は？」

「あそこの上です――その――衣装箪笥《だんす》の」

「被告人の衣装箪笥の上ですね？」

「え――ええ、たしか」

「これを発見したのは、あなたではないのですか？」

「わたしです」

「だったら、どこだったか憶えているはずでしょう？」

「はい、被告人の衣装簞笥の上でした」

「なるほど、わかりました」

舞台衣装専門店《パークスンズ》の店員は、六月二十九日、L・キャヴェンディッシュ氏宛てに注文品の黒い付けひげを発送したと証言した。注文は手紙によるもので、郵便為替が同封されていたという。いえ、その手紙は保管してありません、と店員は答えた。取引はすべて台帳に記載してあります。その付けひげは指示されたとおり、スタイルズ荘のローレンス・キャヴェンディッシュ氏宛てに発送しました、と。

ここで、サー・アーネスト・ヘヴィウェザーが悠然と立ちあがる。

「その手紙の差出人の住所はどこでした？」

「スタイルズ荘からです」

「あなたが小包を送った宛先と同じですね？」

「はい」

「その手紙は、そこから送られてきたものでしたか？」

「はい」

血に飢えた肉食獣のように、ヘヴィウェザーは店員に襲いかかった。

「どうしてそれがわかったんですか?」

「え——あの、意味がよくわかりませんが」

「その手紙がスタイルズ荘から送られてきたと、どうしてわかったんです? 消印を確認したんですか?」

「いえ——でも——」

「ああ、消印は見なかったと! それにしては、スタイルズ荘から送られてきたと、ずいぶん自信たっぷりに証言しましたね。ひょっとしたら、別の場所の消印が捺されていたかもしれないでしょう?」

「ええ——まあ」

「たとえスタイルズ荘の刻印が捺された便箋に書かれていたとしても、その手紙がどこで投函されたかはわかりませんね? たとえば、ウェールズからであっても?」

たしかにそうかもしれないと証人が認めると、サー・アーネストは満足げに反対尋問を終えた。

スタイルズ荘の第二メイド、エリザベス・ウェルズは事件の夜、玄関の扉のかんぬき錠をかけずにおくようイングルソープさまに言われていたのに、うっかり戸締まりをしてしまったことを、いったんベッドに入った後に思い出したと証言した。そのためまた一階に下り、玄関のかんぬきを外して戻ったのだが、そのとき西棟から何か小さな物音を聞きつけ、廊下をのぞいてみると、ジョン・キャヴェンディッシュさまがイングルソープの奥さまの部屋の扉をノックしていたのだという。

だが、サー・アーネスト・ヘヴィウェザーにかかっては、エリザベスなどひとたまりもなかった。情け容赦ない攻撃を受けたメイドが混乱し、証言のつじつまが合わなくなってしまったのを見とどけると、サー・アーネストは満足げな笑みを浮かべ、また腰をおろす。

床に落ちていた蠟のしずくのこと、そして被告人が被害者の書斎にコーヒーを運んだのを見たことをメイドのアニーが証言したところで、その日の審理は終わり、続きはまた翌日ということになった。

家に帰りつくと、メアリ・キャヴェンディッシュは激しい口調で訴追側弁護人のフィリップス氏を非難した。

「なんて嫌な男なの！　わたしの可哀相なジョンを罠にかけようと、あんなふうに網を張りめぐらせるなんて！　いろんなことをちょっとずつねじ曲げて、いつのまにか事実とちがうように見せかける、あの手口を見たでしょう！」

「まあまあ」わたしは慰めるように声をかけた。「明日はきっと、また風向きが変わりますよ」

「そうね」メアリは考えこみながら答え、それからふいに声を落とした。「ミスター・ヘイスティングズ、あなたはまさか――まさかローレンスがやったなんて思っていないでしょ――いいえ、そんなはずがあるもんですか！」

実を言うと、わたしもそのあたりがよくわからずにいたので、ポワロとふたりきりになるとすぐ、サー・アーネストのねらいはどこにあるのだろうかと尋ねてみた。

「ああ、その件ですか！」ポワロの声は、どこか楽しげだった。「なかなか頭の切れる人間ですよ、あのサー・アーネストはね」

「あの弁護士は、ローレンスが犯人だと信じているんでしょうか？」

「いやいや、とくに何かを信じているわけでも、何かを気にかけているわけでもありますまいよ！ サー・アーネストのねらいは、陪審員たちの頭を混乱させ、兄が犯人か、それとも弟かと、意見が分かれてまとまらないようにすることです。ローレンスの犯行だという証拠も、ジョンの犯行だという証拠も、どちらも同じくらい存在するのだということを見せつけてね――成功する見こみは、充分にあると思いますよ」

審理が再開すると、最初に証人として呼ばれたジャップ警部は、簡潔に要点をまとめた証言を行った。まずは事件発生からの流れを説明した後、こう話を続ける。

「わたしとサマーヘイ警視はある情報を得て、被告人がしばし屋敷を空けた機会をとらえ、被告人の寝室を捜索しました。簞笥の引き出しを開けたところ、下着の間に隠されていた以下の品を発見。ひとつは金縁の鼻眼鏡――イングルソープ氏が使用しているものとよく似ています」ここで、眼鏡が証拠品として提出される。「もうひとつは、この薬壜です」

薬壜はすでに前日の審理で、自分が売ったものであると薬局の店員に確認されていた。小さな青いガラス壜で、白い結晶状の粉がわずかに入っている。ラベルにはこうあった
――〝ストリキニーネ塩酸塩／劇薬〟

続いて、警察裁判所で予備審問を行った後に発見された、新たな証拠も提出された。丈の長い、ほとんど新品の吸取紙だ。イングルソープ夫人の小切手帳の間から発見されたもので、鏡に映すと、以下の文章がくっきりと浮かびあがる――〝……わたしが死亡時に所有するすべての財産は、愛する夫アルフレッド・イング……〟これは、焼却された遺言が被害者の夫に有利な内容だったことを示す、揺るぎない証拠となるはずだ。さらに、暖炉の火床《ほど》から回収した焦げた紙片を、ジャップは証言台で提示した。最後に、屋根裏に隠してあった付けひげが発見された一幕を語り、証言を締めくくる。

だが、その後にはサー・アーネストの反対尋問が控えていた。

「被告人の寝室を捜索したのは、いつのことですか？」

「七月二十四日、火曜です」

「つまり、事件からちょうど一週間後？」

「ええ」

「箪笥の引き出しから、ふたつの証拠物件を発見したというお話でしたね。引き出しには、

鍵がかかっていましたか？」

「いいえ」

「殺人を犯した人間が、鍵のかかっていない引き出しに証拠を隠し、誰にでも発見できる状態にしておいたとは、おかしいとは思わなかった？」

「あわてていて、とりあえずそこに隠したのかもしれません」

「しかし、発見したのは事件からまるまる一週間も経ってからのことだと、いましがた証言されましたよね。だとしたら、そこから取り出して処分する時間も、充分あったのではありませんか」

「そうかもしれません」

「〝そうかもしれない〟では答えになりません。被告人には、これらの品を隠し場所から取り出し、処分する充分な時間がありましたか、それともありませんでしたか？」

「ありました」

「これらの品は下着の間に隠してあったとのことですが、その下着は厚手のものでしたか、それとも薄手？」

「やや厚手でした」

「つまり、冬用の下着だったというわけですね。だとすると、被告人はその引き出しを開けようともしなかったのではありませんか？」

「そうかもしれません」

「質問にちゃんとお答えください。夏のもっとも暑い時期に、被告人は冬の下着が入っている引き出しを開けようとするでしょうか？　答えは〝はい〟ですか、それとも〝いいえ〟？」

「いいえ」

「つまり、これらの証拠物件は、第三者の手によりそこに入れられ、被告人がその存在にまったく気づかずにいた、ということは考えられませんか？」

「その可能性は低いと思いますが」

「しかし、可能性はあるということですね？」

「ええ」

「質問を終わります」

さらに、さまざまな証人の証言が続く。七月末には、被告人が経済的にすっかり行き詰まっていたこと。レイクス夫人と密通を重ねていたこと――メアリも可哀相に、気位の高い女性にとって、こんな証言を聞かされるのはどれほど苦痛だったことか。イヴリン・ハワードの言っていたことは、けっして根も葉もない妄想ではなかったのだ。ただ、アルフレッド・イングルソープへの反感が強すぎて、情事の相手もきっとこの男にちがいないと思いこんでしまっただけで。

やがて、証言台にローレンス・キャヴェンディッシュが呼ばれた。低い声でぼそぼそとフィリップス氏の質問に答える形で、六月には《パークスンズ》から何も取り寄せてはいないと言明する。実のところ、六月二十九日にはすでにスタイルズ荘を離れ、ウェールズに滞在していたのだから、と。

それを聞いて、サー・アーネストは闘志まんまんにあごを突き出した。

「それでは、あなたは六月二十九日、《パークスンズ》に付けひげの注文を送ってはいないというんですね？」

「はい」

「ほう！　ところで、お兄さんの身に何かがあった場合、スタイルズ荘を相続するのはどなたですかな？」

この不躾《ぶしつけ》な質問に、ローレンスの青ざめた顔にも血の気が上る。裁判官は小声で注意を与え、被告人席のジョンは腹立たしげに身を乗り出した。

依頼人の怒りにも、サー・アーネストはまったく動じる気配はなかった。

「質問に答えていただけますか」

「おそらく」ローレンスは静かに答えた。「ぼくでしょう」

「〝おそらく〟とはどういう意味ですか？　お兄さんにはお子さんがいらっしゃらない。そうなると、相続するのはあなたでしょう、ちがいますか？」

「そうです」

「ふむ、やっとすっきりしたお答えをいただけましたな」サー・アーネストは怖ろしげな猫撫で声を出した。「屋敷だけではなく、かなりの額の現金も相続するはずですね？」

「気をつけるように、サー・アーネスト」裁判官がとがめる。「それらの質問は、本件とは無関係である」

サー・アーネストは軽く頭を下げると、さらに次の矢を放った。

「七月十七日の火曜、あなたはたしか、もうひとりの同伴者とともに、タドミンスターにある赤十字病院の調剤室を訪ねましたね？」

「はい」

「そのとき――ほんの短い時間、たまたま周囲に誰もいなくなって――あなたは毒物専用戸棚の鍵を開け、中の壜をいくつか手にとってみましたか？」

「いや――あの――そうしたかもしれません」

「そうした、と受けとっていいのですね？」

「はい」

サー・アーネストはすかさず次の質問を繰り出した。

「とくに、ある特定の壜をじっくり手にとりませんでしたか？」

「いいえ、そんなことはしていないと思いますが」

「慎重にお答えください、ミスター・キャヴェンディッシュ。わたしの言っているのは、ストリキニーネ塩酸塩の小壜のことですよ」

ローレンスの顔から血の気が引き、死人のような色になる。

「い――いいえ――そんなことはしていません」

「それでは、その薬壜に、まぎれもないあなたの指紋が付着していることを、どう説明していただけますかね？」

こうした威圧的な態度は、繊細な気質の証人にめざましい効果を発揮した。

「それは――やっぱり手にとっていたんだと思います」

「わたしもそう思いますよ！　それで、壜の中身をいくらかでも抜きとったんですか？」

「そんなことはしていません」

「では、どうして手にとったりしたんです？」

「以前、医者になる勉強をしていたことがあって。そういうことに、もともと興味があったんです」

「なるほど！　では、毒物にも〝もともと興味があった〟わけですね？　それで、その興味を満たすため、周りに誰もいなくなる機会を待っていたと？」

「それはたまたまです。周りに人がいたって、同じことをしていたでしょう」

「とはいえ、実際には誰もいないときを選んだわけですよね？」

「ええ、でも――」

「実のところ、その調剤室を訪ねた午後、あなたがひとりきりだった時間はほんの二分ほどしかありませんでした。それなのに、ストリキニーネ塩酸塩に対する〝もともとの興味〟を満たすため、わざわざその二分間を選んだと？」

ローレンスの口ごもりようといったら、つい気の毒になるほどだった。

「ぼくは――その――」

わたしの言いたいことはわかるだろうといわんばかりの、いかにも満足げな顔で、サー・アーネストは締めくくった。

「これ以上お尋ねしたいことはありません、ミスター・キャヴェンディッシュ」

この反対尋問でのやりとりに、法廷は騒然となった。傍聴席に並ぶ美しく着飾った女性たちは、あたふたと隣に頬を寄せ、何ごとかささやき交わす。そのささやきがあまりに大きくなったため、裁判官は厳しい口調で、いますぐ静粛にしないようなら全員を退廷させると警告した。

控えている証人も、もはや残りわずかとなった。筆跡鑑定の専門家たちは、薬局の毒物管理台帳に残された〝アルフレッド・イングルソープ〟の署名について見解を求められ、これは本人の筆跡ではないという結論に、全員が一致した。さらに、被告人がイングルソープ氏を騙《かた》って署名したものかもしれないという見解も出る。だが、反対尋問を受け、誰かが巧みに被告人の筆跡を真似た可能性もあると、専門家たちは認めた。

サー・アーネスト・ヘヴィウェザーの被告人側冒頭陳述は、けっして長くはなかったもののの、その断固とした話しぶりにはかなりの説得力があった。これまでの長い経験をふりかえっても、これほど薄弱な根拠に基づいて殺人容疑で起訴された例を見たことがない、とサー・アーネストは述べた。そもそも状況証拠しか存在しないうえ、その大部分が実際には証明できていない。ここまでの証言は、どうか公明正大な目であらためて吟味してみてほしい。被告人の寝室で、簞笥の引き出しからストリキニーネの薬壜が見つかったという。先ほど指摘したように、その引き出しに鍵はかかっておらず、そこに薬壜を隠したのが被告人だったという証拠も存在しない。事実、これは第三者による、被告人に罪を着せようという邪悪で卑劣な試みなのだ。《パークスンズ》から黒い付けひげを取り寄せたのは被告人であるとしながらも、訴追側はそれを裏付ける証拠をひとつも提出できていない。被告人が継母と口論をした件については、被告人も認めるところではあるが、この口論、並びに経済的苦境については、あまりに誇張されすぎていると言わざるをえないだろう。

こちらの博識なる朋輩は――サー・アーネストはフィリップス氏に向かい、ぞんざいな会釈をしてみせた――もしも被告人が無実であるなら、そもそも検死審問の場で、被害者と口論したのは自分であり、イングルソープ氏ではなかったと名乗り出ていたはずではなかったかと論じられた。だが、これは事実誤認に基づく意見である。実際にはどういう事情だったのか、いまここで説明しよう。火曜の夜に帰宅した被告人は、イングルソープ夫妻の間で口論があったと、信頼のおける筋から聞かされた。だが、まさか自分の声がイングルソープ氏の声と聞きまちがえられたとは、被告人は夢にも思わなかったのだ。したがって、イングルソープ夫人はその日、二度にわたって口論をしたのだと、当然のように思いこんでしまったのである。

訴追側の主張によると、七月十六日の月曜、被告人はイングルソープ氏に成りすまし、村の薬局を訪れたという。だが、それは事実ではない。その時間、被告人は《マーストンの雑木林》と呼ばれるひとけのない場所に、匿名の手紙によって呼び出されていたのだ。その手紙には、指示にしたがわないなら被告人の妻にある事実を暴露すると、脅迫の文言が綴られていた。そのため、被告人は指示された場所へ出かけ、三十分にわたって待ちつづけたが、誰も現れなかったためそのまま帰宅した。残念ながら、行き帰りとも誰にも出会わなかったため、この話を裏付けてくれる証人は存在しないが、幸いその匿名の手紙は保管してあったので、後ほど証拠物件として提出する。

遺言状の焼却に関する訴追側の陳述については、被告人にはかつて弁護士を開業していた経歴があり、一年ほど前に作成された自分に有利な遺言は、継母の再婚により自動的に効力を失うと、当然ながら熟知していたことを指摘しておきたい。遺言状を焼却したのは誰だったのかについては、後ほど証人を呼ぶ予定である。その証言によっては、この事件をまったく新たな視点から見なおすことができるかもしれない。

最後に、陪審員諸兄には、ジョン・キャヴェンディッシュ以外の人物にとって不利な証拠も存在することを、あらためて指摘させていただく。被告人にとっての不利な証拠をしのぐとまでは言わないが、弟であるローレンス・キャヴェンディッシュ氏にとっての不利な証拠にもそれに劣らぬ説得力があることを、どうかお忘れなきよう。

それでは、被告人を証人として喚問する、とサー・アーネストは述べた。

証言台で、ジョンはみごとに役割をはたした。サー・アーネストの巧みな誘導に乗り、相手を納得させる話しぶりで雄弁に自分の主張を述べる。ジョンが提出した匿名の手紙は、じっくり吟味できるよう陪審団に回された。自らの経済的苦境、そして継母との口論については率直に認めたことにより、ほかの点での否認に説得力が増す。

証言の最後に、ジョンはしばし間をおき、それからこう述べた。

「ひとつだけ、はっきりさせておきたいことがあります。サー・アーネスト・ヘヴィウェザーがわたしの弟についてほのめかしたことに関しては、わたしはいっさい同意できませんし、そうした弁護はやめてほしいと思っています。弟は、わたし自身と同じく、この犯罪にはいっさいかかわっていないと信じているからです」

サー・アーネストはただ笑みを浮かべただけだったが、ジョンのこの抗議が陪審員たちにすばらしい印象を与えたことを、鋭い目で見てとっていた。

そして、訴追側からの反対尋問が始まる。

「あなたは検死審問の証言を聞いて、証人があなたとイングルソープ氏の声を聞きまちがえたという可能性を、ちらりとも考えてみなかったというのですね。それは、ずいぶん奇妙なことだとは思いませんか？」

「いえ、そうは思いません。母とイングルソープ氏が口論したと聞かされたので、実はそうではなかったなどとは、夢にも思わなかっただけです」

「使用人のドーカスは、漏れ聞いた会話の断片を何度もくりかえしていましたね――それを聞けば、自分たちが交わした会話だと思いあたるはずですが？」

「思いあたりませんでした」

「どうやら、人並みはずれて記憶力の悪いかたのようだ！」

「そうではありませんが、わたしも母も頭に血が上っていましたから、お互い怒りにまかせ、心にもないことを口にしてしまっていたんだと思います。母が実際に何を言ったかなんて、まともに聞いていなかったんですよ」

とうてい信じられないというふうに鼻であしらう、フィリップス氏の法廷戦術は、どうやら成功を収めたようだ。そして、次は匿名の手紙の件に移る。

「この手紙は、ずいぶん都合のいいときを見はからって登場してきたものですね。この筆跡に見おぼえはありますか？」

「いいえ、まったく」

「実のところ、あなた自身の筆跡によく似ているようにも見えますがね――いいかげんに書きなぐったように見せかけてね。そうは思いませんか？」

「思いませんね」

「言わせてもらいますがね、これはあなたの筆跡ですよ！」

「ちがいます」

「どうにかアリバイを証明しなくてはと焦ったあげく、こんな嘘くさい、とうてい信じられない呼び出しの話を思いついて、その裏付けとするために、自分でこの手紙を書いたとしか考えられませんが」

「書いていません」

「ひとけのない、寂れた場所で待ちぼうけを食わされていたとかいう話ですが、実際にはちょうどその時刻に、スタイルズ・セント・メアリの薬局で、アルフレッド・イングルソープの名を騙ってストリキニーネを購入していたのではありませんか？」

「まったくのでたらめです」

「あなたはイングルソープ氏の衣服をまとい、氏に似せて形を整えた黒い付けひげで変装して、薬局を訪れた――そして、台帳にイングルソープの署名をしたんだ！」

「妄想もはなはだしいですね」

「それなら、この匿名の手紙、台帳の署名、そしてあなた自身の筆跡の驚くべき相似については、陪審員諸兄の判断におまかせすることとしましょう」自分のなすべき義務ははたした、それにしてもよくもまあ、法廷の場でこんな白々しい嘘をつきとおせるものだといわんばかりの顔で、フィリップス氏は腰をおろした。

　時刻も遅くなったので、きょうはここで閉廷し、続きは月曜ということになる。

　ふと気がつくと、ポワロはひどく落ちこんでいる様子だった。あんなふうに眉間《みけん》に小さなしわを寄せているところは、これまで何度か見たことがある。

「どうしたんですか、ポワロ？」わたしは尋ねた。

「ああ、わが友《モナミ》、事態は悪化するいっぽうですよ」

　それを聞いて、わたしは思わず心が軽くなるのをおぼえた。どうやら、ジョン・キャヴエンディッシュは無罪となる可能性が高くなってきたようだ。

　家に帰りつくと、わが小柄な友人は、メアリからのお茶の誘いを断った。

「ありがたいのですが、今夜はご遠慮しておきますよ、マダム。失礼、部屋に戻りますので」

　わたしもいっしょに二階へ上がる。ポワロは眉間にしわを寄せたまま机に歩みより、小ぶりなトランプのセットを取り出した。それからテーブルに向かって坐ると、なんと驚くではないか、にこりともせずにカードで家を作りはじめたのだ！

わたしは思わず口をぽかんと開けてしまったらしい。それを見て、ポワロは口を開いた。

「いやいや、わが友《モ・ナミ》、わたしはけっして耄碌《もうろく》してしまったわけではありません！　ただ、こうして神経を鎮めているのです。トランプで家を組み立てるには、指を正確に、緻密に動かさなくてはなりませんからね。指を緻密に動かしていると、頭も緻密に動くのですよ。そして、わたしにはいまこそ緻密に動く頭が必要なのです！」

「いったい、何があったんです？」わたしは尋ねた。

ばさっと大きな音をたて、せっかく息を詰めて組み立てた建物を、ポワロは崩した。

「こういうことですよ、わが友《モ・ナミ》！　わたしはトランプの家を七階までだって組み立てられるのに、どうしても」――ばさっ――「見つけることができないんですよ」――ばさっ――「前に話した、鎖の最後の環となる部分が」

どう声をかけていいのかわからないまま、わたしはおとなしく見まもっていた。ポワロはまたゆっくりとカードを積みはじめ、その合間にひとことずつ言葉を吐き出す。

「これでいい――ほら！　こうやって――一枚ずつ――組み立てていくんですよ――正確に――緻密にね！」

友人の手の下で、カードの家が一階ずつ組み立てられていくのを眺める。ポワロはためらうことも、ひるむこともなかった。まるで、手品を見せられているかのようだ。

「あなたの手は、本当にしっかりとおちついた動きをするんですね」思わず声をかける。

「あなたの手が震えたところは、たった一度しか見たことがありませんよ」

「怒ったときでしょう、まちがいなく」どこまでもおちついた口調で、ポワロが答えた。

「ええ、そうでしたよ！　もう、怒り心頭に発するというところでしたね。憶えていませんか？　イングルソープ夫人の寝室で、手文庫の鍵が壊されているのに気づいたときでした。あなたは暖炉の脇に立っていて、炉棚にあったものをいつものようにまっすぐ置きなおしていたんですが、まるで風にそよぐ葉のように手が震えていましたよね！　あれはもう――」

わたしはふいに口をつぐんだ。いきなりポワロがかすれて声にならない叫びをあげると、せっかくみごとに組み立てた家をまたしても崩し、ひどい苦痛に苛《さいな》まれてでもいるように、両手で目を覆いながら身体を前後に揺すりはじめたのだ。

「だいじょうぶですか、ポワロ！」わたしは叫んだ。「どうしたんです？　具合が悪いんですか？」

「いや、いや」あえぐような答えが返ってくる。「ただ――ただ――思いついたのですよ」

「ああ！」ほっとして、思わず大きな声が出た。「あなたの〝ちょっとした思いつき〟ですか？」

「いやあ、それどころか！」ポワロはあけすけに答えた。「今回の思いつきはすばらしく巨大ですよ！　もう、とてつもないくらいにね！　そして、ほかならぬきみの――わが友《モナ》よ《ミ》、きみのおかげでひらめいたのです！」

そして、いきなりわたしをしっかりと抱きしめ、両頰に熱烈なキスをすると、わたしがわれに返るより早く、猛然と部屋を飛び出していく。

ちょうど入れ替わりに、メアリ・キャヴェンディッシュが部屋に入ってきた。

「ムッシュー・ポワロはどうなさったの？　いきなり飛び出していかれたけれど。わたしとすれちがいながら、こんなことを叫んでいたのよ――『車だ！　車を貸してくれるところを教えてもらえますか、マダム！』と。でも、わたしがまだ何も言っていないのに、もう街路を走っていってしまったのよ」

わたしは窓に急いだ。たしかに、帽子もかぶらず、何やら手を振りまわしながら、街路を走りぬけていく後ろ姿が見える。わたしはメアリをふりかえり、どうしようもないという身ぶりをしてみせた。

「もう、いますぐにでも警察官に止められるかもしれませんね。ほら、もう角を曲がってしまった！」

どうしたらいいのかわからないまま、わたしたちはしばし顔を見あわせていた。

「いったい、何があったというの？」

わたしは頭を振った。

「さっぱりわかりませんよ。トランプで家を組み立てていたと思ったら、ふいに何か思いついたと言って、あんなふうに飛び出していってしまったんです」

「まあ、いいわ」と、メアリ。「きっと、夕食には帰っていらっしゃるでしょう」

だが、夜になってもポワロは帰ってこなかった。

## 12 最後の環《わ》

ポワロがいきなり飛び出していってしまったことに、わたしたちはみな、ひどく好奇心をそそられていた。だが、日曜の朝、そして昼になっても、いまだ帰ってくる様子はない。ようやく三時ごろ、外からけたたましい警笛が長々と聞こえてくる。窓から外に目をやると、ポワロがジャップとサマーへイを連れ、車から降りてくるところだった。飛び出していったときと比べ、わが小柄な友人は様子が一変していた。その顔は、満足げな笑みに光り輝いている。迎えに出たメアリ・キャヴェンディッシュに、ポワロは大げさなほどの挨拶をした。

「マダム、恐れ入りますが、居間でちょっとした集まりを開いてもよろしいでしょうか？ ぜひ、全員にご出席いただきたいのです」

メアリはどこか悲しげな笑みを浮かべた。

「ご存じでしょう、ムッシュー・ポワロ、あなたはもう、何をしようと白紙委任状《カルト・ブランシュ》をお持ちなのよ」

「ご親切に感謝しますよ、マダム」

いまだ晴れやかな笑みを浮かべたまま、ポワロはわたしたち全員を居間に集め、ひとりひとりに坐る椅子を指示していった。

「ミス・ハワードは――ここに。こちらはマドモワゼル・シンシア。そして、ムッシュー・ローレンス。忠実なるドーカス。アニー。これでよろしい！　話を始めるまであと数分、イングルソープ氏の到着をお待ちください。こちらへ来ていただくよう使いを出しておきましたから」

たちまち、ミス・ハワードが椅子から立ちあがった。

「あの男が来るんなら、わたしは帰ります！」

「まあ、まあ」ポワロはそちらへ歩みより、低い声でなだめた。

ようやくミス・ハワードも納得し、ふたたび椅子に腰をおろす。数分後、アルフレッド・イングルソープが部屋に入ってきた。

全員がそろうと、ポワロは椅子から立ちあがり、人気の講師といった風情で、聴衆に礼儀正しく会釈をした。

「お集まりの紳士《メッシュー》並びに淑女《メダム》のみなさま、ご存じのように、わたしはムッシュー・ジョン・キャヴェンディッシュに依頼され、この事件の捜査にかかりました。最初にとりかかったのは、被害者の寝室の捜索です。ここは医師たちの助言により鍵をかけてあったため、事件発生時そのままの状態に保存されていました。ここで発見されたのは、第一に緑の布の切れ端、第二に窓ぎわの絨毯《じゅうたん》に広がり、まだ湿り気の残っていた染み、第三に臭化カリウムの粉末の空き箱です。

まずは、緑の布の切れ端についてお話ししましょう。これは被害者の寝室と、隣のマドモワゼル・シンシアの寝室を隔てる扉の、かんぬき部分に引っかかっていたものです。わたしはこの切れ端を警察に渡したのですが、警察ではさほど重要な証拠だとは考えなかったようですな。何の切れ端かもつきとめられなかったようですが——これは、実は農作業用の緑色の腕カバーが破れたものでした」

一同から、かすかなどよめきが起きる。

「さて、スタイルズ荘で農作業を行うのはたったひとり——キャヴェンディッシュ夫人です。つまり、キャヴェンディッシュ夫人はマドモワゼル・シンシアの部屋から、その扉を通って被害者の寝室に足を踏み入れていたことになります」

「だが、あの扉は内側からかんぬきがかかっていたのに！」わたしは叫んだ。

「ええ、わたしがあの部屋を調べたときにはね。しかし、事件当時もそうだったかどうかは、キャヴェンディッシュ夫人の証言しかなかったのですよ。あの夜、あの扉から入ろうとして、鍵がかかっていたと証言したのは、夫人ご自身にほかなりません。実際には、その後の混乱にまぎれて、かんぬき錠をかけなおす機会は充分にあったでしょうしね。わたしはこの推理を裏付ける機会を、できるだけ早い段階でとらえました。まず、緑の布の切れ端は、まちがいなくキャヴェンディッシュ夫人の腕カバーから破れたものであることが確認できました。また、キャヴェンディッシュ夫人は検死審問で、被害者のベッドの脇のテーブルが倒れた音を、自室にいて聞きつけたと証言しましたね。わたしはすぐさまそれを検証しようと、屋敷の左棟、キャヴェンディッシュ夫人の寝室の扉の前に、わが友ムッシュー・ヘイスティングズに立っていてもらいました。わたしのほうは警察のおふたりに同行して被害者の寝室に入り、うっかりしたふりをして問題のテーブルを倒してみたのですよ。わたしの予測どおり、ムッシュー・ヘイスティングズには何の音も聞こえなかったそうです。この実験により、被害者が発作を起こしたときには自室で着替えていたという、キャヴェンディッシュ夫人の証言は真実ではなかったとするわたしの推理が裏付けられました。実際には、呼鈴が鳴らされたとき、キャヴェンディッシュ夫人はまさに被害者の寝室にいたのです」

わたしはメアリをちらりと見ずにはいられなかった。ひどく青ざめてはいたものの、その顔には笑みが浮かんでいる。

「この仮定にもとづいて、わたしはさらに推理を進めてみました。キャヴェンディッシュ夫人は義母の寝室にいた。何かを探していて、それがまだ見つかっていなかったからだと思われます。そのとき、ふいにイングルソープ夫人が目を覚まし、怖ろしい発作を起こしました。腕を振りまわし、ベッドの脇のテーブルを倒し、必死に呼鈴の紐を引く。キャヴェンディッシュ夫人は驚いたはずみに蠟燭《ろうそく》を取り落とし、蠟のしずくを絨毯に飛び散らせてしまいました。蠟燭を拾いあげ、あわててマドモワゼル・シンシアの寝室へ戻ると、扉を閉める。そして、ここにいるところを召使たちに見つかるわけにはいかないと、あわてて廊下に出たのです。しかし、もう遅かった！　左右の棟をつなぐ歩廊に、こちらへ向かう足音が響きはじめていたのです。さあ、どうする？　キャヴェンディッシュ夫人はとっさにマドモワゼル・シンシアの部屋へ戻り、眠っているお嬢さんを揺すぶって起こしはじめました。叩き起こされた屋敷の住人たちは、ぞろぞろと廊下を歩いてくると、被害者の寝室の扉を、どんどんと叩きはじめました。誰ひとり、キャヴェンディッシュ夫人がいまだ姿を現していないことに気づいていなかったのです。しかし――ここが重要なところですが――夫人が左棟からこちらへ移動してくるところを見たものも、誰ひとりいなかったのでした」メアリ・キャヴェンディッシュに、ポワロは視線を向けた。「わたしの推理は当たっていますか、マダム？」

メアリはうなずいた。

「そのとおりです、ムッシュー。わかっていただけるかしら、もしもこのことを正直にお話しすれば、夫をいくらかでも助けることができるというのなら、わたしはそうしていたでしょう。でも、夫が有罪か無罪かという問題に、こんなことが関係あるとは思えなくて」

「ある意味では、あなたのおっしゃるとおりです、マダム。しかし、この事実が明らかになったことで、多くの思いちがいに気づき、ほかのさまざまな事実が持つ真の意味に目を向けることができるようになったのですよ」

「そうだ、遺言の件があった！」ローレンスが叫んだ。「じゃ、遺言状を焼いたのはあなただったんだね、メアリ？」

メアリはかぶりを振り、ポワロも同じようにした。

「わたしじゃないわ」メアリは静かに答えた。「あの遺言状を焼くことができたのは、たったひとり――イングルソープ夫人ご自身よ！」

「ありえない！」わたしは叫んだ。「だって、その日の午後に作成したばかりだったんですよ！」

「それでも、わが友《モナミ》よ、焼いたのは本当にイングルソープ夫人だったのです。そう考えないと、今年の夏でも指折りに暑かったあの日、イングルソープ夫人が自室の暖炉に火を入れるよう指示したことの説明がつきません」

わたしは息を呑んだ。あんな日に暖炉で火を燃やすなど、たしかにひどく不自然な話なのに、誰も不思議に思わなかったとは！　ポワロは話を続けた。

「あの日の気温は、いいですか、日陰でも二十七度もあったのですよ。それなのに、イングルソープ夫人は暖炉に火をと召使に命じた！　なぜでしょう？　それは、何か処分したいものがあったのに、ほかの方法が思いつかなかったからです。ご存じのように、戦時中は万事倹約を心がけなくてはと、スタイルズ荘では書き損じの紙さえも、そのまま捨てることはしていませんでした。つまり、遺言状のような分厚い書状を、人知れず処分する方法はないのです。イングルソープ夫人の寝室の暖炉に火が入れられたと聞いた瞬間、それはおそらく何か重要な書類を――ひょっとして遺言状を――焼却するためにちがいないと、わたしにはぴんときました。だからこそ、火床《ほど》から焦げた紙片が見つかったときも、けっして驚きはしなかった。もちろん、そのときには問題の遺言状がその日の午後に作成されたばかりだとは知らなかったわけですが、その事実を後から知ったときには、嘆かわしい過ちを犯してしまったことも認めなくてはなりません。イングルソープ夫人が遺言状を処分しようと決心したのは、その日にあったという口論の直接の結果だと、わたしは思いこみました。その結果、夫人が口論をしたのは遺言状を書いた後であり、けっして口論が先ではなかったと考えてしまったのです。

ご存じのとおり、この判断は誤りで、わたしは軌道修正せざるをえなくなりました。そして、新たな視点からこの問題に向かいあったわけです。さて、その日の午後四時、ドーカスは女主人が立腹した口調でこう話すのを漏れ聞いています――〝世間体《せけんてい》や、夫婦仲をとやかく噂されることを怖れて、わたしが二の足を踏むかもしれないなどと期待しないことね〟と。ここで、わたしは推理しました――その推理は当たっていたわけですが――この言葉はイングルソープ夫人自身の夫ではなく、ジョン・キャヴェンディッシュ氏に向けられたものだったのです。そして午後五時、さっきの口論から一時間後に、イングルソープ夫人は同じような言葉を口にしますが、こちらは向けられる相手がちがっていました。夫人はドーカスにこう漏らしたのです――〝本当に、どうしたものかしらね。夫婦の揉めごとが悪い噂となるのは怖ろしいことだよ〟と。四時には、夫人はひどく立腹していましたが、それでも理性を失っているようには見えなかった。しかし、五時にはひどく憔悴《しょうすい》した様子で、〝とてもつらいことが起きてしまった〟と口にしたのです。

心理学的に見て、わたしはある仮説を立てましたが、これはおそらく正しいものと考えています。どちらも〝夫婦の噂〟をめぐる言葉ではありますが、前者と後者は別の夫婦を指していた――そして、後者はまさにイングルソープ夫妻を指していたのです！

さて、ここで何があったのかを整理してみましょう。四時に、イングルソープ夫人はご子息と口論になり、このことをあなたの妻に話すと脅しました――実のところ、ムッシュー・ジョンの奥さまご本人は、その会話のほとんどを盗み聞きしていたのですが。遺言状の効力についてご子息とやりとりをした結果、イングルソープ夫人はご主人に手厚く遺言を書きかえ、四時半にふたりの庭師を証人として、その遺言状に署名させました。そして五時、ドーカスによると、女主人はひどく動揺した様子で、一枚の紙――手紙のように見えたとのことです――を手にしていたそうです。そして、暖炉に火を入れるよう、ドーカスに指示をしました。おそらく四時半から五時の間に起きた何らかの事件によって、イングルソープ夫人は根底から心変わりしてしまったというわけです。あんなにも急いで作成した遺言状を、今度はどうにかして処分しなくてはと必死になっていたわけですからね。では、いったい何があったというのでしょうか?

われわれの知るかぎり、この三十分間、イングルソープ夫人はずっとひとりきりでした。誰も書斎には入っていないし、出てきてもいないのです。だとしたら、いったいなぜこんなにも突然、夫人の気持ちは変わってしまったのか?

いまとなっては推測するしかありませんが、わたしのこの推測は当たっているのではないかと思っています。イングルソープ夫人の机には、切手が入っていませんでした。なぜそれがわかるかというと、後になってドーカスに、切手を持ってくるよう言いつけているからです。さて、書斎の反対側の隅には、被害者の夫の机がありました――巻きあげ式の蓋には鍵がかかったまま。イングルソープ夫人はどこかに切手がないかと探しまわったあげく、わたしの推測では、自分の持っている鍵で夫の机の蓋が開かないかどうか、試してみたのでしょう。わたしもやってみたのですが、あの鍵束の中に、ひとつ合う鍵がありましてね。夫の机の蓋を開け、切手を探しているうちに、おそらく何かを見つけたのです

——夫人が手にしていたのをドーカスが目撃した、一枚の紙を。おそらく、それはけっしてイングルソープ夫人の目に触れないよう、注意ぶかく隠してあったものでした。いっぽう、キャヴェンディッシュ夫人は義母が手にしていた紙を見て、そんなにもしっかりと握りしめて離さないからには、それは自分の夫であるジョンの不義密通の証拠にちがいないと思いこんでしまったのです。だからこそ、キャヴェンディッシュ夫人は義母に向かい、その紙を見せてほしいと迫った。イングルソープ夫人のほうは、これはあなたには関係のないものだと、見せるのを断りました。その言葉はまさに真実だったのですが、キャヴェンディッシュ夫人は信じようとしません。義母が息子をかばっているものとばかり思いこんでいたからです。キャヴェンディッシュ夫人というかたは、きわめて意志が固いうえ、自制心の仮面に隠れてはいるものの、ご主人の女性関係に狂おしいほどの嫉妬心を燃やしていたのですね。義母が手にしていた紙を絶対に見なくてはと固く心を決めた夫人に、ここで絶好の機会がめぐってきました。その朝、義母が紛失した手文庫の鍵を、たまたま夫人が見つけたのです。義母が重要な書類をすべてその手文庫に保管していることを、キャヴェンディッシュ夫人はよくご存じでした。

だからこそ、嫉妬に衝き動かされて必死になった女性ならではの計画を、夫人は綿密に練ったのです。夕方のうちに、義母の寝室とマドモワゼル・シンシアの寝室を隔てる扉のかんぬきを、こっそり外しておく。たぶん蝶番《ちょうつがい》には油を差しておいたのでしょう、わたしが試したときには、音もなくすっと開きましたからね。そして、実際に計画を遂行するのは夜明け前ごろが安全だろうと、そのときが来るのを待っていたのです。夜明け前には若奥さまが自室で身支度を調える音が聞こえることに、召使たちはすっかり慣れていましたから。キャヴェンディッシュ夫人は野良着をまとい、作業用の装具一式を身につけると、足音を忍ばせてマドモワゼル・シンシアの部屋を通り抜け、そこからイングルソープ夫人の寝室に入りこんだのです」

ポワロがいったん言葉を切ったところで、シンシアが口をはさんだ。

「でも、誰かが寝室を通り抜けたりしたら、わたしだって目を覚ますはずよ」

「薬を盛られていたら目は覚めませんよ、マドモワゼル」

「薬を盛られていた？」

「ええ、実は《メ・ウィ》！」そう答えると、ポワロはまたわたしたち全員に向きなおった。「みなさん憶えていらっしゃるでしょうが、隣の部屋であれだけ大騒ぎになり、けたたましい音が響いていたというのに、マドモワゼル・シンシアはすやすやと眠りつづけていました。これにはふたつの可能性が考えられます。ひとつは、眠っていたふりをしていただけだったという可能性——これはありえないと、わたしは見ています——そして、もうひとつが、意識を失うよう人為的に仕向けられていたという可能性です。

この後者の可能性を頭において、わたしはすべてのコーヒー・カップを入念に調べました。前夜、マドモワゼル・シンシアにコーヒーを運んできたのはキャヴェンディッシュ夫人だったことを思い出しましたのでね。それぞれのカップから試料を採取し、検査に出したのですが——ここからは何も検出されませんでした。カップの数も注意ぶかく数えてみたのですよ、ひとつ抜きとられているのではないかと考えてね。コーヒーを飲んだのは六人、そして、見つかったカップも順当に六客。どうやら自分がまちがっていたらしいと、わたしは認めざるをえませんでした。

そのとき、ひとつ重大なことを見落としていたのに気づいたのです。コーヒーは六人分ではなく、七人分が用意されていたのですよ、その夜、バウアースタイン博士が屋敷に立ち寄ったためにね。こうなると、事件の様相はがらりと変わってきます。カップがひとつ消えてしまったわけですからね。召使たちも、何も気づいてはいませんでした。メイドのアニーは、イングルソープ氏がコーヒーを飲まないことを知らずに七人分のカップを運んできたのですが、翌朝それを片づけたドーカスは、いつもどおり六人分のカップがあることを確認していたのです——まあ、正確に言うなら、そこにあったのは五人分のカップで、六客めはイングルソープ夫人の寝室で割れていたのが見つかったのですが。

消えたカップはマドモワゼル・シンシアが使ったものにちがいないと、わたしは確信していました。これにはもうひとつ理由があって、見つかったカップはすべて砂糖が使われていたのですが、マドモワゼル・シンシアはコーヒーに砂糖を入れないのですよ。そして、毎夜イングルソープ夫人の寝室へ運ぶココアのトレイに〝塩〟がいくらかこぼれていたというアニーの話にも、わたしは目をとめました。そこで、ココアの残りをいくらか採取し、検査に出したのです」

「しかし、あのココアはたしか、バウアースタイン博士が検査に出したはずですが」すかさずローレンスが指摘した。

「そうお思いでしょうが、ちがうのですよ。博士が依頼したのは、ストリキニーネが入っているかどうかの検査でした。睡眠薬の検査はしておらず、だからこそ、わたしが依頼したというわけです」

「睡眠薬の？」

「ええ。ここに検査結果の報告書があります。キャヴェンディッシュ夫人は、人体に害はないものの、効き目の強い睡眠薬を、イングルソープ夫人とマドモワゼル・シンシアのふたりに服《の》ませたのです。その結果、しばらくはさぞや怖ろしい思い《モヴエ・カール・ドウール》をさせられたことでしょうね！　義母がふいに発作を起こし、そのまま亡くなってしまったばかりか、その直後に〝毒〟などという言葉を聞かされて、キャヴェンディッシュ夫人はどんな気持ちだったことか、考えてもごらんなさい！　自分が投与した睡眠薬に害はなかったはずと信じてはいても、ひょっとしてイングルソープ夫人の死の責任を負わされることになるのではないかと、怖ろしくなったにちがいありません。動転したキャヴェンディッシュ夫人は、そのまま階下へ駆けおり、マドモワゼル・シンシアが使ったコーヒー・カップを、とっさに大きな真鍮《しんちゅう》の花瓶の中に投げ入れた。それを、後にムッシュー・ローレンスが発見したというわけです。鍋に残ったココアのほうは、キャヴェンディッシュ夫人にはどうしようもありませんでした。手を出そうにも、大勢の目がありましたからね。犯行に使われたのはストリキニーネだったと明らかにされ、義母の死が自分のせいではなかったとわかって、夫人はさぞかし安堵《あんど》したことでしょう。

こうなると、ストリキニーネを摂取してから症状が出るまで、あれだけ長い時間がかかったことも説明がつきます。睡眠薬といっしょに摂取すると、ストリキニーネ中毒の症状が出るのは何時間か遅くなるのですよ」

ポワロは言葉を切った。その顔を見あげたメアリの頰に、ゆっくりと血の気が戻りはじめている。

「何もかもあなたのおっしゃるとおりよ、ムッシュー・ポワロ。これまでの人生で、あんなに怖ろしい思いをしたことはありません。わたし、きっと死ぬまで忘れられないでしょうね。でも、あなたは本当にすばらしいかただわ。わたし、やっとわかったの――」

「だから、何かうちあけたいことがあったら、このポワロおじさんが何でも聞きますよと言ったでしょう、ええ？　だが、あなたは信頼してくださらなかった」

「そうか、なるほどな」と、ローレンス。「毒入りコーヒーの後に睡眠薬入りのココアを飲んだのなら、たしかに症状が出るのは遅れるだろうね」

「そういうことです。しかし、コーヒーには本当に毒が入っていたのでしょうか？　ここで、われわれはちょっとした難問にぶつかることになります。というのも、イングルソープ夫人はコーヒーを飲んでいなかったのですよ」

「ええっ？」全員が驚きの叫びをあげる。

「そうなのです。イングルソープ夫人の寝室の絨毯に、染みが残っていたことはお話ししましたね？　この染みには、奇妙なところがいくつかありました。見つけたときにはまだ湿っていたこと、はっきりとしたコーヒーの匂いが漂っていたこと、そして絨毯の毛羽の間に小さな磁器のかけらが埋まっていたこと。何が起きたのかは明らかでした。わたしは窓ぎわのテーブルに自分の小さなかばんを置いたのですが、ほんの二分もしないうちに天板が傾ぎ、わたしのかばんはまさに、絨毯の染みの真上に放り出されたのですよ。前夜、イングルソープ夫人もまた、寝室に戻ったときにコーヒーのカップをこの不安定なテーブルに置いてしまい、わたしと同じ目に遭ったにちがいありません。

次に起きたことは、こちらで推測するしかありません。イングルソープ夫人は割れたカップのかけらを拾いあげ、それをベッド脇のテーブルに置いたのでしょう。そして、何か頭をすっきりさせてくれるものがほしくなり、ココアを温めると、すぐにその場で飲んだのです。さて、ここで、新たな問題が見えてきます。ココアにストリキニーネが入っていなかったことは、みなさんご存じのとおりですね。コーヒーは飲まれずじまいでした。しかし、その夜七時から九時までの間のどこかで、イングルソープ夫人はまちがいなくストリキニーネを摂取しているのです。では、コーヒーでもココアでもない、第三の溶媒となったのは何でしょう――ストリキニーネの強い苦みを消してくれる、誰ひとり思いあたらなかった溶媒とは?」ポワロは一同を見まわし、期待が高まったところでその答えを披露した。「夫人の常備薬ですよ!」

「つまり、夫人が飲んでいた強壮剤に、犯人はストリキニーネを入れたんですね?」わたしは叫んだ。

「入れる必要はありませんでした。最初から入っているのですからね――完全に溶けた状態で。イングルソープ夫人を死に至らしめたストリキニーネは、ウィルキンズ医師によって処方された強壮剤に入っていたものでした。はっきりご理解いただくために、これを聞いていただきましょう。タドミンスターの赤十字病院調剤室で見つけた、調剤についての本の抜粋です。

左に掲げる処方は、いまや教科書でもよく取りあげられている。

硫酸ストリキニーネ……〇・〇六グラム

臭化カリウム…………………二三・三二グラム
蒸留水……………………二二七・三ミリリットル
よく攪拌《かくはん》すること。

この溶液に含まれるストリキニーネ塩の大部分は、二、三時間後に不溶性臭化物の透明な結晶として沈殿する。同種の溶液を服用した英国女性の死亡例の報告あり。容器の底に沈殿したストリキニーネのほぼすべてを、最後の一服で摂取してしまったことによる。

さて、言うまでもなく、ウィルキンズ医師の処方に臭化カリウムは含まれていませんでした。しかし、先ほど臭化カリウム粉末の空き箱の話をしたことは憶えていらっしゃいますね。あの強壮剤の壜に一包か二包の臭化カリウム粉末を溶かせば、いま読みあげた本に書いてあったとおり、ストリキニーネの結晶は壜の底に沈殿して、最後の一服ですべて摂取してしまうことになるのです。イングルソープ夫人のため、ふだん強壮剤の壜からその日の分量を器に注いでいた人物、これが誰なのかは後ほど明らかにしますが、けっして壜を揺すらないよう気をつけて、壜の底に沈殿物が溜まったままにしておいたのです。
事件全体を俯瞰《ふかん》してみると、この悲劇は、実は前日の月曜の夜に起きるよう仕組まれていた形跡があります。月曜にイングルソープ夫人の呼鈴の紐が巧妙に切られていたこと、その夜はもともとマドモワゼル・シンシアはご友人の家に泊まる予定だったこと。つまり、右棟に寝室のあるイングルソープ夫人は、その夜たったひとりで、助けを呼ぶこともできず、おそらくは医師が駆けつける前に亡くなるはずだったのです。しかし、村の演芸会に遅れまいと急いでいたイングルソープ夫人は、その日は強壮剤を服むのを忘れてしまいました。翌日の昼食は訪問先でとったので、強壮剤の最後の――致命的な――一服を口にしたのは、犯人の予定からはほぼ二十四時間後のこととなったのです。しかし、その遅れが幸いして、わたしは決定的な証拠――鎖の最後の環――を、ついにこの手に握ることができたのですよ」

誰もが息を詰めて続きを待ちわびるなか、ポワロは三枚の薄く細長い紙片を取り出した。

「犯人の自筆の手紙です、みなさん《メ・ザミ》！　もし、この手紙がもう少し具体的に書かれていたら、イングルソープ夫人も警戒し、生命を落とさずにすんでいたかもしれません。しかし、この文章では、夫人は危険が迫っていることは感じとれたものの、何を警戒したらいいかまでは見とおせなかったのです」

怖ろしいほどの沈黙が広がるなか、ポワロは三枚の紙片をつなぎあわせ、咳ばらいをしてから読みはじめた。

最愛のイヴリン

何も知らせがなくて、さぞかしやきもきしていることだろう。何もかもうまくいっているよ——ただ、昨夜の予定が今夜になっただけだ。わかってくれるね。あのばあさんさえ死んで片づいてしまえば、その先は楽しい日々が待っている。犯人がわたしだと見破れる人間などいるはずがない。臭化カリウムを使うというきみの思いつきは、まさに天才的だったよ！　ただ、ここからはお互い用心しなくてはいけないね。一歩でもまちがえようものなら——

「お聞きのとおり、みなさん、この手紙は書きかけのまま途切れています。途中で邪魔が入ったのでしょうが、これを書いた人間が誰なのかは、疑問の余地がありません。誰もが知っている筆跡ですからね——」

絶叫にも等しいわめき声が、沈黙を破った。

「この野郎！　それをどうやって手に入れた？」

椅子がひっくり返る。ポワロはすばやく脇に飛びのいた。その俊敏な動きにかわされて、飛びかかってきた男はそのまま床に叩きつけられる。

「紳士《メッシュー》淑女《メダム》のみなさん」芝居がかった身ぶりとともに、ポワロは呼びかけた。「ここに、犯人をご紹介します——アルフレッド・イングルソープ氏です！」

# 13　ポワロ、すべてを明らかにする

「ポワロ、まったく、あなたという人は」わたしは言わずにいられなかった。「いっそ、首を絞めてやりたいくらいですよ！　あんなふうにわたしを騙すなんて、いったいどういうつもりだったんですか？」

わたしたちは図書室に坐っていた。あの集まりから、慌ただしい数日がすぎていた。階下の部屋には、ようやくまたいっしょに暮らせるようになったジョンとメアリがいる。いっぽう、アルフレッド・イングルソープとミス・ハワードは、いまは留置場に入っていた。こうして、わたしはようやくポワロとふたりだけになり、どうにも収まらない好奇心を満たす機会を得たというわけだ。

ポワロはすぐに答えようとはしなかったが、ややあってようやく口を開いた。

「騙したわけではありませんよ、わが友《モ・ナミ》。言ってみれば、きみの勘ちがいをそのままにしておいただけで」

「なるほど。でも、どうして？」

「うーん、説明するのは難しいのですがね。つまり、わが友よ、きみはもともと正直な人間で、何でもすぐ顔に出てしまうでしょう——つまり《アンファン》、心のうちを隠しておけない人間なのですよ！　わたしの考えをきみにそのまま話していたら、あの抜け目のない紳士、アルフレッド・イングルソープ氏と次に顔を合わせた瞬間——こういうときの慣用句は、英語で何と言うのでしたっけ——そうそう、〝何やらきな臭いぞ《スメルト・ア・ラット》！〟と思われてしまうにちがいありませんからね。その後に、せっかくあの男をつかまえる機会がやってくるところだというのに！」

「これでも、あなたが思っているよりはそつのない応対ができるつもりなんですがね」

「わが友よ」ポワロは懇願するような口調になった。「お願いですから、そう怒らないでくださいよ！　きみの力添えは、何よりありがたかったのですからね。わたしがきみに真実をうちあけずにおいたのは、何よりきみの美しく尊い気質のためなのですよ」

「まあ、わかりますが」いくらか気をとりなおしながらも、さらにぼやく。「それでも、ちょっとは真相をほのめかすくらいしてくれたって」

「ちゃんとほのめかしましたよ。何度もね。ただ、きみが気づかなかっただけです。ふりかえってごらんなさい、わたしは一度だって、ジョン・キャヴェンディッシュが犯人にちがいないなどと言ったことはないでしょう？　それどころか、おそらく無罪放免になるはずだと、きみに話しませんでしたか？」

「聞きましたが、でも——」

「そして、そのすぐ後に、犯人に正義の裁きを受けさせる難しさについても語ったでしょう？　それぞれ別々の人間を指した話だということは、すぐにわかったはずではありませんか？」

「とんでもない、わかりませんよ！」

「それなら、最初のころ、イングルソープ氏を〝いま〟逮捕させるわけにはいかないと、わたしが何度もくりかえしたことは憶えているでしょう？　当然、あそこから真実を悟ってくれるはずと思っていたのに」

「それじゃ、あなたはそんなに以前からイングルソープ氏を疑っていたんですか？」

「ええ。そもそも、イングルソープ夫人の死で利益を得る人間がほかに存在するとしても、誰より得をするのは夫ですからね。それは動かしがたい事実ですよ。きみと初めてスタイルズ荘を訪れた日、わたしにはまだ、犯行の方法はまったく見当がつかずにいたのです。しかしイングルソープ氏がどういう人間かを知るにつけ、この相手の尻尾をつかむのは容易ではあるまいと悟ったのですよ。お屋敷に着いてすぐ、遺言状を焼いたのはイングルソープ夫人自身だと、わたしは気づいていました。この点については、きみも文句は言えないはずですよ、わが友。真夏に暖炉に火を入れた事実にきみが目を向けるよう、わたしは全力を尽くしましたからね」

「ええ、ええ、そうでしたね」わたしは苛立《いらだ》たしげに答えた。「先を続けてください」

「実を言うとね、わが友よ、イングルソープ氏が犯人にちがいないという考えは、そこからかなり揺らいだのです。実際、あの男に不利な証拠があまりにも多すぎましたからね、さすがのわたしも、これは別に犯人がいるのではないかと思いかけたのですよ」

「それで、いつ考えが変わったんですか？」

「イングルソープ氏の容疑を晴らそうと努力すればするほど、むしろ本人のほうは自ら逮捕されようと努めているのに気づいたときですよ。さらに、あの男はレイクス夫人と何の関係もなく、むしろそちらに食指を動かしているのはジョン・キャヴェンディッシュだとわかって、わたしは確信したのです」

「でも、どうして？」

「単純なことですよ。もしもレイクス夫人と密通しているのがイングルソープだったとしたら、その件について口をつぐんでいるのも当然で、何ひとつ不自然なところはありません。しかし、あの農場主の可愛らしい妻に惹かれていると村じゅうの噂になっていたのは、実際にはジョンでした。それを知ってしまうと、イングルソープの沈黙にはまったく別の意味があったと考えざるをえないでしょう。醜聞を怖れているふりをしたところで、インに、イングルソープとあの女性を結びつけてあれこれ言われるはずはないのですからね。それなのに、イングルソープがあんな態度をとっているのを見て、わたしもその理由を懸命に考えました。やがて、あの男は逮捕されたがっているのだという結論が、しだいに見えてきたというわけです。なるほど、そういうことか《エ・ビャン》！　その瞬間から、あの男をけっして逮捕させまいと、わたしのほうも固く決意したのですよ」

「ちょっと待ってください。いったい、どうしてイングルソープは逮捕されたがっていたんですか？」

「それはね、わが友《モ・ナミ》、こちらのお国の法律によると、いったん無罪となった人間は、二度と同じ容疑で裁判にかけられることがないからですよ。ふふん！　それにしても、実に抜け目のない——たいした戦略ですよ！　まちがいない、ものごとを論理的に考えることのできる男です。真っ先に疑われるであろう自分の立場をよく理解していて、自分に不利な証拠を山ほど捏造《ねつぞう》するという、とてつもなく巧妙な戦略を立てたわけですからね。イングルソープは疑われたかった。逮捕されたいと願っていた。そのうえで、どこにも穴のないアリバイを出してみせる——すると、意外や意外、これで死ぬまで安全というわけですよ！」

「でも、どうしてもわからないんですよ。あんな鉄壁のアリバイがありながら、どうやって薬局にも行けたんですか？」

ポワロはあきれたように、まじまじとわたしを見つめた。

「まさか、そんな！　可哀相に、何もわかっていないのですね。薬局に行ったのはミス・ハワードだと、まだ気づいていなかったのですか？」

「ミス・ハワード？」

「当然でしょう。ほかに誰がいます？　ミス・ハワードにとって、こんなに簡単なこともなかったでしょうよ。背もそこそこ高いし、声も低くて男性のようですし。そればかりか、ほら、あのふたりはまたいとこどうしだという話もあったでしょう、たしかによく似ていますよ。とりわけ、歩きかたやしぐさがね。まったく単純な話です。まったく、頭の切れるふたりでしたよ！」

「いまだによくわからないところがあるんですよ。いったい、臭化カリウムをどう使ったのか」

「いいでしょう《ボン》！　きみのためにできるだけ順序立てて説明しますよ。わたしの見るところ、事件の首謀者はミス・ハワードのほうではないかと思いますね。父親は医者だったと、かつて本人が話していたのを憶えていますか？　ひょっとしたら、かつて父親のために調剤をしていたのかもしれないし、あるいはマドモワゼル・シンシアが試験勉強をしていたとき、周りに置いてあった本を読んで思いついたのかもしれませんね。とにかく、ストリキニーネの溶液に臭化カリウムを加えてかき混ぜると、ストリキニーネの結晶が沈殿することを、ミス・ハワードはよく知っていたのです。この手段はおそらく、ある日ふいに思いついたのでしょう。イングルソープ夫人は臭化カリウムの粉薬の箱を持っていて、寝る前にときどき服用していた。《クーツ薬局》から届いたばかりの強壮剤の大壜に、その粉薬を何包か混ぜこむくらい、造作もないことですよ。実のところ、危険はほとんどありません。実際に悲劇が起きるのは、それから二週間近く先のことなのですからね。ふたりのどちらがやったにしろ、たとえ壜に触れているところを誰かに見られたとしても、事件が起きるころには忘れられているでしょう。ミス・ハワードはイングルソープ夫人と口論になるよう巧みに仕向け、屋敷を出ていきました。そして時は流れ、いざ事件が起きたときには、誰もそこにいない人間を疑うことはありません。そう、なんという巧妙な戦略！　ここで手を引き、それ以上の細工をやめておいたら、ふたりは無事に逃げおおせていたかもしれません。だが、あのふたりは、それだけでは満足できなかった。さらに巧妙な手を打とうとして――それが、身の破滅を招いたのです」

ポワロは細いタバコをふかし、じっと天井を見つめている。

「村の薬局でストリキニーネを買い、筆跡を似せて台帳に署名することで、ジョン・キャヴェンディッシュに濡れ衣を着せようと、ふたりは考えました。

イングルソープ夫人は月曜に、強壮剤の最後の一服を口にするはずでした。だからこそ、その月曜の夕方六時、アルフレッド・イングルソープは村からはるか離れた場所で、大勢の目にわざと触れるようにしたのです。ミス・ハワードのほうは、あらかじめイングルソープとレイクス夫人の根も葉もない噂を流し、後になってあの男がアリバイをすぐに出さない口実を作っておきました。そして夕方六時、ミス・ハワードはイングルソープに変装して薬局を訪れ、犬を殺すという作り話でストリキニーネを購入すると、かねてから練習しておいたジョンの筆跡で、アルフレッド・イングルソープの名を署名したのです。

とはいえ、もしもジョンにアリバイがあったら、この計画は失敗してしまうでしょう。そこで、ミス・ハワードはジョン宛てに匿名の手紙を——ここでもジョンの筆跡を真似て——書き、誰の目にもつかない寂しい場所に呼び出しました。

このときまでは、何もかもうまく進んでいたのですよ。ミス・ハワードはミドリンガムへ戻る。アルフレッド・イングルソープもスタイルズ荘に帰る。イングルソープに危険がおよぶ心配はまったくありません。薬局で買ったストリキニーネはミス・ハワードが持っているし、これはしょせんジョン・キャヴェンディッシュに濡れ衣を着せるための道具にすぎませんからね。

ところが、ここで番狂わせが起きます。その夜、イングルソープ夫人が強壮剤を服《の》まなかったのです。呼鈴の紐を切ったこと、シンシアを友人のところに泊まらせたこと——これもけっして偶然のできごとではなく、イングルソープが妻に働きかけて段取りをつけたものでした——すべてが無駄になってしまったのです。そんなとき——イングルソープは失策を犯しました。

妻が出かけたのを見はからい、机に向かって共犯者に手紙を書く。計画が成功したとの知らせが届かず、さぞかし動転しているだろうと心配になってね。そこへ、思っていたより早く妻が帰ってきたのでしょう。手紙を書いているところに踏みこまれ、焦ったイングルソープは、あわてて机の蓋を閉め、鍵をかけたのです。このまま書斎に残っていては、また机の蓋を開くはめになるかもしれない、そうなったら書きかけの手紙を隠す前に、妻に読まれてしまうかもしれない。そんな事態を避けようと、イングルソープは森へ散歩に出かけました。留守の間に妻が机の蓋を開け、この企《たくら》みを暴露する手紙を見つけようとは夢にも思わずに。

しかし、知ってのとおり、そのとおりのことが起きてしまった。イングルソープ夫人は手紙を読み、夫とイヴリン・ハワードの裏切りに気づきました。ただ、不幸なことに、臭化カリウム云々のくだりを読んでも、具体的に何を警戒すべきなのかはわからなかったのですね。自分が危険にさらされていると悟ったものの——その危険がどこに潜んでいるか、そこまでは見とおせなかったのです。夫には何も言わずにおこうと心に決めると、夫人は机に向かって弁護士に手紙を書き、明日こちらへ来てほしいと伝えました。そして、作成したばかりの遺言状も、すぐに破棄しなくてはと決心したわけです。決定的な証拠となる手紙は、手もとに保管することにしました」

「じゃ、イングルソープがあの手文庫の鍵を壊したのは、その手紙を見つけるためだったんですね？」

「そういうことです。そのためにあの男が冒した危険を考えれば、手紙がどれだけ致命的な証拠となりうるのか、よく理解していたのでしょうね。手紙さえなければ、自分とこの犯罪を結びつけるものは何も存在しないのですから」

「あとひとつだけ、どうしてもわからないことがあるんです。いったいなぜ、イングルソープは回収した手紙をすぐに破棄しなかったんでしょうか？」

「そこまでの危険を冒す気にはなれなかったからですよ——手紙をそのまま身につけておくという危険はね」

「どうもぴんとこないんですが」

「イングルソープの立場で考えてごらんなさい。計算してみると、手紙を回収するための時間はぎりぎり五分しかなかったのですよ——わたしたちがあの部屋に入る直前の五分間のみです。それより前は、アニーが階段の掃き掃除をしていましたから、誰かが階段を上って右棟へ向かえば、その姿はしっかり見られてしまいます。どんなだったか、その場面を想像してごらんなさい！　イングルソープはほかの扉の鍵を使い——あの並びの部屋は、どれも同じような鍵を使っていましたからね——部屋に入った。まっすぐ手文庫に駆けよるが——蓋は開かず、鍵はどこにも見あたらない。これは手ひどい打撃ですよ。夫人の部屋に入ったことは誰にも知られたくなかったのに、そうはいかなくなりますからね。それでも、どんな危険を冒そうと、あの手紙だけはとりもどさなくてはならなかったのです。それ急いで鍵をペンナイフでこじ開け、中身をひっくり返して、どうにか目当てのものを探しあてることができました。

しかし、ここで新たな難題が持ちあがります。イングルソープは、その手紙を身につけておきたくはなかった。この部屋を出るところを見られるかもしれないし――所持品を調べられるかもしれない。もしも手紙を持っているのが見つかったら、まさに身の破滅です。おそらく、ちょうどそのころ、ウェルズ氏とジョンが書斎を出る音が、階下から聞こえてきたのでしょう。早くどうにかしなければ。この紙を、いったいどこに隠したらいい? くずかごの紙は倹約のためにとっておくことになっていますから、中身はまちがいなく調べられます。誰にも見つからずに処分する手段はなく、かといって身につけておくのは危険すぎるでしょう。周囲を見まわしたイングルソープの目に映ったのは――いったい何だったと思います、わが友《モナミ》よ?」

わたしはかぶりを振ってみせた。

「あの男はすぐに手紙を細長く裂き、それぞれを細く縒《よ》ると、炉棚の点火用こより入れに、ほかのこよりと交ぜて差しこんでおいたのですよ」

思わず、わたしは驚きの声を漏らした。

「あんなところを調べてみようとは、誰も思いつきますまい」ポワロは続けた。「ほとぼりが冷めたら戻ってきて、自分に不利な唯一の証拠をこっそり処分してしまうつもりだったのでしょう」

「じゃ、その証拠はずっとイングルソープ夫人の寝室の点火用こより入れにあったんですね、われわれのすぐ目の前に」わたしは叫んだ。

ポワロはうなずいた。

「そういうことです、わが友よ。あそこで、わたしはようやく〝最後の環《わ》〟を見つけました。その幸運な発見に至ったのは、まさにきみのおかげだったのですよ」

「わたしの？」

「ええ。炉棚にあったものをまっすぐ置きなおしていたとき、わたしの手が震えていたと、きみは言っていましたね？」

「ええ。でも、それと何の関係があるのか――」

「ええ、きみにはわからないでしょうが、わたしにはひらめいたのですよ。実はね、あの日の朝、われわれがイングルソープ夫人の寝室に初めて足を踏み入れたとき、わたしは一度、炉棚にあった置物をすべてまっすぐに並べなおしていたのを思い出したのです。いったんまっすぐに並べたものを、また並べなおす必要はありますまい――その間に、誰かが触れていたのでなければ」

「驚いたな」わたしはつぶやいた。「それじゃ、あのときのおかしなふるまいは、そういうことだったんですね。あれからまっすぐスタイルズ荘へ駆けつけて、こより入れに手紙が入ったままなのを見つけたということですか？」

「ええ、まさに一刻の猶予も許されなかったのでね」

「それでも、まだ納得がいきませんね。だって、そんなものを残しておくなんて、イングルソープがあまりに愚かすぎるじゃありませんか、処分する機会はいくらでもあっただろうに」

「いや、機会はなかったのですよ。そのために、わたしが布石を打っておいたのです」

「あなたが？」

「そうですよ。あの手文庫の件を屋敷じゅうの人間に触れまわったと、あなたはわたしをとがめたでしょう、憶えていますか？」

「ええ」

「実はね、わが友よ、わたしはあそこでいちかばちかの賭けに出たのですよ。イングルソープが犯人かどうか、あの時点ではまだ確信が持てていませんでした。しかし、もしも犯人だとしたら、その紙を身につけてはいないだろう、どこかに隠したにちがいないと推理して、屋敷の住人たちを味方につけることで、ひそかに処分されるのを防ごうとしたのです。あのとき、イングルソープは誰からも疑われていましたからね、ああしてみなの注意を促しておけば、十人を下らない素人探偵たちが、絶えずあの男を見はってくれるだろうと考えたのですよ。あの男のほうも、自分がつねに見られていると思えば、あえて証拠を隠滅するような危険は冒さないでしょう。そんなわけで、イングルソープはあの手紙をこより入れに残したまま、屋敷を出るはめになったのです」

「でも、ミス・ハワードにはあの男を助ける機会がいくらでもあったでしょうに」

「たしかにね。しかし、ミス・ハワードはその手紙の存在を知らなかったのですよ。ふたりが事前に立てた計画にしたがうなら、あの女性はアルフレッド・イングルソープと口もきかないことになっていましたからね。不倶戴天《ふぐたいてん》の敵どうしだという設定なのですから、計画どおりジョン・キャヴェンディッシュに有罪判決が下るまでは、顔を合わせて言葉を交わす危険は冒せなかったのです。もちろん、イングルソープの動向は監視させておいたのですよ、いつかはきっと隠し場所へ向かうだろうと期待してね。しかし、あれは実に抜け目のない男でね、まったく尻尾を出そうとしない。あの手紙は、あそこにあるかぎりは安全だと踏んでいたのでしょう。最初の一週間で誰も調べようとしないのなら、その後もまず調べないでしょうから。きみの幸運なひとことがなかったら、われわれはついにあの男を捕らえることなく終わっていたかもしれません」

「なるほど、そこはわかりましたよ。それにしても、いったいいつからミス・ハワードを疑いはじめたんですか？」

「イングルソープ夫人から届いた手紙について、検死審問であの女性が嘘の証言をしたのに気づいたときからです」

「おやおや、いったいどこが嘘だったんです？」

「あの手紙は、きみも見ましたね？　だいたいの様子を憶えていますか？」

「ええ――なんとなく」

「では、イングルソープ夫人のきわめて特徴のある筆跡は思い出せるでしょう。単語の間をゆったりと広くとった書きかたをしていましたね。ただ、手紙の上端にあった日付〝七月十七日〟という部分だけは、その特徴に当てはまっていなかったのです。何を言いたいか、わかりますか？」

「いいえ」わたしは白状した。「まったく」

「あの手紙は、実は十七日ではなく、七日に書かれたものだったのですよ――ミス・ハワードが屋敷を出た翌日です、わかりませんか？〝7〟の前に〝1〟を書き足して、〝17〟に見せかけていたのです」

「でも、どうしてそんなことを？」

「まさしく同じ問いを、わたしは自分に投げかけました。いったいどうして、ミス・ハワードは十七日に書かれたほんものの手紙を隠し、代わりにこの偽造した手紙を出してきたのでしょうか？　それは、十七日に書かれた手紙を人目にさらしたくなかったからです。だとしたら、それはなぜ？　そう考えた瞬間、わたしの心には疑いが兆《きざ》したのです。きみには前にも言いましたね、誰かが真実を語っていないことに気づいたら、注意しなくてはならない、と」

「でも、それを言うなら」わたしは憤然と言いかえした。「あの後、あなたはわたしに、ミス・ハワードが犯人ではありえない理由をふたつ挙げたじゃありませんか！」

「そう、どちらも非常にもっともな理由でしたね」ポワロは答えた。「あのふたつの理由は、わたしにとっても長いこと行く手をさえぎる壁となっていましたよ。しかし、そこである重要なことを思い出しましてね。あの女性とアルフレッド・イングルソープはまたいとこどうしだという事実です。たしかに、ミス・ハワードがひとりでこの犯行をやってのけるのは不可能だった。しかし、共犯だった可能性はけっして排除できません。さらに、イングルソープに対して異常なまでの憎しみを抱いていた件も気になりましたしね！　あれは、実は正反対の感情を隠す仮面だったのですよ。まちがいない、イングルソープがスタイルズ荘にやってくるずっと以前から、あのふたりは情熱の絆で結ばれていたのです。ふたりはあらかじめ例の忌《い》まわしい計画を練りあげていたのですよ——裕福な、それでいて愚かしいところもある老婦人とイングルソープが結婚し、財産を夫に遺すという遺言状を書かせておいて、巧妙きわまりなく仕組まれた犯罪によって目的を達するという。すべて計画どおりに進んだら、ふたりはおそらく英国を後にし、哀れな被害者の遺産を食いつぶしながらともに暮らすつもりだったのでしょう。

あのふたりほど頭が切れて悪辣《あくらつ》な組みあわせもありませんよ。疑いをイングルソープに向けておいて、ミス・ハワードのほうは裏で着々と、まったく別の大団円《デヌーマン》をめざして準備を進めていたのです。ミドリンガムから屋敷に戻ったミス・ハワードは、濡れ衣を着せるための小道具をすべて荷物に忍ばせていました。なにしろ、こちらは誰からも疑われていませんからね。屋敷のどこに出入りしようと、誰も注意をはらいません。そんな立場をいいことに、ミス・ハワードはストリキニーネの壜や眼鏡をジョンの部屋に隠しました。そして、付けひげは屋根裏へ。遅かれ早かれ、誰かが発見するよう仕向けるつもりだったのですよ」

「それにしても、どうしてジョンに濡れ衣を着せようとしたのかがわかりませんね」と、わたし。「それだったら、ローレンスに着せたほうが簡単だったでしょうに」

「たしかにね。ただ、それはたまたまですよ。ローレンスに不利な証拠ばかりがそろったのは、単なる偶然のなりゆきだったのです。実のところ、あのふたりの陰謀家たちは、それを見て頭を抱えていたでしょうね」

「ローレンスも疑いを招くような言動をしていましたしね」わたしはいろいろ思いかえしていた。

「そうでしたね。あの言動の裏に何があったか、言うまでもなくきみは気づいていたのでしょうね？」

「いいえ」

「マドモワゼル・シンシアが犯人だとローレンスが信じこんでいたことを、きみは知らなあ」かったのですか？」

「まさか、そんな！」わたしは仰天した。「ありえませんよ！」

「そんなことはありません。わたし自身、同じ疑いを抱きかけたことはありますしね。あの遺言について、ウェルズ氏に初めて質問をしたころには、実はそのことが頭にあったのですよ。それに、あのお嬢さんが調合したという臭化カリウムの粉薬のこともありましたし、男装もなかなか上手だとドーカスが話していましたしね。それればかりか、誰よりもマドモワゼル・シンシアにとって不利な証拠もあったのですよ」

「冗談でしょう、ポワロ！」

「とんでもない。事件の起きた夜、イングルソープ夫人の寝室に足を踏み入れたムッシュー・ローレンスがどうして青ざめたか、その理由をお話ししましょうか？　それはね、すぐそこに母親が、どうやら毒を盛られたらしい状態で横たわっているいっぽう、きみの肩ごしに、マドモワゼル・シンシアの部屋に通じる扉のかんぬきが外れていたのが見えたからですよ」

「でも、あの扉のかんぬきはたしかにかかっていたと、ローレンスは言いきっていたじゃありませんか！」

「そのとおり」ポワロはあっさりと認めた。「それを聞いて、やはりかんぬきは外れていたのだと、わたしは確信しましたよ。ムッシュー・ローレンスは、マドモワゼル・シンシアをかばっていたのです」

「いったい、どうしてローレンスがそんなことをしなきゃいけないんです？」

「あのお嬢さんを愛しているからですよ」

わたしは声をあげて笑った。

「それは、ポワロ、残念ながら大外れですよ！　わたしはたまたま聞いたんですが、ローレンスはシンシアを愛しているどころか、むしろ嫌っているんですから」

「いったい、そんなことを誰が言ったんですか、わが友《モ・ナミ》よ」

「シンシア本人ですよ」

「あのお嬢さんも可哀相《ラ・ポーヴル・プティット》に！　そのことで傷ついているようでしたか？」

「まったく気にしていないと言っていましたよ」

「そう言うのなら、ひどく傷ついているんですよ」と、ポワロ。「そういうものです——女性《レ・ファム》というのはね！」

「あなたがローレンスをそんなふうに見ていたなんて、驚きましたよ」

「どうしてです？　一見してわかることではありませんか。マドモワゼル・シンシアがムッシュー・ジョンと笑いながら話しているのを見て、あの青年はいつも不機嫌な顔をしていたでしょう？　あの憂鬱《ゆううつ》げな表情を浮かべつつ、マドモワゼル・シンシアは兄に恋しているのだと、すっかり思いこんでいたのですよ。イングルソープ夫人の寝室に入り、明らかに毒を盛られたらしい母親の姿を見て、これはシンシアのしたことにちがいないという結論に、あの青年は飛びついてしまったのです。それからはもう、ただただ必死に行動するばかりでした。まずは、割れたコーヒー・カップを粉みじんになるまで踏みつぶす。前夜、母といっしょに階段を上がっていったのはマドモワゼル・シンシアであることを思い出し、毒を入れたのがそのときだったとしても、カップの中身が検査できないように念を入れたのです。そして、それからはずっと無益ながらも執拗に〝自然死説〟を主張しつづけてね」

「では、あの〝余分のコーヒー・カップ〟というのは何だったんですか？」

「あれを隠したのはキャヴェンディッシュ夫人だと、わたしはほぼ確信していたのですがね、それでも万全を期す必要がありました。ムッシュー・ローレンスには、わたしの言葉の意味がさっぱりわからないようでしたが、しばらく考えてみて、もしも余分なコーヒー・カップを見つけさえすれば、自分の愛する女性の疑いは晴れるのだと気づいたのです。そして、まさにそのとおりだったのですよ」

「もうひとつだけ教えてください。イングルソープ夫人の、息をひきとる寸前の言葉はどういうことだったんですか？」

「言うまでもなく、あれは夫を告発しようとしていたのです」

「なるほどね、ポワロ」わたしはため息をついた。「どうやら、すべてを説明してくださったようですね。何もかも幸せに収まって、本当によかった。ジョンも奥さんと仲なおりしましたしね」

「わたしのおかげでね」

「どういう意味なんですか——あなたのおかげというのは？」

「わが友よ、あの夫婦が仲なおりしたのはひとえにあの裁判がきっかけだったと、きみは気づいていないのですか？　ジョン・キャヴェンディッシュがそれでも妻を愛していることを、わたしは確信していました。そして、夫人のほうも同じ気持ちだということもね。ただ、いつしかふたりの気持ちはひどく行きちがってしまっていたのです。すべては誤解から生まれたことだったのですよ。メアリは愛のないまま結婚しました。そのことは、ジョンも承知のうえだった。でも、あれでジョンはなかなか繊細な性格ですから、自分が求められていないのに、積極的に迫ることはできなかったのです。逆に、ジョンが一歩引いたことで、メアリの愛は目ざめていきました。しかし、どちらも人並みはずれて気位の高い夫婦ですからね、お互い譲ることのできないまま、ふたりの距離は開いていくばかりだったのです。そのうち、ジョンはレイクス夫人とややこしい関係になってしまい、メアリのほうはバウアースタイン博士と交友を深めていったと。ジョン・キャヴェンディッシュが逮捕された日、わたしがきわめて重大な決断を下すべく悩んでいたのを、きみは憶えていますか？」

「ええ、あなたのお悩みはひしひしと伝わってきましたよ」

「お言葉ですが、わが友《モ・ナミ》、きみには何もわかってはいなかったのですよ。わたしはあのとき、ジョン・キャヴェンディッシュの容疑をすぐに晴らすべきかどうか、そこで悩んでいたのです。容疑を晴らすことはできても――その結果、真犯人たちを取り逃がすことになってしまうかもしれませんからね。結果として、犯人たちは最後の瞬間までわたしの真意を知らずにいたわけで――それが成功の一因となったのはたしかです」

「では、あなたはジョン・キャヴェンディッシュを裁判にかけずにすませることもできたというんですか？」

「ええ、わが友。しかし、最終的にわたしは〝ある女性の幸せ〟を優先することにしました。あの夫婦がともに乗りこえた危機は、あの誇りたかいふたりにとって、お互いの愛情を確かめる何よりのきっかけとなったのですよ」

わたしは驚きのあまり、ただただ無言でポワロを見つめるほかはなかった。なんとまあ、この小男の途方もなく大胆不敵なこと！　ポワロ以外にいったい誰が、離れかけた夫婦の心をふたたび結びつけるため、殺人事件の裁判を利用しようなどと思いつくだろう！

「きみの言いたいことはわかりますよ、わが友《モ・ナミ》」ポワロはわたしに、にっこりと笑いかけた。「そんなことを試みるのは、このエルキュール・ポワロをおいて、ほかにはいませんからね！　しかし、それを非難するのはまちがいです。愛しあうふたりの幸せ以上に大切なことなど、この世には何もないのですからね」

その言葉を聞きながら、わたしはしばらく前に見た光景を思い出していた。青ざめた顔で憔悴《しょうすい》し、ソファに横たわったまま、ひたすら耳をすましているメアリ。そこへ階下の呼鈴が響く。メアリははっと身体を起こした。部屋の扉をすでに開けていたポワロは、メアリの苦痛に満ちた視線をとらえ、優しくうなずいた。「そうですよ、マダム。あのかたを、ふたたびあなたのもとへお連れしたのです」そして、道を空ける。部屋を出ようとしたわたしは、ジョン・キャヴェンディッシュの腕に抱きしめられたメアリの姿、そしてその瞳に浮かんだ表情を、しっかりとこの目に焼きつけたのだ。

「あなたの言うとおりかもしれませんね、ポワロ」わたしは穏やかに答えた。「たしかに、それがこの世でいちばん大切なことなんでしょう」

ふいに、扉を軽く叩く音がして、シンシアが顔をのぞかせた。

「わたし――わたし、ただ、ちょっとだけ――」

「さあ、入って」わたしは勢いよく立ちあがった。

シンシアはこちらに近づいてきたものの、椅子に坐ろうとはしなかった。

「わたし――ただ、おふたりにひとこと言いたくて――」

「さあ、言って」

小さな房飾りをしばらくもてあそんでいたシンシアは、ふいに叫んだ。「おふたりとも、大好きよ！」そして、最初にわたし、そしてポワロにキスをすると、また部屋を走り出ていってしまう。

「いったい、どういうことなんだろう？」わたしはすっかり意表を突かれていた。シンシアにキスをされたのはとても嬉しかったものの、あまりに開けっぴろげな挨拶すぎては、その喜びも薄れてしまう。

「ムッシュー・ローレンスにさほど嫌われていたわけではないと、あのお嬢さんもようやく気づいたのですよ」ポワロがおちついて解説した。

「でも――」

「ほら、今度はお相手が来た」

ちょうど、ローレンスが扉の前を通りかかったところだった。

「ああ！　ムッシュー・ローレンス」ポワロが声をかける。「おめでとうと申しあげるべきですかな？」

ローレンスは赤くなり、ぎこちない笑顔を見せた。恋に落ちた男など、まったく見るに堪えない。さっきのシンシアは、あんなに魅力的だったのに。

わたしはため息をついた。

「どうしたんです、わが友《モナミ》？」

「何でもありませんよ」わたしはしょんぼりと答えた。「どちらの女性も、本当に幸せそうだなあ！」
「それなのに、どちらもきみのものではない、というわけですね？」ポワロが締めくくった。「まあ、そう落ちこまないで。明るいことを考えましょう、わが友。またいつか、いっしょに犯人を追うことだってあるかもしれませんよ、ね？　そのときこそは、きっと
――」

# 解説

大矢博子

第一次大戦中の一九一六年、イギリスのデボン州に暮らすひとりの若い女性が、ふと、探偵小説を書いてみようと思い立った。

探偵小説を創造し、事件の段取りを考え、勤労奉仕の合間に半分まで書いたところで二週間の休暇をとって後半を一気に書き上げた。そうして出来上がった作品を出版社に送ったが、あえなく返送。別の出版社にも送ったがこちらもダメだった。他にもいくつか送ってはみたものの、戦争の収束による急激な生活の変化（軍人の夫が帰ってきたのだ）や妊娠・出産という一大事業に取り紛れて、彼女はいつしかそのことを忘れてしまう。

ところが二年近く経って、一通の手紙が舞い込んだ。米英両方に拠点を持つボドリー・ヘッド社のジョン・レーンからで、一部を書き直せば出版できると提案されたのだ。

そして執筆から四年後の一九二〇年十月、まずアメリカでその作品が刊行された。数ヵ月後の翌年一月、同書は著者の住むイギリスでも刊行される。初版二千部を、どうにか売り切った。何の実績もない新人作家のデビュー作としては、まずまずと言ったところだ。

まさかその無名の新人が、後に聖書に次ぐ出版部数を叩き出して史上最高のベストセラー作家になり、作中の探偵が実に三十四の長編と五十六の短編で活躍し続ける人気者になるとは、この時点では誰も予想しなかったろう。本人ですらも。

彼女の名はアガサ・クリスティ。そしてそのデビュー作が本書『スタイルズ荘の怪事件』だ。もちろん、われらが名探偵、エルキュール・ポワロの記念すべき初登場作でもある。

最初に原稿を送り返した編集者がどれほど悔やんだことか、想像するに余りある。

——などと芝居がかった始まり方をせずとも、本書を手に取った方の大半は、本書がクリスティのデビュー作であることは先刻ご承知だろう。

日本での初訳は一九三七年、東福寺武訳による『スタイルズの怪事件』(日本公論社)。その後、多くの版元から邦訳が刊行された。東京創元社では一九六一年に松原正訳で『世界名作推理小説体系 別巻4』に収録、その二年後に文庫化された後、一九七六年に田中西二郎による新訳が刊行されている。

田中訳は四十五年前のものということで、それはそれで時代が出ていて大変味わい深いのだが、今ではあまり使われない表現もいささか見られるようになった。そこでこの度、イギリスでの刊行からちょうど百年の節目に、『スタイルズの怪事件』からタイトルを改め、山田蘭氏による新訳が届けられる運びになったのはとても喜ばしい。山田氏がアンソニー・ホロヴィッツによるクリスティへのオマージュ作『カササギ殺人事件』(創元推理文庫)の訳者である、と紹介すればいかに適任かおわかりいただけるだろう。ぜひ本書でクリスティの、そしてポワロのスタートラインにあらためて触れていただければと思う。もちろんこれが「初めてのクリスティ」という読者が増えることも願っている。

さて、クリスティとポワロ、両者にとっての記念すべきデビュー作なので、少々ページを多めにいただいて、このふたりの出発点から紹介していこう。

▼ミステリ作家アガサ・クリスティの始まり

クリスティは(これは最初の夫の苗字だが、混乱するのでこの表記で通す)子どもの頃から姉のマーガレットの影響でミステリに親しんでいたという。姉の手ほどきでA・K・グリーンの『リーヴェンワース事件』に夢中になり、シャーロック・ホームズにも傾倒した。ルパンも楽しんで読んだ。そして、新人作家だったガストン・ルルーの『黄色い部屋の謎』に特に感心し、「探偵小説をぜひ書いてみたい」と姉に話した。『黄色い部屋の謎』が出たばかりの頃、と自伝にあるので一九〇八年のことだろう。クリスティが十八歳のときだ。

彼女はこの時点ですでに、趣味として恋愛小説や詩を書いていた。しかし姉は「あなたには書けそうにないと思うわ」「あなたにはできっこない。賭けてもいいわ」と一蹴する。その時はこれで終わったのだが、この思いが八年後に息を吹き返すことになる。

一九一四年、第一次大戦勃発。その年の十二月に、アーチボルド・クリスティ大佐と結婚した彼女は、戦時中ということでデボン州トーキーにある陸軍病院で篤志看護隊として働いた。そこに薬局が新設され、助手として勤めながら薬剤師の勉強を始めることになる。ところが薬局での仕事には、意外と暇があった。姉との会話を思い出したのは、このときだ。周りには数々の毒薬がある。毒薬といえば毒殺——書けるかもしれない。探偵小説を。

すでに本書をお読みになった方なら、毒に関するクリスティの知識が本書に発揮されていることをご存じのはずだ。それはこの薬局勤めという環境によって培《つちか》われたものなのである。

そうしてクリスティは事件の構造を考え始めた。犯人はどんな人？　町で見かけた人をモデルに、脳内でアレンジを加える。登場人物が固まる。次は探偵だ。どんな探偵がいいだろう?――これは次の項で詳しく説明するとして、冒頭に書いたような流れを経て、クリスティは三十歳でミステリ作家としてデビューすることになる。

ジョン・レーンから出された「一部を書き直せば」という条件は、ラストの謎解きの場面のことだ。初稿ではポワロは法廷でその推理を語っていた。しかし法廷の雰囲気にそぐわないため、変えてほしいというのが版元の言い分だった。クリスティはそれを受け入れ、舞台をスタイルズ荘の居間に変えて現在の形になったという。

ただしこのときのボドリー・ヘッド社との契約は、実はかなり作家側に不利なものだった。クリスティがそれに気づいたのは数冊出した後だったそうだ。

そして一九二六年、六作目の長編『アクロイド殺害事件』が大ヒットし、クリスティは人気作家としての地位を固めることになる。

▼名探偵エルキュール・ポワロの始まり

卵形の頭に特徴的な髭。几帳面でおしゃれな外国人紳士。とぼけたところやコミカルなところもあるが、ひとたび事件が起きれば灰色の脳細胞が動き出し、鮮やかに解決する――。エルキュール・ポワロは世界で最も有名な探偵のひとりと言っていいだろう。

クリスティは探偵を創造するにあたり、誰もこれまで使ったことのない人物がいいと考えた。そこで思い出したのが、彼女の教区に住んでいたベルギーからの亡命者たちだったという。

第一次大戦中だったということを思い出していただきたい。一九一四年八月、ドイツがベルギーに侵攻した。六千五百人の民間人が犠牲になり、ベルギーはドイツの占領下に置かれた。抵抗運動は激しく弾圧され、多くの国外追放者や亡命者が生まれた。戦争難民だ。中立国だったベルギーに侵攻したドイツは国際的な非難を浴びる。そしてイギリスがドイツに宣戦布告。イギリスは開戦時からベルギーには非常に同情的で、志願兵募集のポスターには「ベルギーを見捨てるな」と書かれていたという。もちろん政治的な駆け引きもあったのだろうが、少なくとも庶民レベルでは、イギリス人はベルギー難民にとても親切だったらしい。

けれど人の気持ちはそんなに単純ではない。ジャネット・モーガンによる評伝『アガサ・クリスティーの生涯』(早川書房)によれば、当時のベルギーはイギリスにとって、ドイツに蹂躙《じゅうりん》された可哀想な小国として好感を持たれてはいたものの、同時に、ベルギー人はフランス人ほど知的ではなく、オランダ人ほど計算高くもないという印象があり、多少軽く見られていたそうだ。そんなベルギーからの戦争難民の、引退した元警察官。それがクリスティの選んだ探偵だった。

このことが何を生み出したか。滑稽《こっけい》な見た目の、庇護《ひご》すべき可哀想な国の、風変わりな小男は、大抵初対面の人から侮《あなど》られる。ところがそんな男が颯爽《さっそう》と事件を解決するのだ。

これはクリスティのもうひとりの名探偵、ミス・マープルにも通じる。古いヴィクトリア朝時代の生き残りのような老人で、しかも女性。誰も彼もがミス・マープルを侮ってかかる。しかしマープルは誰よりも洞察力があり、鮮やかに事件を解決する。

もちろん実用的な利点もある。相手を油断させて情報を引き出したり、非常識なことをしても外国人だから仕方がないと見逃してもらえたりというのが、調査に役立つことも多くあるからだ。ミス・マープルも〝おばあちゃんだから仕方ない〟を最大限利用する。

差別される側が、その立場を利用して逆転してみせるという構図が、ふたりの名探偵に共通している。これがクリスティの生み出した探偵の形なのである。

▼『スタイルズ荘の怪事件』の魅力

さて、本書である。

舞台は戦時中。負傷して療養休暇中だったヘイスティングズは、旧友が暮らすスタイルズ荘へ招かれる。ところがそこで、旧友の継母でありスタイルズ荘の主人でもあるイングルソープ夫人が何者かに毒殺された。容疑は彼女と結婚したばかりの歳若い夫へ向けられるが――というのが物語の導入部だ。

ミステリ小説としての本書の特徴を挙げるなら、カントリーハウス・マーダーであることと、毒を使った殺人であることの二点だろう。

カントリーハウスとは、十六世紀から二十世紀初頭にかけてイギリスの貴族や富豪、地主が農村に建てた大邸宅のことだ。使用人たちも部屋を与えられ、一緒に生活する。上流階級と労働者階級、使う側と使われる側がはっきり分かれた、階級社会の象徴である。だが上流階級の人々にはその階級に応じた社会的責任を果たすべきというノブレス・オブリージュの精神があった。イングルソープ夫人が慈善活動やベルギー難民救済に熱心だったのも、そのためである。

クリスティにはこのカントリーハウスを舞台にした作品が多い。しかし時代の流れとともに生活様式が変わり、カントリーハウスの文化は廃《すた》れていく。大邸宅の維持も難しくなり、手放す人が増える。スタイルズ荘はポワロ最後の事件である『カーテン』に再登場するが、その時にはすでに人手に渡り、老朽化した建物は下宿屋として使われているのである。

本書はカントリーハウスの文化がぎりぎりその形を保っていた、最後の時代をリアルタイムで描いた物語だ。大邸宅の複雑な間取りはミステリにうってつけだし、様々な階級の人を同じ舞台に出せるので話が膨らむ。本書にも上流階級のキャヴェンディッシュ家に始まり、主人の「話し相手」として同居しているイーヴィ（これはレディズコンパニオンといって上流・中流家庭の女性が働かざるを得ないときに就く代表的な職だ)、「友人の娘」で外に勤め先を持つシンシア、そして話を立ち聞きしたり家財の状態や場所などを熟知したりしている使用人たちに至るまで、それぞれ意味のある役割を作中で与えられている。さらには戦時中ならではの習慣が手がかりになったり、戦時中だからこその意外な展開もあったり。

時代、場所、人物配置。そのすべてが有機的に結びついて出来上がったカントリーハウス・マーダー。それが本書『スタイルズ荘の怪事件』なのである。

もうひとつの特徴、毒殺については前述したようにクリスティの薬学知識が遺憾無く発揮されている。本書が出たとき、いろんな評価や感想があった中で、調剤学の専門誌で薬の知識を褒められたのがクリスティはいちばん嬉しかったそうだ。

使われた毒がストリキニーネというのは序盤でわかるが、どこから入手したのか、苦味の強いストリキニーネをどうやって飲ませたのか、即効性のはずなのになぜタイムラグがあったのかという三重の謎で読者を引っ張るのが上手い。それぞれに複数のアイディアが提示され、ひとつずつ潰されていく過程も実に読ませる。真相には専門知識が必要とされるがアンフェアに感じないのは、いくつもの謎と謎解きが複合的に絡み合うため、他の部分で充分なサプライズとカタルシスを得られるからに他ならない。

そして何より驚くべきことは、出版から百年経っても、まったく古びないことだ。今では使われなくなった薬の処方や生活様式など〝古い情報〟はある。だが謎解きも、物語としての面白さも、まったく古びていない。これはミステリの底辺に、いつの世も変わらない人間心理、人の営みがあるからである。

さらに本書には、この後もクリスティの持ち味となる〝なにげないヒント〟〝真相がわかってから読むと初読のときとは別の意味が浮かび上がるダブルミーニングのうまさ〟がすでに発揮されている箇所が多々ある。独り相撲でから回りするヘイスティングズの迷ワトソンぶりも、すでにこの段階で完成されている。ロマンスもある。ロマンスについてはクリスティ自身は邪魔だと考えていたらしいが、後のポワロがやたらと若いカップルをくっつけたがることを思えば、その第一歩がここにあるようにも思える。

つまり、後年のクリスティのすべてが、あるいはその萌芽《ほうが》が、本書には詰まっているのだ。見事なデビュー作である。

さて、かなり長くなってしまった。最後に、このミステリの女王のデビュー作を初めて日本に紹介してくれた訳者の言葉を引いておこう。今から八十四年も前に、この物語の面白さ、楽しさを明快に言い表した推薦の弁である。

この『スタイルズの怪事件』は、ポワロがイギリスへの初舞臺《デビュー》でもあり、同時に女史の初登場でもあるだけに、全巻悉くフエア・プレイに終始して、讀者の昂奮を寸時も緩めさせず、しかも美しい場面で幕となるあたり、實に寸分隙のない大作品である。譯者として讀者にお願ひすることは、如何なる小ヒントも皆相互に深い關係があり、ポワロの假說形成に大いに與つて力あるので、ポワロと智惠比べのつもりで、綿密に、一つ〳〵の疑問によく心をとめて讀んで頂きたい。

『スタイルズの怪事件』(一九三七年、日本公論社)

東福寺武の「アガサ・クリステイについて」より

**訳者紹介**　英米文学翻訳家。ホロヴィッツ『カササギ殺人事件』『メインテーマは殺人』『その裁きは死』、ギャリコ『トマシーナ』、ディヴァイン『悪魔はすぐそこに』、キップリング『ジャングル・ブック』など訳書多数。

検印
廃止

スタイルズ荘の怪事件

2021年4月23日　初版

著　者　アガサ・クリスティ

訳　者　山《やま》　田《だ》　蘭《らん》

発行所　(株)東京創元社
代表者　渋谷健太郎

162-0814/東京都新宿区新小川町1-5
電　話　03・3268・8231-営業部
　　　　03・3268・8204-編集部
URL　http://www.tsogen.co.jp
DTP　工　友　会　印　刷
萩原印刷・本間製本

乱丁・落丁本は、ご面倒ですが小社までご送付ください。送料小社負担にてお取替えいたします。



ISBN978-4-488-10548-8　C0197

世代を越えて愛される名探偵の珠玉の短編集

Miss Marple And The Thirteen Problems◆Agatha Christie

# ミス・マープルと13の謎 新訳版

**アガサ・クリスティ**
深町眞理子 訳　創元推理文庫

◆

「未解決の謎か」
ある夜、ミス・マープルの家に集《つど》った
客が口にした言葉をきっかけにして、
〈火曜の夜〉クラブが結成された。
毎週火曜日の夜、ひとりが謎を提示し、
ほかの人々が推理を披露するのだ。
凶器なき不可解な殺人「アシュタルテの祠《ほこら》」など、
粒ぞろいの13編を収録。

収録作品＝〈火曜の夜〉クラブ，アシュタルテの祠《ほこら》，消えた金塊，舗道の血痕，動機対機会，聖ペテロの指の跡，青いゼラニウム，コンパニオンの女，四人の容疑者，クリスマスの悲劇，死のハーブ，バンガローの事件，水死した娘